雑談王

岡崎武志 バラエティ・ブック

装丁　石丸澄子

雑談王　目次

1　小津安二郎を見る

2　文学は駆け足でやってくる

3 洲之内徹と吉田拓郎

対談

4 私設おおさかお笑い図書館

本文カット　岡崎武志

私だってなにも古本だけを読んできたわけじゃない

長いまえがき

早起きは三文の徳、かどうかわからないが、私はたいてい早起きだ。六時とか七時とか、サラリーマン並みの朝を迎える。夏だともうすっかり明るくて、空気もまだひんやりしている。東京西郊の国分寺在住なのだが、近くに緑が多いためか、春などカッコウが鳴いていたりする。

仕事もいわゆる「朝型」で、午前中の数時間に集中して、短い原稿なら二本ぐらいこなしてしまう。朝飯前、ならぬ昼飯前といったところ。こうして前日の締め切りを、半日ぐらい遅れてしまうこともあるが、申し訳ないと謝るしかない。

切羽詰まっている時には、夜中にだって仕事をするが、お酒を飲み始めるので、夜はたいていぐずぐずになってしまう。見たい映画をBSやCSでやっていたりすると、もうこれはお手上げで、ええい、明日の朝にやっちまおうと放り出してしまうのだ。謝るしかない。

さて、そうして朝のひとときを仕事に費やし、一段落して、お昼をどこで食べようかと考えるとき、いくつかパターンがあるのだが、一番多いのが最寄りの中央線「国立」駅前に出ることだ。よし「国立」だ。そう決まったら、行動は早い。黒い小さなカバンに、財布、手帖、筆記用具、読みかけの本などを突っ込み、前カゴの錆び付いた愛用の自転車でひとっぱしり。ときにはてくてくと歩いていくこともある。一日のうちに三十分くらいは、なるべく歩くようにしているのだ。健康のため、ってこともあるが、歩行のリズムで、頭のなかを掃除しながらあれこれ考えるのが、得難い時間となっている。急に、昔の恥ずかしい行動を思い出して、道の真ん中に立ち尽くしてしまうことだってあるのだが……。

国立駅前は北と南では、同じ町とは思えないほどの差があり、私が居住する方向の北にはなんにもない。そこで一ッ橋大学のある南へ、狭いガードを抜けて、あるいは「通行証」をもらって改札をくぐって向かうことになる。国立はただいま、中央線高架工事中で、シンボルだった南口の三角屋根の駅舎は撤去されてしまった。数年後には駅ビルも立ち、たぶんその下がコンコースとなり、北と南の行き来はもっと楽になるはずだ。

国立駅南側周辺の散歩コースは、これはもう判を押したように決まっていて、順不同だが、腹ごしらえをした後、国立古書流通センター、谷川《やがわ》書店、ブックオフと古本屋をパトロールした後、新刊書店の「増田書店」で新刊をチェックし、文庫目録やPR誌をもらって喫茶店に落ち着く。そこに、駅前の中古レコード・CDショップ「ディスク・ユニオン国立店」を加えれば、犬でいうマーキングが終わる。

自転車で出た時は、いったん駐輪場に留め置き、駅前から真っすぐ伸びる大学通の並木道を、国立高校前ぐらいまで歩いてまた戻ってくる。早足で三十分くらいの、これもいい運動になる。途中、両側にゆったりと歩道が確保された大学通は並木道になっていて、春は桜、秋は銀杏でにぎやかに空を染める。自転車専用レーンがあるため、歩行者は安心して散策できるのだ。

三十代で高円寺、四十代で武蔵小金井・国分寺、そしていま五十代になって国立と、中央線沿線で暮らしてきたが、新刊書店、古本屋、CDショップ、喫茶店、散歩道を総合したレベルでは、あるいは国立がベストかもしれない。

とくに国立へ来てからは、CDを買う頻度が増えて、この数年で「ディスク・ユニオン国立店」で手に入れた中古のCDの数は、軽く二百枚は超えるだろう。ジャンルの内訳は、ジャズが七割、日本のフォーク（ポップス）が二割、その他となる。色分けで五種類ぐらいの値段票がついていて、一定期間がくると、スライド制で色別の値引きの割合が変わる。千円前後で、けっこうジャズの名盤が手に入るので、ついつい二枚、三枚と買い込んでしまう。

函館のジャズ喫茶でかかっていたチャーリー・ヘイデンがあんまりよくて、東京へ戻ってから、「ディスク・ユニオン」を覗いたら、真っ先にその盤が目に入り、飛びつくように買ったことなどを思い出す。ブルー・ノートもプレステッジも旧盤がどんどん千五百円以下で再発されるので、こうなると新譜も中古の値段と変わらなくなる。

いま、手近にあるCDで、この「ディスク・ユニオン」で買ったのを、いくつか紹介してみようか。渋谷毅「エッセンシャル・エリントン」、大貫妙子「ピュア・アコースティック」、エディ・ヒギンズ&スコット・ハミルトン「煙が目にしみる」、スタン・ゲッツ&アストラッド・ジルベルト「ゲッツ・オー・ゴー・ゴー」、「ジョン・コルトレーン・カルテットプレイズ」、ガロ「エッセンス・ガロ」、清水靖晃&サキソフォネッツ「北京の秋」、ブラッド・メルドォ「ライブ・イン・トウキョウ」、MJQ「ザ・シェリフ」、ボブ・ディラン「バイオグラフ」等々。

学生の頃、LPは高かったから、一枚買うと大事に何度も、それこそ擦り切れるほど聞いたものだが、いまは感性も手先も財布の出し入れもすっかり馴れてしまって、買って一回聞いたっきり、というCDだってある。これは反省点だ。

中学、高校と熱狂的なフォーク小僧だったのが、大学に入ってからジャズに目覚め、ジャズ喫茶に入り浸るようになったりして、同時に植草甚一にすっかりいかれてしまった。最初に買ったジャズのLPがマイルス・デイビスの「ラウンド・ミッドナイト」。ジャズ好きの友人に、「最初に聞くならこの一枚」と大学生協のレコード部で選んでもらったのだ。

当時、FM放送で「渡辺貞夫マイ・ディア・ライフ」や、片岡義男の「気まぐれ飛行船」などをよく聞いていて、入りやすいところから、渡辺貞夫をエアチェックしてカセットテープに録音しては楽しんでいたのだが、「ラウンド・ミッドナイト」を選んでくれた友人にそれを告げると、「そんなの聞いてるようじゃダメだ」と言われてしまったのだ。しかし、「渡辺貞夫マイ・ディア・ライフ」は、テーマ曲となった「マイ・ディア・ライフ」も好きだったし、快活な小林克也のMC、それに短いエッセイを朗読する虫明亜呂無のコーナーもよかった。その後、洋物一辺倒にはならず、いまでも日本のジャズが大好きなのは、この時聞いていた渡辺貞夫の影響が大きい。

LP時代、日本のジャズのレーベル「TBM（スリー・ブラインド・マイス）」の音が好きで、鈴木勲、山本剛などを集めてはよく聞いていた。東京に来て、その鈴木勲や山本剛が、ジャズのライブハウスで生で演奏していることを、情報誌で知った時はちょっと変な気がしたものだ。私が聞き始めた時には、コルトレーンもモンクも、ビル・エヴァンスもスタン・ゲッツも亡くなっていたから、なんとなくジャズ・ミュージシャンはみな鬼籍に入っているような錯覚に陥っていたのかもしれない。

仕事をしながら、あるいは仕事が終わって自宅で聞くのは、いまもジャズが一番多い。ギターも弾く。これはフォークソング。七〇年代前半までの吉田拓郎は全部歌える……ってことは、本書に収録した「拓郎に向かって走れ」にも書いた。何度も書くようなことじゃないな。

テレビは、民放地上波のゴールデンタイムは、もうなんだか偏差値の低い若者たち目当ての番組に占拠されてしまい、ニュース番組かドキュメントを見るか、あとはスポーツ、映画を楽しむぐらいか。

昨年より、飯田橋にある「ギンレイ・ホール」という二本立て名画座で、一年間有効の「パスポート会員」になり、一ヵ月に二度、二本ずつ、半年から一年遅れぐらいで新作を見ている。会員カードを提示すると、一年間、同館の映画が見放題、となるのだ。めったに映画館に足を運ばなくなっていた私にとって、これは映画鑑賞における革命となった。どちらかというと、古い映画ばかり見ていたのが、これで一挙に新作にも詳しくなった。

今年（二〇〇八年）に入ってから、「ギンレイ」で見た映画は、『マレーナ』『題名のない子守唄』『自虐の詩』『ミス・ポター』『エディット・ピアフ』『エンジェル』『ある愛の風景』『タロットカード殺人事件』『ウェイトレス』『めがね』『クワイエットルームにようこそ』『再会の街で』『ｏｎｃｅダブリンの街角で』『4分間のピアニスト』『僕のピアノコンチェルト』『やわらかい手』『いつか眠りにつく前に』と、半年ですでに十七本も見ている。二本立てのうち、一本を見逃したり、時間がなくて、行かなかった回もあるが、おおむね全部見ている。プログラムがよく吟味されているので、作品として大はずれがない。見て損したという映画がないのだ。見知らぬ観客たちと一緒に、同じ画面で映画を楽しむ（笑いの共有）ことを、この「ギンレイ」が思い出させてくれた。

上京したばかりの三十代前半、早稲田にあった名画座「早稲田アクト・シアター」で、やはり一年間見放題の会員になって、通いつめたことがあったが、こちらは旧作がほとんどだった。小津安二郎やゴダールを、ひと晩に四本とか五本見ると、どんなに素晴らしい映画でも、途中からいい加減うんざりしてくるのだった。むしろ、うちの一本か二本、見ていない作品をチェックするという使い方を、この映画館ではしていた。天井がむやみに低く、入口で靴を脱いで預けるシステムのため、あちこちからブレンドされた靴下の匂いが狭い空間に充満するのが難点だった。

長々と、いったい何が言いたいんだ、と思われるかもしれないが、要するに、私たちの世代ではあたり前だが、本を読むのと同じくらいに、音楽や映画に多くの時間を費やしてきたのだ。いわゆる「サブカルチャー」と呼ばれた、文学以外のジャンルも、どしどし吸収していった。いまや、むしろ、こちらが「メイン」で、文学の方が「サブ」扱いとなった気がするが、それはまた別の話。

私はこれまで文庫、新書、それに編著を含めて、十七冊の本を出してきたが、これがすべて「本」「読書」「古本」に関する内容だ。肩書きも、書評家、古本ライターと名乗ることが多くて、もっぱら仕事のエリアもその範囲内に集中している。「本」は主食で、知識と感性を働かすエンジンの燃料は、ほぼこれでまかなっている。しかし、これまでに並べ立てたように、その周辺の映画や音楽、あるいはマンガ、テレビといったジャンルからも、大きく恩恵をこうむっている。なにも私の人生は、古本ばかりを読んできたわけじゃないのだ。これまで出した本だけ見られると、そう思われても仕方ないけど。

このバラエティ・ブックでは、そんな主食以外の、いろんな皿を並べ立てて、みなさんにご披露するつもり。最初っから順に読んでいただいてもいいけど、あちこち、気に入ったところから開いて、わがまま勝手に読んでいただけたら、とてもうれしい。

高円寺日記

1992年

2月24日（月）

いよいよ今日から高円寺の住人。しかし寒い。この部屋が特に寒いのか、それとも季節のせいなのか。本日、電話と大型ゴミの申し込み。「自由時間」（のち休刊となったマガジンハウスの情報誌）の取材アポを取り、ガスの開栓に立合ったあと外出。東京プリンスホテルで取材。帰宅してすぐ元の住居（戸田公園）へ。連夜、後かたづけをする。まだ指先がじんじんしている。

2月28日（金）

暑いくらい暖か。勝鬨のリクルートまで校正の派遣の仕事。仕事の帰り、高円寺まで戻り、校正の仲間数名と駅前で飲む。安い、安い。たらふく飲み食いして一人2000円いかない。OとKがこのあと部屋に遊びに来る。群饗の丸山勝広死去。映画『ここに泉あり』で小林桂樹が演じた人物のモデルなり。

2月29日（土）

くもり、春の陽気。昨日に続き、リクルートで校正の仕事。大家に家賃を払うと「もらってばかりで悪いね」と恐縮されるので、こっちが恐縮する。入居時に払ったばかりの意味。なんて、いい人なんだ。

3月2日（月）

連日暖か。夜、かすかな雨。カメラマン長浜治氏取材。大塚ひかりさんに電話でコメントをもらう。「波」が届く。小林信彦インタビュー読む。

3月6日（金）

指の先の皮がめくれ始める。春先はいつもこうだ。引越しのとき、酷使するせいか。深夜まで原稿を書く。半年ぶりなので、難渋する。明け方、布団にもぐりこむが昂奮して眠れず。景山民夫『モンキー岬』読む。

3月7日（土）

今日、すごい夕陽がすごいスピードで沈んでいくのを見た。

3月8日（日）

高円寺古書会館の即売会へ。柳家つばめ『私は栄ちゃんと呼ばれたい』を500円で買う。高円寺へ移り、これから、すぐに即売会へ行けるのがうれしい。

3月9日（月）

くもり、夜中になって雨。景山民夫『ボルネオホテル』を読む。

3月10日（火）

銀座「並木座」へ映画を観に出かける。『青べか物語』と『濹東綺譚』。キップを買おうと思うと、見知らぬ人（男性）が、「これ、使わないからあげる」とタダ券をくれる。こんなこと、あるんだ。

3月11日（水）

住宅新報へ校正の派遣の仕事で出向く。帰り、小田急古書市へ。秋山駿『時代小説礼讃』を買う。

3月12日（木）

昨日に引き続き住宅新報。林哲夫さんからハガキ。人恋しくなっているのでうれしい。

3月13日（金）

リクルートで校正の仕事。泉麻人『地下鉄の友』を地下鉄車内で読了。10日夕方に下ろした1万円、もうなくなる。3日しかもたない。ちょっとセーブせよ。

3月14日（土）

暖かい一日、高田馬場へ。早稲田パール座で篠田正浩『札幌オリンピック』、斎藤耕一『約束』を観る。『約束』はやはり傑作。ちょっとフランス映画のよう。夜、久米川の本庄さん宅へ。清水昶さん朝から待機しているという。怒濤の夜となる。

3月16日（月）

スクーターで戸田の税務署へ、確定申告。1時間半またされ、還付金は1万円強。トホホなり。そのかわり、マガジンハウスから初のギャラ、10万6千7百円振り込まれている。艶本の名場面を抜き出す仕事のギャラだが、えっ、そんなにもらえるのと驚く。元の勤め先からも未払いの給料のうち2万円だけ振り込まれる。急に大金持ちとなる。今夜は「テル」で豪遊する。安西水丸『エンピツ描きの風景』読了。

3月17日（火）

雨、寒い。5時にマガジンハウスへ。「自由時間」トピックス欄を書かせてもらえることになり、編集者の滝本誠さんと打ち合わせ。編集長の石関さんに「滝やんは映画の評論も書いてる人だよ」と紹介され、「ああ『映画の乳首、絵画の……』を書いた」と言うと、「おおっ、よく知ってるね」と感心されるが、じつは「絵画の腓」の腓《こむら》という字が読めなかったのだ。

3月18日（火）

朝から雪。やがて雨に。「自由時間」のアポ取りであちこちに電話する。夜はビールを飲む。中島らも『今夜、すべてのバーで』読了。傑作なり。

3月20日（金）

成増の印刷所へ出張校正。帰り、高円寺の古本屋数軒で、D・フランシス『侵入』100円、川本三郎『忘れられた女神たち』200円、四方田犬彦『黄犬本』500円を買う。

3月21日（土）

晴れ、明け方四時過ぎに目がさめ、眠れない。D・フランシス『侵入』を読む。久しぶりに「飾粽《かざりちまき》」の会に出席。目の前に鈴木志郎康さんや、清水哲男さん、藤井貞和さんなどがいるのが、いまだに信じられない気持ち。

3月24日（火）

夜、日暮里「檸檬屋」という飲み屋で、荒川洋治さんを囲む会あり。初対面の人ばかりで緊張する。荒川さん、ぼくをみんなに紹介するのにベタほめするので照れる。隣に座った毎日新聞社「サンデー毎日」の吉田俊平さんから、「いっぱつ、書評を書いてください」と依頼される。ぼくの書いた原稿も読んでいないのに、と驚くとともに感激する。

1993年

2月2日（火）

晴れ。外出。たいへん寒い。風が強いせいか、身震いをする。ハーフコートを着ても役に立たない。黒いレザーのコート、欲しくなる。高円寺文庫センター近くの美容室でパーマをあてる。マスターがカットもパーマも担当。ちょっと女性っぽい喋り方。生え際の毛が揃わず、「もう、ちゃんと揃わないのよね」と怒りながらむしられる。痛い、痛い。最後、刈り上げられてしまい、鏡の中に、見た事もない自分が映っている。

2月3日（水）

晴れ。わりあい暖か。春を感じる。午前、浜野保樹『小津安二郎』岩波新書の書評。小津の生涯と、映

画の特色などよくまとまっている（後注／この本は、事情があり絶版となる）。書き終えて、サンデー毎日にファクス。夕方、図書館で雑誌をパラパラとチェックし、大石書店で『おすぎの私家版映画年鑑』、中島らも『しりとりえっせい』を各300円で買う。

6時、関西から出張で上京したHさん（同人誌仲間）と待ち合わせ。「一休」で飲む。Hさんのおごり。Hさん、出身校でもある某大学職員だが、ほとんど大学の話。両親を早く亡くしたHさんにとって、大学は親みたいなものなんだ。Hさんと別れ、「テル」（＊）で飲み直し。カメラマンのSくん、ライターのTくん来る。同じ雑誌のフリー仲間なり。Tくんと、フリーライター稼業の話。気楽なようだけど、大変なんだよ、ほんと。ちょっと飲み過ぎて、ふらふらになって下宿へ戻る。

（＊）「テル」高円寺駅前のなじみの飲み屋。70過ぎのおばあさんが一人で切り盛りしていた。カウンターで8席。この店の常連たちと仲良くなり、毎晩のようにここで飲んでいた。おばあさんの死去により、店は消滅。

2月4日（木）

晴れ。一度7時に目覚め、またウトウト。U先生（中学時代の担任）からの電話で目が覚める。時計を見ると9時30分。電話の中身は、探している詩集があって、それが東京の中央図書館にしかないことがわかり、コピーを取ってきてくれ、という内容。わかりました、と答える。夜、吉田拓郎のLP3枚もって、どてら姿のまま「テル」へ。ちょうど拓郎好きのSくん、来ていて、片っ端からかけ、歌いまくる。喉がガラガラになる。バカだ。深夜、テレビで『アンネの日記』見る。ミリー・パーキンス、昔の少女雑誌の表紙のような顔。『ポセイドン・アドベンチャー』の太ったおばさん（シェリー・ウィンタース）、が出てくる。

2月5日（金）

日ごと暖かくなる。口笛を吹きたくなるような陽気。午後から『文学の中の「家」』書評を書く。「自由時間」の仕事。15字×67行。わりあい、うまく書けた気がする。こういう日は、外で映画でも見たくなる。

ひさしぶりに池袋へ出て、「シネマロサ」で、『エイリアン3』と『リーサル・ウェポン3』の2本立て。ただただ楽しく見て、後腐れがない。大画面で見てよかった。すっかりいい気分になって、思い切って、黒の革のレザーコートをバーゲンで2万円で買う。帰る途中、ずっと革の匂いがしていた。「テル」へ寄ると、シナリオライターのMくん、カメラマンのSくんとそのグループが来ている。Mくんとフランク・キャプラの話で盛り上がる。その他、あれこれ喋っていたら、2時になっていた。店を閉めて、同じ方向の「テル」のおばあさんと一緒に帰る。

2月8日（月）

晴れ。一転して寒気戻る。寒い、寒い。革のコートを着て、サンデー毎日へ。いつも座る席の隣に、今日は杖をついた無愛想な年輩の男性がいる。こちらに挨拶もしない。胸の中で（なんだ、この野郎）と思っていたら、電話に出て、「はい、牧です」と答えている。えっ、あの牧太郎！　かつての「サンデー毎日」の名物編集長。病気をされて、いまは週に何度か、手伝いに来ているというふうであった。驚いて、こちらからぺこぺこ挨拶する。夜、「テル」へ。Aさん来ている。夜、サンデー毎日で初めてもらった3ページ書評、苦心惨憺する。

2月9日（火）

晴れ。苦心惨憺の書評、前夜ファクスするが、やはりいけなかったようで、Kさんから手直し、頼まれる。これ又、苦心して直すも、どうもいけない。とりあえず、一旦渡して、棒打ちしたゲラでまた手を入れる。結局、朝までかかる。これほど苦労した原稿は初めて。未熟を痛感する。

2月10日（水）

晴れ。高円寺をうろつく。古本屋、喫茶店、中古レコード屋。ガード下のレコード屋でバーゲンをやっていて、3枚600円。中島みゆき、山崎ハコ、S&Gのベスト2枚組を買う。「テル」へ持っていって、レコード棚に寄付する。Aさん来ている。よく店で会う、みなりのきちっとしたサラリーマンHくんを紹介される。年はあんまり変わらないが、ずいぶん老成して見える。この日は11時まで。

2月11日（水）

迷いつつ、渋谷毅ライブを聴くため、荻窪「グッドマン」へ。しょぼくれた商店街の途中にある。途中、周辺をうろついていたら古本屋を見つける。『古本屋地図』には記載のない店。珍しい本があるというわけではないが、そこそこ楽しめるいい店。また来よう。そんなことをしていたら、ライブの時間に間に合わず少し遅れる。しかし、渋谷毅の入りも遅れて、結局2時半始まりの予定が、3時15分くらいにやっと演奏が始まる。客は10人ほどか。ベースは川端民生。渋谷毅の名盤「クック・ノート」のベースだが、一流ミュージシャンの風情まるでなし。どこかのおっちゃん、という感じだ。渋谷さん、やる気あるのかないのか、水割り飲みながら演奏。ベースのソロの間にタバコを吸っている。驚いた。なんというアバウト。しかし演奏はよかった。帰り、ラーメン激戦区「春木屋」「丸福」はすごい行列。ラーメンをあんなに並んで食べるなぞ狂気の沙汰だ。夜、ヒッチコック『サボタージュ』見る。映画館という密室の使い方がじつにうまいなあ。

2月12日（金）

池袋「文芸坐」2階席で、『フック』『プリティ・リーグ』を見る。どちらもおもしろく見た。『フック』は評論家などからは酷評されていたが、スピルバーグがディズニーをやりたかったんだろう。こういうもんじゃないかね。『プリティ・リーグ』は、アメリカに実在した女子プロ野球リーグを描く。マドンナの姉でキャッチャー役のジーナ・デイビスがめちゃくちゃかっこいい。これはジーナ・デイビスを見る映画なり。夜、大阪、京都の知人、友人に「サンデー毎日」来週号に、3ページ書評が掲載されることを宣伝。みんな「すごいなあ、よかったなあ、買うよ」と言ってくれる。幸福な眠りにつく。

2月13日（土）

晴れ。すごい強風吹き荒れる中、荻窪まで歩く。途中、阿佐ヶ谷で書評用の本を求め、商店街内の喫茶「COBU」で、永島慎二水彩画展を見る。ほとんどが売約済み。一点1万から8万円の値がついている。3万円ぐらいのを一枚欲しいなあ。この喫茶店、婦人洋品店の店内を抜けた奥にある。永島慎二展でもなければ、とても普通は入っていく勇気はない。

1 小津安二郎を見る

小津『麦秋』デッサン

小津の全作品の中から、一本だけ選ぶとしたらどれを採るか——ある意味では馬鹿げた、返答不可能な質問である。小津は愚作や失敗作の極めて少ない映画作家であった。それは小津の制作態度の厳格さや、余分なものを極力排除する禁欲的スタイルが、あらかじめ失敗作を生む因子を拒んでいたともいえる。小津の全作品の一作一作、どれを採っても「小津的」な意匠が刻印されており、その中で主題の展開が多少不徹底であったり、主要な役者の人物造型が疑問の多いものであったとしても、映像そのものに観客が裏切られることはない。どんな些細なシーンをとっても、映画以外の表現形式には決して見ることのできぬ、映画そのものの空気がちゃんと捉えられてそこに映し出されている。そして観客は暗闇の中でその光と影の矩形に酔う。

小津作品の中から一本選ぶ無意味さは以上の如く明らかなことであるが、そこを曲げて敢えて一本挙げる誘惑に又我々は駆られる。少なくとも私にとって『麦秋』という作品は二十代の前半、小津と

いう名も識らず、素手と裸眼でいきなり小津体験をした記念的作品であり、昭和二年、初の監督作品『懺悔の刃』から数えて第四十四作目、というデータでは収まりきれぬ決定的な一作なのである。

小津《オズ》の魔法使い

『麦秋』（一九五一）は通常これに前後して作られた『晩春』（一九四九）、『東京物語』（一九五三）と並べられて〃三部作〃という括り方をされている（この三作で原には、同じ「紀子」という役名が与えられた）。小津のスタイルや方法が最も完成された形でこの三作に凝集したという意味と、各々の作品に主演した原節子の女優としての美しさ、華やかさが、神がかったような完璧さで映像に定着されたという意味において、小津作品の中でも別格視されている。わけても『麦秋』の中での原の美しさは比類のないものであった。

『麦秋』の中での原（役名、紀子）は、父母と兄夫婦と同居する、やや婚期の晩《おく》れた（二十八歳）オフィス・ガールである。父周吉（菅井一郎）は退任した学者。鳥のすり餌を作るのが日課で、時折は論文も執筆している。母志げ（東山千栄子）は戦地へ赴いて還らない次男のことを戦後五年経った今でもあきらめきれないでいる。長男康一（笠智衆）は一家の大黒柱として大学病院に勤務。一本気で短気であり、時折癇癪を起こし、そのとばっちりを受けるのは彼の二人の息子（役名、実、勇）だ。貞淑な嫂史子（三宅邦子）と紀子は節度を保ちながらも軽口を叩き合える仲である。一家の財政は主に、この康一と紀子に頼っており、そのことが一つの伏線となっている。つまり、紀子が嫁ぐということはこの一家の経済基盤の崩壊を意味し、彼女の結婚問題の進展は必然的に一家離散の事態を招く。

同時に、小津はその「一家離散」という主題を描くためにある操作をする。それは、この七人の家族が全員顔を揃えた時は、この家族の別れを意味する、ということである。現実の家族であれば、ごく普通に、日に一度は顔を合わせるだろう。しかし、小津は画面上において、故意に、ある時までは決して全員が出揃わぬようにこの家族の日常を描く。例えば、その意図が顕著な例は、巻頭の朝食のシーン。ここで、小津は〝魔術〟とよびたくなるような、鮮やかな画面上の人物の入れ替えを行う。つまり食卓を中心に据えた茶の間で、家族全員が顔を揃えるのを避けながら、同時に間宮家全員の紹介をも済ませてしまうのである。以下、拙い絵コンテを参考に、その〝小津魔術〟を堪能していただきたい。

まず最初、茶の間の食卓には紀子、実が座っていて、その向こうに、朝食をいち早く終えた康一が立ち姿でネクタイをしめている（図1）。そこへ、末っ子の勇がまだ覚めやらぬという風情で登場し、紀子との「お顔洗ったの」「洗ったよ」という会話のやりとりがある。疑う紀子の手前、一応洗面所へ行き、顔を洗うかと思わせ、タオルだけ水に浸し、「うそだと思ったら、タオル濡れてるよ」というユーモラスなシーンを挟んで三人並んだところへ、二階から下りてきた父周吉が画面に現れ、紀子に原稿の投函を託す（図2）。周吉と康一言葉交しながら、康一は茶の間のカットからはずれ、そのまま出勤してゆく。玄関で見送った妻史子、茶の間へ入ってくる。その直後、入れ替わるように、実は「ごちそうさま」と言って画面右へフレームアウト（図3）。続いて間髪を置かず、今度は左の方向から、母志げフレームインして食卓の手前を横切り、史子の後ろを回り実の座っていた位置に着席す

小津『麦秋』デッサン

る（図4）。次に、食事を終えた紀子が「勇ちゃん、グズね」と声をかけて出勤の準備の為に二階へ上ってゆく、という具合である。

以上、ものの数分ほどのシーンを、何十カットにも細分し、いささかの遅滞も弛緩もなく、小津はまさに映画的な、流麗なリズムによる映像の運動を我々にみせてくれる。もうこれは現物にあたっていただくしかない名人芸である。映像が単なるストーリィを語るための従属物ではなく、視覚そのものに訴えかけてくる光学的思想であることがはっきりとわかるだろう。

そうして回避された「家族の集合」は、やがて物語の終結部で、満を持した形で達成される。周囲をやきもきさせた紀子の結婚話が本人の決意により意外な形でまとまり、間宮家は、康一の家族がそのまま北鎌倉の家に残り、父母は大和へ、紀子は秋田へと別れゆくことになる。その記念として、一家全員と、父母が写真に収まり、すき焼を囲んでの別れの宴が開かれる。この二つのシーンのみが間宮家を中心にした物語ながら、一家が皆揃う唯一のものであることは、皮肉であり、家族という血縁集団の脆い面を冷酷にさらけ出している。小津は、日本の様々な家族を、一方では温かい眼差で照射しながら、もう一方では、ヒヤリとするほど冷酷な視点で、親子、兄弟、夫婦の葛藤、脆さを捉えた作家でもあった。

見上げる視線の行方（治者としての諦念）

『麦秋』に出てくる様々な人物は、各々生活者として、嘆くにしろ、憤慨するにしろ、喜ぶにしろ、何らかの表情をみせる。ところが、その中にあって殆んどただ一人、間宮家父長の周吉だけが、何が起きようと泰然たる態度を崩さない。それは家父長としての落ち着き、というよりも、人生を下りてしまった者の諦念といったものを感じさせる。彼が他の者を諭すよう、あるいは自分に言いきかせるように繰り返すセリフ――「欲を言やぁ、きりがないよ」「今が一番いい時かもしれないよ」がその〝治者としての諦念〟をよく表している。そこには、数年前迎えた、長い徒労の末の敗戦が微妙に影をおとしている。他の者が悔やみ、愚痴をいうかわりに周吉はただ少し顔を上げ、遠くのものを見つめるのである。彼がそういうポーズをとる重要な場面が作品中三カ所ある。以下抽出してみよう。

（1）矢部謙吉（＊）の母たみ（杉村春子、好演）が間宮家を訪問した際、出征した次男の話になった時、志げがまだあきらめきれずにいることに対し、「いや、もう帰ってこないよ」と言った後、顔をやや上げ遠く視線を走らせる。志げもそれに倣って同じ方向をみつめる。空にはこいのぼりがはためいている。

（＊）謙吉は康一の同僚で、間宮家の次男と友人であったという関係で、間宮家に親しく出入りしている。紀子が最終的に結婚相手として選ぶのは、この子持ちのやもめ男である。（配役／二本柳寛）

（2）夫婦で上野公園の芝生の植え込みの柵の手前に腰を下ろし、パンをちぎって食べているシーン。自分たちの手から離れてゆく子供の話から「欲を言やぁ、きりがないよ」というセリフが周吉の口から出た後、志げが「ちょいとあなた」と指さす空に、ゴム風船が一つ雲の間を漂っている。それを見上げながら周吉が言う。「どこかで飛ばした子がきっと泣いてるね。康一にもあったじゃないか、あんなことが」そして二人で空の彼方へ消えてゆくゴム風船をいつまでもみつめている。

（3）物語の終末近く、家族の意にそわぬ結婚話がすすむ中、ある昼下がり、周吉はステッキとパイプを持ち、鳥の餌を買いに外出する。踏切りのところまで来て、運悪く遮断機が下りてきて、一旦後へ戻り路端の石の上へ腰かけ、電車の通過を待つ。やがて電車は轟音と共に目の前を過ぎ去ってゆき遮断機は上がるが、周吉はそのまま動こうとしない。ステッキに手をのせ、じっとどこかをみつめたままだ。空にはうろこ雲。

以上みてきた通り、小津は文章に打つ句読点のように、ドラマの進行の重要な個所で、周吉に特定のポーズをとらせている。それは遠くをみつめながら、しかし何をもみていない、いわば視覚的でない視線である。いったい彼は何を視ているのか――。（*）

（1）では周吉、続いて志げの視線の向こうにあるものは「こいのぼり」という矚目であるかのようである。もちろん、こいのぼりは出征した次男の子ども時代の記憶につながるだろう。しかし蓮實重彦がその綿密な検証（「V見ること」/『監督小津安二郎』筑摩書房、所収）で明らかにしたように、我々観客は「これまでに、彼らが見あげる方向に窓なり縁側などがあることを、知らされていなかった」し、「この画面が二人の見ていたものであるかどうかは明らかでない」のである。それは（3）の「うろこ雲」についても事情は同じであるし、周吉の網膜に間違いなく映ったのは、（2）の「ゴム風船」だけだとも言える。すると周吉が、やや仰角に遠く視線を走らせる行為は、実は眼前の光景をみるためのものではなく、人生のありどころを見据え、当分の雑事（意にそわぬ娘の結婚）を諦念により打ち消し、もう残り少ない自分の時間を計るべく、彼岸からこちらの世界をみつめる視線だと言えないだろうか。周吉は地上にありながら既に彼岸的存在として、家族を治めている。

周吉が「彼岸的存在」である、ということには説明を要すると思われるが、その証明の一つに次のことが言える。それは、彼のポジションが常に二階にある、ということである（小津作品における「二階」の考察は前出『監督小津安二郎』にあり）。彼は封建的家長制度においては、間違いなく「家父長」の位置にあるが、この間宮家においては、「仮寓している」という観はまぬがれない。それは、彼が一日の殆んどを二階で送り、妻の志げがしばしば、来客の応対や蒲団の綿の打ち直し等で階下で時を過ごすことが多いのに比べて、一階での存在は甚だ希薄なのである。つまり、周吉にとって一階は外界へ通ずる廊下のような存在であって、決して腰を落ち着ける場所ではない。かねて懸念中の娘紀子の結婚が、当人がある夜、あっさり独りで決めてきたと報告がなされた時も、一階でその無謀さを責める形での家族会議が開かれるが、周吉はしばらく腕組みをしたあと、志げの促しにより、驚くほどあっさり二階へ引き上げてしまう。しかしその二階にも何があるわけでもない。せいぜい孫の爪を切ってやったり、大和から出てきた兄と掛け軸の絵を眺めて昔を懐かしんだり、鳥のすり餌をすったりするぐらいのことである。

彼が二階ですり餌をつくっているシーンが二個所あるが、その両方とも一つ前のカットが、鳥籠のかかった窓からみえる鎌倉の山と、その向こうに広がる空であることをみても、何かこの周吉に与えられた役割が、浮遊した超越的なもののように観客に意識づけられる演出がなされているように思えるのである。

その周吉を中心に撮られた、一枚の家族写真は、その家族が解体してゆくことを示唆しながら、至福に満ちた「聖家族」のそれとして、物語の結末とは別に、我々の心に陰画として強く定着されるであろう。

（＊）のちに貴田庄『小津安二郎のまなざし』（晶文社・一九九九）で知ったのだが、このシークェンスの変わり目に挿入されるショットを「カーテン・ショット」と名付けたのが南部圭之助。「これは明らかにフェイド・インの代用」と解説する。貴田は南部説を退け、「小津らしい目のショットによる場面展開」とした。

トウキョウ天使の詩

『東京物語』論

一九九三年。今年は映画監督、小津安二郎の生誕九十年、没後三十年に当たる。小津は一九〇三年の十二月十二日に生れ、一九六三年十二月十二日に六十歳で死んでいる。

誕生日と命日が同じ。しかも月も日も十二。六十歳は還暦の歳でもある。冗談でなく、誰も真似ようとして真似られることではない。

蓮實重彦は著書『映画はいかにして死ぬか』（フィルムアート社）の中で、その完璧な数字の上の人生の終焉について〈凡庸な人間にはとてもできない優れて特権的な死に方〉と評している。

その〈特権的な〉死の記念年として、小津作品の上映会、展示会を始め、数々の小津関連書の出版など大規模な〝小津フェア〟が開催されている。しかし、何と言っても目玉と言えば『東京物語』のリニューアル、ニュープリントによる上映だろう。

昨年、イギリスの映画研究所の機関誌が十年ごとに選出する、世界の映画トップテンにおいて第三

位に選ばれた作品である。いや、そんな権威づけはどうでもいい。

例えばこれは、名前を出して悪いが篠田正浩や大島渚クラスの監督が新作を公開することより、よほど映画史的事件たりうるのだ。

描かれなかった「東京」

小津は生涯、東京にこだわった映画作家だった。全作品五十四本のうち『東京の合唱』（一九三一）『東京の女』（一九三三）『東京の宿』（一九三五）『東京物語』（一九五三）『東京暮色』（一九五七）と、「東京」の名を冠した作品が五本もある。（『大学よいとこ』（一九三六）も、最初は『東京よいとこ』という題が予定されていた。）

またタイトルで「東京」と断らなくとも、小津の作品は多く「東京」が舞台に選ばれた。『晩春』や『麦秋』のように、主人公の住居が鎌倉であっても、大学、病院、丸の内のオフィスに赴くため、友人と会うため、笠智衆や原節子はせっせと東京へ足を運んだ。

『秋日和』では、司葉子と岡田茉莉子が会社の屋上から、新婚旅行に向かう同僚が乗っている電車を見送る時、丸の内付近の街が映る。『お茶漬の味』では日比谷濠辺りをのんびり歩く鶴田浩二（若い！）を、有楽町の映画街へ向かう津島恵子（これまた若い！）が、タクシーの車窓から発見する。まだ車の数は今より少なく、道は広々として見える。

東京は、小津にとって一番絵の具の乗りのいい、絶好のキャンバスだった。

ところが、意外に小津は、そこがいかにも東京だとわかる、名所的風景は撮らなかった。例えば『東京物語』で、尾道の老夫婦が子供たちを訪ねて東京へやってくる場面がある。普通ならどういう撮り方をするだろうか。東京へ向う汽車を撮る。車内で弁当を食べる。途中「大阪駅」という駅の表示や、富士山のカットを入れ時間的、距離的経過を示す。そして「東京駅」の表示を撮り、効果音で「とうきょ〜、とうきょ〜」という駅員のアナウンスを入れる。いかにも〝はるばる東京へ着きました〟と観客にわかる方法である。

小津はもちろんそんなことはしない。尾道の家で、平山周吉（笠智衆）ととみ（東山千栄子）が旅行の支度をしてるかと思うと、いきなり舞台は東京へ移る。汽車抜きの、富士山抜きの、「とうきょ〜」抜きである。

画面で我々が知らされるのは、足立区の〝お化け煙突〟（五所平之助『煙突の見える場所』のモデルとなった）、都心から郊外へ伸びる沿線の小駅、荒川らしい川の土手をバックに、風にはためく白い洗濯物だけだ。

次のシーンでは中年の婦人（文子＝三宅邦子。平山周吉夫婦の長男・幸一の嫁であることがおいおいわかる）が、部屋の掃除のため忙しく働く光景がしばらく続く。

ぼやぼやしてたり、「この俳優、名前なんだっけ？」などと、友人と話しているうちに場面は変り、そこがすでに東京であることに気付かない観客が出る可能性だってある。

『秋日和』の冒頭に東京タワーが登場するのはむしろ例外で、『ローマの休日』が観光案内するようにローマ市内の名所を紹介し、結果、ローマが観光名所として飛躍的に観光客を増やしたという意味では、小津はあからさまに東京を撮りはしなかったし、『東京物語』を観て東京への観光客が増えるということもなかった。

いかにも東京らしい映画として、我々がすぐ想起する〝小津作品〟が、実は意外に東京そのものを景観として描かなかったことについては、すでに佐藤忠男の言及がある。


〈小津が描いたのは、東京がじっさいにどんなにすばらしいところかということではなくて、東京をすばらしいと思っている人たちの気持だった。その気持を描くには、大都会のこれ見よがしの景観などはむしろ邪魔でさえもあったのかもしれない。〉（『東京という主役』講談社）

小津が誰にもすぐわかるようには東京を描かなかった、極めつけの例が『東京物語』の中のシーンにある。

東京へ来たものの、幸一（山村聡）も長女の志げ（杉村春子）も、忙しくて両親をかまってやる暇がない。持て余した兄妹は、二、三日熱海の温泉へでも……と、両親を旅館へ泊まらせる。しかし、その旅館は騒がしくロクに眠れない。観光地とて遊ぶ術も知らぬ周吉夫妻は一晩で東京へ帰ってきてしまう。留守中、志げが両親のいた部屋を別の用で使う予定を入れてしまい、二人は泊まる場所を失う。東京に息子も娘もいながら、今夜の宿を探さなければならなくなった周吉は苦笑しながら呟く。

「いやァ、とうとう宿無しんなってしもうた……。ハハハハ、アア……」

周吉は尾道から東京へ出てきている友人のところへ、とみは、戦死した次男の嫁、紀子（原節子）

を訪ねてゆくことにして、二人は東京の町なかへさまよいでる。

紀子が勤めを終える時刻までの時間つぶしに、寺の門前で腰をおろす老夫婦の姿が、背中から相似形で映し出される（小津作品おなじみの絵だ）。「ぶらぶら行ってみようか」という周吉のうながしで立ち上がり、寺の門前から離れる二人。この時カメラはロングになり、閉ざされた大きな門が画面を占め、その前にポツリと二人の姿。大きな門との比較で、二人は余計に小さく心細げに映る。

とみが傘を置き忘れ、周吉に注意されるユーモラスなやりとりをクッションにして（とみが傘を忘れる失策は、数日前、紀子の部屋のシーンで一度あり、その反復）、建物の頭がのぞくことから、そこが高台にあることがわかる長い塀にそって、とぼとぼ歩き出す（列車の通過する効果音が入る）。二人の後ろ姿が影絵のように画面中央にあって、その背中ごしに、あまりに広い東京の空が見える。

周吉　なァおい、広いもんじゃなァ、東京は――。
とみ　そうですなァ。うっかりこんなところではぐれでもしたら、一生涯探しても会わりゃしゃあしぇんよ。
周吉　ウーム。

黒々とした長い塀に沿って画面左へ歩いてゆく二人を追って、小津にしてはまことに珍しく、カメラが移動してゆく（小津はカメラのパンや横移動を嫌った）。

悪気はないが、思いやりに欠ける子供たちに対し、愚痴ひとつこぼすわけでもなく、広い東京の空の下、二人だけになった孤独と寂寥が映像の力だけで胸に沁み込んでゆく、中世の銅版画のような美しいシーンである。

長々と引っ張ってしまったが、小津が〈これ見よがし〉の東京を描かなかった、あるいは隠蔽した例証がこのシーンである。

実は、わざと固有名詞をはぶいて紹介したが、周吉夫婦が居る場所は「上野公園」であり、腰をおろした寺の門は上野「寛永寺」の正門。したがって列車の音は「上野駅」が眼下にあることを示し、長い塀は上野駅を眼下に従えて、西洋美術館、東京文化会館に沿って連なる上野公園を囲む塀である。つまり、周吉が「広いもんじゃなァ、東京は」と言った時、彼らの後方には、あの威容堂々たる西郷隆盛像がある筈なのだ。

それさえ映れば、日本国中の観客に、ただちにそこが東京の地だとわかる象徴的な事物を、小津は採用しなかった。もちろん周吉夫婦にはそれが目に映っている。見まいとしても（もちろんそんな必要はまったくないのだが）いやでも視野に入ってしまう位置に二人は居る。しかし、ついに観客は西郷像と脇の忠犬を拝むことはできない。

西郷像は一九三二年、『生まれてはみたけれど』で、すでに小津作品に出演している。会社員の斎藤達雄が、社長や自分の子供たちの前で八ミリフィルムを披露する場面で、後ろ姿の西郷像が、短い時間だが映し出される。『麦秋』で、ま正面からデンと撮られた鎌倉大仏に対して、西郷とその忠犬はついに小津作品に正面きって出演することを許されなかった。

前々日に紀子が勤めを休んで、一日観光バスで東京を案内した時も、車窓から皇居前広場、銀座四丁目付近は見えるが、それだって東京へ行ったことがない人（昭和二十六年当時はそういう人の方が多かったはず）にとっては、東京への憧れや、東京という記号を認知するほどの矚目ではない。例えば皇居なら「二重橋」を映してしまえば、情報伝達の労力はもっと負担が少なくなるはずだ。『東京物語』とタイトルにある以上、ことさら東京を強調する理由はない、という反証は成り立つ。しかし、本当にそれだけだろうか。小津の「描かなかった東京」に、何か意味は隠されていないだろうか。

見えない列車

ところで、『東京物語』の中で小津が描かなかったものがもう一つある。尾道から東京、東京駅から幸一の家、次に志げの美容院。熱海。紀子のアパート。尾道の友人服部の家。東京駅から途中、大阪へ寄って（寄らざるをえなくなって）尾道へ。周吉夫婦は、一作の映画の中で実に頻繁に移動する。しかし、彼らが移動する道中の電車、汽車はついに描かれない。

電車、汽車の通過する音は何度も効果音として挿入される。タイトルバックのあと、巻頭すぐのショット。尾道の風景をいくつかのカットで見せる時、1・石燈籠、2・通学する小学生たち、3・山と家並み、4・駅舎、5・平山宅の全景のうち、3・（列車の音）、4・（列車の音、最後に汽笛が鳴る）、5・（汽笛がこだまする）と、列車の効果音が入る。

後にも幸一の家へ泊まった晩・銀座を観光バスで通過中・紀子の部屋で酒とカツ丼をよばれながら・前出の上野公園のシーンｅｔｃ……効果音としての列車はしばしば画面に登場するが、視覚としての本体は姿を現さない。

列車で移動するシーンがことごとく省略されるため、この静かな老夫婦は、いつも、前ぶれなく、あっという間に画面に出現するような印象を受ける。まるで交通手段など必要とせず、自在に瞬間移動できる超能力者のように……。

『東京画』で『東京物語』と小津へのオマージュを映像化したヴェンダースの『ベルリン天使の詩』では、人間には姿の見えない（天使仲間と観客には見える）天使が出てくる。

人間の姿をした天使役・ブルーノ・ガンツは自在に空間を移動し、ベルリン市街のあちこちに姿を現す。時に図書館、時にサーカス小屋、時に戦勝記念塔の黄金の女神像に腰をかける。

『東京物語』における老夫婦も、まるで『ベルリン天使の詩』の天使のように、突然上野公園、熱海に姿を現し、画面から消えてゆく。その時、まわりに人影はなく、ただ二人だけの姿が映し出される。二人の傍らを通り過ぎる人も、声をかける人もいない。

周吉の子供たち、その家族、紀子、尾道から上京した知人たち……二人のことを知る者にしか、二人の姿は目に入らないかのように画面は進行してゆく。

例外的に、熱海から早々と引き上げてきた二人を、志げの美容院の客が認めて、「どなた?」と志げに訊ねるシーンがあるが、「ええ、ちょいと知り合いの者……田舎から出て来まして」と、〝両親としての二人の存在〟は否定されてしまう。

熱海の旅館での印象的なシーン。二人は早々と床につくが、マージャンに興ずる部屋、窓の下で唄う流しの声など、騒々しいことおびただしく、なかなか寝つかれない。

このシーンに二個所、同一のカットがある。周吉たちが休む部屋の前に、二人のスリッパがちゃんと並んで脱ぎ揃えられているのが映る。主人の肉体を失ったスリッパは、ただそこに在るだけで、目には見えぬ主人の存在を想像させる。

暗い廊下で、疎外されたごとくぽつんと並ぶスリッパは、上野寛永寺の門の前でたたずんでいた二人の映像と重なってゆく。旅館の何の変哲もないビニールのスリッパが、これほど切なく美しく見える例は他にないだろう。まさにブルーリボン賞級名演技である。

翌朝、熱海の海岸に出た二人は、無人の防波堤に腰かける。またもや他には何もない二人きりのシーンである。

彼らが、映像上において列車で移動しないこと。空や海を背景に、あるいはスリッパに仮託された形で、ぽつんと二人でいるシーンが多いこと。

それは、二人が本当はもうとっくに死んでいて、魂だけが浮遊して子供たちに会いに来ているのではないか、という錯覚をふと起こさせる。だから、彼らはどこへでも突然姿を現せるし、彼らを知る人以外には声をかけられることも、接触することもない。

そんな馬鹿げた空想を抱かせるほど、二人の存在ははかなげで、透明で、寂寥感に満ちている。

東京はずいぶん遠いとこ

『東京物語』が人間の〝老い〟の問題を、残酷なまでに突きつけ、全体に暗いトーンが漂う中で、救われるのはとみ役の東山千栄子の存在である。

東山の柔和な顔だち（菩薩、民芸品のこけし、地蔵などの顔に共通する）、独特な方言——特にとみが多用する「ありがと」は、慈愛にあふれたエロキューションで、そのセリフが出るだけで心がなごむ。それだけに、劇中のさまざまな死の暗示、そして死に至って登場人物になりかわって、まるで肉親の死に立ち会ったようにその喪失を悼む。

とみが「ありがと」と同じく、映画の中で何度も繰り返すセリフも、何気なく発せられながら、映画全体のトーンに暗示的な色調を加えることになる。

①東京に着いてすぐ、東京駅の出迎えに間に合わず、遅れて駆けつけた紀子との会話。
②東京での最初の晩、幸一の家で床を敷いた部屋で周吉と交す会話。
③思いがけず紀子の部屋に一晩とみがやっかいになる場面での会話。
④東京駅での別れのシーン。とみが自分の死を予知しているかのように、自分にもしものことがあっても来なくていい、と告げ、みんなにとがめられた後のセリフ。

以上、四個所でとみは、同じ意味のセリフを言う。それは、
「東京はずいぶん遠《と》いいんじゃのう」

というものであった。

なぜとみは、尾道と東京の距離的遠隔を強調するのか。当時、尾道と東京は一昼夜かかる大変な旅程であったことの、素朴な実感を表すだけでなく、このセリフにはもう少し重い錘りが吊るされている。

我々はしばしば日常生活の中で「死」という言葉を忌み、〝遠いところ〟と言い換えたりする。とみのセリフ「遠《と》いい」が即、〝死〟の暗喩である、などと単純なことを言うつもりはないが、とみが「遠《と》いい」と洩らすたび彼女が東京にいて、東京に肉体はありながらどこか心はよそに、魂のありかが不定であるような印象をうける。同時に「死」の匂いを濃厚に感じさせる。事実、とみの死は、家族全員を、大阪に離れて暮らす三男（大坂志郎）を「遠方」から呼び寄せる。

四方田犬彦は、映画論集『映像の召喚』（青土社）所収の「死者たちの召喚」で、小津作品の登場人物たちはみな〈固定した仰角画面の内側に導かれ、とりたてて派手な動きを見せることもなく、ただ空虚な自動化された言葉だけを互いに反響させてゆく〉ゆえに、生者というより〈死者を連想させる〉と論じた。また〈彼の作品では、登場人物はどこか別の遠い世界から突然に白昼の現在に招集をうけ、当惑しながら不自然な査問に応じている〉と言う。

まさにとみにとって「東京」とは、〈どこか別の遠い世界から突然に〉〈招集をうけ〉た〈白昼の現在〉で、〈当惑〉するしかなかったのだ。とみにとっては、愛する子供たちの住む「東京」も、ただ「遠《と》いいとこ」と評するしかなかった。

小津が『東京物語』で、ことさら東京を強調する名所的風物を撮らなかったのも、大都会として記号化された「東京」を必要としたからだ。「遠《と》いいとこ」を、単に尾道からの距離的遠隔を表すのみでなく、大きくなった子供たちとの心理的遠隔、死を間近に迎えた者にとって、〝生者〟の地「東京」との違和感をも合わせて描くところに、タイトルに「東京」を冠した有効性がある。

そのためには、周吉夫婦を尾道と東京を往還させる時、汽車で長時間かけて移動し、途中の地理的経過を観客に認識させるのはまずかった。判じ物みたいな言い方を許されるなら、『東京物語』の「東京」は、まさしく世界の中でも代表的都市である「東京」ではあるが、関東ローム層を地盤とする、日本列島の中心的位置にある任意の関東地方の一地区を指す必要はなかった。もう少しつけ足すなら、『東京物語』の「東京」は、あくまで小津作品の中でだけ存在する世界であった。

地上から二インチ離れて

今回のお化粧直し済み『東京物語』と併映のドキュメンタリー『小津と語る』では、侯孝賢はじめ、七人の外国人映画監督がそれぞれ小津の作品への思い入れを語っている。

『八月の鯨』を撮ったイギリスの監督リンゼイ・アンダーソンは『東京物語』で初めて小津作品を体験し、その感動を「サイト・アンド・サウンド」誌に評論として発表した。タイトルは「地上から二インチ離れて」。以下「キネマ旬報」（九三年九月下旬号）に採録されたアンダーソンの発言を引用する。

〈イギリスの作家アラン・ワットが鈴木大拙先生に「禅の悟り」についてたずねました。先生は

「日々の体験、日常の経験が即ち悟りです、ただ違っているのは、悟りは地上から二インチ離れた所にあることです」と答えました。
この話からタイトルをつけたのです。
多くのイギリス人が、地上から二インチ離れてという感じを、『東京物語』に持ったようです。ですからこの作品は、世界の名作と評価されています。〉

まさしく、周吉ととみはすべてを受容し、諦念の境地にあった。
尾道への帰り、気分が悪くなったとみを介抱するため、二人は大阪で途中下車する。都合よく、大阪は鉄道員である三男の勤務地でもあった。三男の部屋で一晩養生したとみは恢復し、今回の東京行きの旅について周吉としみじみ振り返る。

周吉　志げも子供の時分はもっと優しい子だったじゃにゃァか。（中略）
とみ　幸一も変わりやんしたよ。あの子ももっと優しい子でしたがのう。

二人は初めて、さりげなく子供たちへの不満を洩らす。しかし、それは激しい憤りではない。彼らは苦笑しながらそのことを受け入れる。会話はさらに続く。

周吉　欲言や切りァにゃァが、まァええほうじゃよ。

とみ　ええほうですとも、よっぽどええほうでさ。わたしらァしあわせでさあ。

周吉　そうじゃのう……。まァ幸せなほうじゃのう。

とみ　そうでさ。幸せなほうでさ……。

ほつれ毛をかきあげながら、満面に笑みを浮かべるとみ。本心は淋しいながら、妻とともに、「幸せなほう」と自分に言いきかせる周吉。

この時、我々にはわからないが、二人の肉体は〈二インチだけ地上から離れて〉いるかも知れない。

酒は涙かためいきか

小津安二郎の映画に見る酒場

「ああうめえな、うめうめ……」

「安くったって、自分のゼニで飲むのが一番うめえや」

「おい、南京豆きてねえぞ。南京豆！」

　これは『彼岸花』（一九五八）の中で、高橋貞二扮する安サラリーマン・近藤ことコンちゃんが、行きつけの酒場のカウンターで続けさまにしゃべるセリフ。国産ウイスキーをショットグラスで、高橋がじつにうまそうに飲む。

『彼岸花』において、なんでもないシーンだが、私などはここが妙に印象に残る。小津の戦後作品は、おのおの最低五回以上は見直しているが、何回見てもこのシーンが楽しみだし、ここへ来ると、じつにいい気分になる。

　そして私は自分の行きつけの酒場で、ウイスキーの水割りを飲むとき、ときどきこのシーンを真似してみる。

「ああうめえ、うめえな……」

なんて口に出して……。

そんなふうにして飲むと、自分が小津の映画の登場人物になったような心持ちになるのだ。そして本当に酒がうまく感じられるのである。

小津の映画（ここで取り上げるのは、主に戦後の作品）では、毎回のように酒場シーンが登場する。それは、『彼岸花』における、銀座の裏通りあたりにあると思われる洋酒バー「ルナ」であったり、『晩春』（一九四九）『麦秋』（一九五一）に登場する築地の「多喜川」と、そのバリエーションである『彼岸花』『秋日和』（一九六〇）『秋刀魚の味』（一九六二）の「若松」などの座敷のある小料理屋、あるいは『東京暮色』（一九五七）の池上線沿線の居酒屋「お多福」などというかたちで画面に現れる。

ほとんど毎回のように酒場のシーンが描かれる。これは小津作品の重要な特徴の一つである。小津はなぜ酒場のシーンをひんぱんに描いたか。また、酒場に一人で、あるいは友人と、あるいは女性と訪れるとき、男たちはそこで何を語り、どういう姿をさらしたか。本稿はそこのところを、見てみようと思うのである。

酒瓶百本でシナリオ一本

まず、なんといっても小津自身が相当の酒のみであった。そりゃ、そうだろう。酒のみの気持ちは酒のみにしかわからない。

『箱入り娘』（一九三五）から、十四年ぶりに脚本家・野田高梧とのコンビが復活し、『晩春』のシナリオ作りに着手。以降、『麦秋』『東京物語』など、このコンビによる脂の乗った名品が生まれ始める。シナリオの共同執筆はもっぱら、茅ヶ崎にある旅館「茅ヶ崎館」にこもって行われた。一本のシナリオを書き上げるのに、約四ヵ月から五ヵ月。執筆作業に酒は欠かせず、酒瓶が次々と空いていった。

〈酒をよく呑み、一つシナリオを書きあげるまでには、来客も多くて、およそ百本ちかくの一升瓶があいた。小津君はその空瓶に1、2、3と丹念にナンバーを書きこんでいた。

「やっと八十本か、まだまだ出来ないな」

そう言って笑っていることもあった。〉（野田高梧「小津安二郎という男」「増刊キネマ旬報――小津安二郎〈人と芸術〉」六四号所収）

また、遺作となった『秋刀魚の味』を撮るころには、朝から微醺をおびていることがあり、小津がスタジオに入ってくるだけで酒が匂うようなこともあったという。

〈五時に撮影を終えると食堂に直行して酒になる。それも度を越すことがしだいに多くなっていった。いわば、素面でいる時間よりは、アルコール漬の時間の方が長くなっていったのである。〉（都築政昭『小津安二郎日記』講談社・一九九三）

『東京物語』で、笠智衆がベロベロに酔っ払い、娘の杉村春子をあきれさせるシーン、『秋刀魚の味』で、もと教師でいまやラーメン屋の親父である東野英治郎が醜態といっていいほど、だらしなく酔っ払うシーンを思い出す。

小津の映画のスタイルは厳格であり、人物の描かれ方はユーモアを含みながら全体としてはスマートであった。しかし、酒にだらしなく酔う男については、容赦なく無残な姿を捕らえた。正体を失うまでに酔う笠智衆に対し、『東京物語』では娘の杉村春子、『秋刀魚の味』では息子の三上真一郎に「もう、あんまり飲むな」と、どちらも子供が親を諭すセリフを言わせている。

生涯独身を通した小津には子供がいなかった。毎夜のごとく酩酊する自分に、もし子供がいたらこんなふうに言ってもらいたい、という気持ちで、映画の中にそんなセリフを盛り込んだのかもしれない。一種の自戒とも受け取れるのだ。

女神を求めて

世に言う女房族や下戸に、結局のところ酒のみの心理がわからないのは、家で飲めば安くつく同じ酒を、わざわざ酒場へ足を運んでまで飲むのかということだろう。経済的なことを言えばまさしくその通り。しかし、そう理屈どおりにいかないのもまた世の常である。

男たちは、なぜ無駄な時間とお金を使って、夜ごと酒場のドアを押すのか。それは単に酒を飲むためだけではないということである。

例えば酒場には女性がいる。カウンター形式のバーやおでん屋なら、その向こう側に女主人がいる。何をするわけではない。「あら、どしたの。元気ないじゃない」なんて声をかけてくれる。男は馬鹿だから、そんなことでうれしいのである。きれいでなくたっていいのだ。自分のためだけに、たとえ商売上とはいえ、心配してくれる。それだけで、彼女は女神なのだ。

最近、私小説作家の上林暁が書いた酒場を舞台にした小説アンソロジー『禁酒宣言』（ちくま文庫）が、坪内祐三編集により出たが、女房を病気で失った主人公は、禁酒宣言をしながら、またぞろついつい足が酒場へ向く。それは、彼をつねに無条件で受け入れてくれる女主人が待っているからだ。

小津の映画で、その女神役を担ったのが、例えば桜むつ子。〈ちょっと小意気な中年増〉（『東京物語』）とシナリオに役どころを書き込まれている。彼女はまさしく、だらしない男たちを自在にてなづける酒場の司祭にぴったりの女優だった。

桜が小津に起用される際のことを語っている。


〈『東京物語』が最初だったんですけどね。そうねェ私はねェ、まず先生に委しとけばいいって言われて……みんな恐い恐いって言ってたんだけど、私、全然恐くないんですねェ、とっても優しいの。ものすごく優しいの。でね、「むっちゃん、お前さん色気あるからねェ、そんな洋服なんか着ないで、ちゃんとお前さん、下町のね、こゥ、粋な方、やんなさい」って言われたんですね。（後略）〉（井上和男編著『陽のあたる家』フィルムアート社・一九九三）

こうして桜は、『東京物語』ではおでん屋の女将、『お早う』でも同じ役に起用される。たしかに、いずれも和服を着た、生活臭のある女将にみごとになりきっていた。『彼岸花』では、冒頭の高橋貞二の相手をするバーのマダムに扮したが、ここでもやはり和服であった。

『東京物語』は、笠智衆と東山千栄子の老夫婦が、それぞれ一家を成す子供たちの住む東京へ出てきたが、あまりいい扱いを受けずわびしい思いをするという話だが、笠が旧友の十朱久雄と東野英治郎と、桜むつ子のおでん屋でしたたか酔うシーンがある。

「（お酌しながら）ずいぶんご酩酊ね、今日」

という桜を、東野が笠に「うちの（死んだ）家内に似ているだろう」と同意を求める。桜は「またはじまった」と言うから、毎度のことなのだろう。しつこく繰り返す東野に対し、桜は「もういい加減に帰ったらどお？　ずいぶん飲んだわよ、あんた今日」と冷たくする。すると、東野は「邪険なところもよう似とる」と言う。このあたりが可笑しい。

酒場の女主人が、死んだ妻に似ているという設定は、『秋刀魚の味』でも反復される。今度は場末のトリスバー（三軒茶屋「かおる」）で、女性は岸田今日子。一人娘（岩下志麻）を嫁に出す笠は、死んだ妻の面影を求めて、若いママのいるバーに通うようになる。そこは、軍艦マーチのレコードをかけるような、どこといってとりえのないバーなのだ。

酒場を気に入る条件というのは千差万別で、個人的な思い入れで成り立っている場合が多い。友人に誘われ、彼の行きつけの飲み屋へ連れていかれても、うまく気が乗らず、つまらない店のように思えるケースがけっこうあるものだ。（どこがいいんだ、この店が）といったん思うと、ディテールのいちいちにケチをつけたくなる。

女主人が死んだ妻に似てるというのは、これ以上個人的な条件はないといっていいくらいだ。当人以外にはまったく関係のない条件だからである。しかし、彼にとってはそれで十分なのだ。

酒場での男たちの会話

男たちが酒場へ通う理由に、そこでの会話を楽しむということもある。小津の戦後の後期作品には、旧制中学（あるいは大学）の同窓で、それぞれがいまや要職にある壮年の男性三人組が、『彼岸花』『秋日和』『秋刀魚の味』とほぼ同じ設定で登場する。彼らが酒を酌み交わしながらやりとりする会話がじつに楽しい。

その三人組とは、会社重役の佐分利信、別会社で同等の役職にある中村伸郎、大学教授の北竜二（『秋刀魚の味』では佐分利の位置に笠が入る）。彼らは結婚式や法事の帰りに高橋とよが女将に扮する小料理屋「若松」へ赴き、または同窓会で顔を合わせる。

例えばそこで交わされる会話とは次のようなものだ。（間宮＝佐分利、田口＝中村、平山＝北、とよ＝高橋）

間宮　イヤ、昔ね、おれたちがまだ大学でゴロゴロしてた時分にね、本郷三丁目の青木堂の近所にクスリ屋があってね、今はクダモノ屋になってるけど、そこに綺麗な娘がいたんだよ。それをこいつ（田口）が張りやァがってね。用もないのに膏薬買いに行くんだよ。

田口 冗談いうなィ。お前だって、風邪もひかないのにアンチビリンだのって買いに行ってたじゃないか。アンチヘブリン丸なんてのも買ってたぜ。

平山 アア、ハカリ印のか。

間宮 その娘ってのがね、いま帰ったあの人（注／原節子）なんだよ。

とよ アア、あの奥さま、ご姉妹かと思ったら、お母さまなんですってね。お綺麗ですわ。——で、それからどうなすったんです?

間宮 ところがだよ。

田口 あとがいけねえんだ。

平山 語るも涙でね。

結局、薬屋の看板娘はもう一人の友人・三輪（故人で話の中にしか出てこない）に取られてしまう。そのことをいまだに残念そうに語るのが可笑しい。同窓の仲間といること、酒が入っていることで、彼らの心は大学時代へ戻ってしまう。だから、そこで語られる内容は、愚にもつかない、若者同士がするレベルの会話になってしまうのである。

しかし、それでいいのだ。酒場で交わされる会話は、なるべく内容がない方がいい。首尾一貫している必要もない。むしろ後々まで記憶に残るようなものであってはならない。言質を取られて、あとで責任を取らされるようでは困るのである。

いい大人が、まるでガキのような話をする。それが許されるところに酒場という居場所のメリットがある。ときどき、小理屈を並べたり、説教してみたり、議論を始める奴がいるが、あれはいただけない。小津の映画でも、『麦秋』では笠智衆夫婦に妹の原節子が加わって、銀座の小料理屋「多喜川」で会話するシーンがあるが、そこでは男女におけるエチケット論争が始まってしまう。

これでは困るのだ。

身銭を切って飲む酒のうまさ

小津が酒のみの心理をよくわかっているな、と思えるのは、何度も引いている『彼岸花』の高橋貞二のシーンにも表れている。高橋があれほど「うめえ」を連発したのは事情がある。

銀座のバー「ルナ」はもともと高橋がいきつけの店であった。それを、ひょんなことから、上司である重役の佐分利信の誘いで訪れることになった。重役と二人でカウンターで飲む酒は気詰まりなものだ。佐分利は輸入ものの高級なウイスキーを注文し、高橋も同じものを飲む（支払いは当然佐分利）のだが、緊張のあまりちっともうまくない。

いつもは元気な高橋が、オドオドと縮こまっているのを見て、ママの桜むつ子が佐分利が席をはずした隙にからかう。

「コンちゃん、今日はいやにおとなしいわね」

「うるせえ、だまってろ」（シッシッと手で追い払うまね）

後日、あらためて単独で「ルナ」に来た高橋は、ボーイに「何、飲みます。こないだのにしますか？」と聞かれ、「あんな高いのダメだよ。いつもの、ふつうの国産の安いの」と言う。

飲み慣れた国産ウイスキーを口に含んで、冒頭のせりふとなるのだ。

つまり、サラリーマンの酒は、自分のポケットマネーで、自分の流儀で勝手に飲むのが一番うまいということがいいたいのだ。

これが、すなわち酒の味というものの不思議なところだ。

特に、外で飲む酒というのはそうだ。酒のうまいまずいに、大きく心理面が作用するのだ。何より心が解放されているとき、酒はうまい。逆に、緊張があったり、心にわだかまりがあるとき、酒はただ酔うためだけの水にしかすぎなくなる。

酒場はまた男の心を解放する装置でもある。だから、しばしば忘れ物をする。ライター、ハンカチ、傘、マフラー等々。忘れ物をするということは、何より、そこで心が解放されている証拠でもある。あるいは泥酔して何もわからなくなってしまったかだ。

小津映画の登場人物たちも、しばしば酒場に忘れ物をする。

『晩春』では、原節子が銀座へ出掛けたおり、偶然出会った父（笠）の友人・小野寺（三島雅夫）に連れられ、父のなじみの小料理屋「多喜川」へ行く。そこで店の者から、笠が忘れた手袋を渡される。

『東京暮色』の開巻まもなく映る、池袋の高架線沿いにある居酒屋「小松」へ立ち寄った笠は、そこで娘婿である沼田（信欣三）が泥酔して帽子を忘れていったと聞かされる。

ここでの二つのシーンはそれとは違うが、忘れ物をするということは、再び近日中にその店を訪れる口実にもなる。深層心理に、そういう魂胆がなかったかどうか。これは心理学者にでも聞いてみないとわからない。

一万冊蔵書移動大作戦

昨年十月末に引越しをした。賃貸マンション暮しから抜け、一軒家を買ったのである。

二十一畳の地下室付き、というのが決め手となった。東京郊外のA市から隣りのB市への移動だから距離的には大したことはない。大したことがあるのは本だ。長年買い続けた本の量がすごいのだ。それが収納限界にきていた。本のために家を買ったといってもいい。

引越しが決まった日から、ざっと一万冊はある蔵書の移動作戦が始まった。

頭金その他で貯金はすっからかん。引越し費用を軽減するため、本は自力で運ぶことにしたのである。

まずは段ボール箱の収集。単行本はヒモで縛るとして、五千冊はある文庫本は箱に入れるしかない。近くのスーパーへ一日数回足を運んで、少しずつ段ボール箱をもらってきた。

ときに、まだ幼なかった娘を手下にして、物陰で待機。従業員の手で段ボール箱が捨てられると、それ行け！　と駆けつけることを繰り返した。バカである。

文庫本を入れるには、二ℓペットボトル六本入りの箱が最適であることを発見。タテに三列でぴったり収まるのだ。この文庫用段ボール箱（?）を百箱は集めただろうか。単行本は孫の手をものさしに一定の高さに揃《そろ》え、ヒモで十字に括《くく》る。来る日も来る日もこれを続けた。

おかげで、たちまち住居は本と段ボール箱を積み上げた倉庫と化した。これを、乗用車にぎゅうぎゅう詰め込み、少しずつ新居に運び込む。車の交通量の少ない午後や、夜中を選んで（まるで夜逃げをするように）一日に数回、本を運ぶロボットに徹した。もちろん、通常の原稿書きをこなしながら、のことである。

とにかくそんなわけで、二十一畳の地下室に、一万冊の本は無事運び込まれた。終わってみると、連日の過酷な肉体労働の成果として眉間《みけん》に深い皺《しわ》が一本加わり、腕にふっくら力こぶがついていた。十数本の本棚に、新たに文庫用の大型本棚を三本、スチール製を三本、ラワン材の木製を二本買い入れたが、それでも蔵書の七割ぐらいしか収まっていない。せっかく身分違いの広い書庫を得たのに、すでに満杯を超えて、おびただしく床に溢《あふ》れだしている。やれやれ。

そしてまた日々、本は増えていく。どうしようもなく増えていくのだ。見学希望の方はお早めに。そうしないと、本に埋もれて出られなくなりますよ。

京都に三月書房あり

三月書房へは歩いてよく行きました。河原町から、あるいは下宿のあった銀閣寺から、当時愛読していた梶井基次郎を気取って、魂の彷徨（笑）をしていた。梶井の名を出したのは、例の『檸檬』で主人公がレモンを買う果物屋というのが、現在も残っていて、寺町通りというお寺や骨董屋のある古い家並みの通りなんですが、そこに三月書房もあるんです。梶井の果物屋からほんのすぐのところです。

外見が古くから京都で商売している商店という感じで、まあふつう一般に想像する新刊書店とはまったく違う。外見は古本屋に近い。事実、昔に京都のイラストガイドマップで、三月書房を「古本屋」と紹介してあったのをはっきり覚えています。ライターの女の子は、一応店の中へ入ったのに、それでも「古本屋」に見えたというからすごいね。

この店はね、入るだけで身が引き締まった。店番してるおじいさんもおばあさんも息子さんも、見るからにインテリでね。三ヵ国語は軽く読み書きできるような雰囲気やった。中村真一郎と奈良岡朋子と浅田彰が本屋やってるという感じかなあ。背伸びして難しい本を買ったら、試験をされて、八〇点以上取れなかったら売ってもらえないという感じ。まさかねえ（笑）。

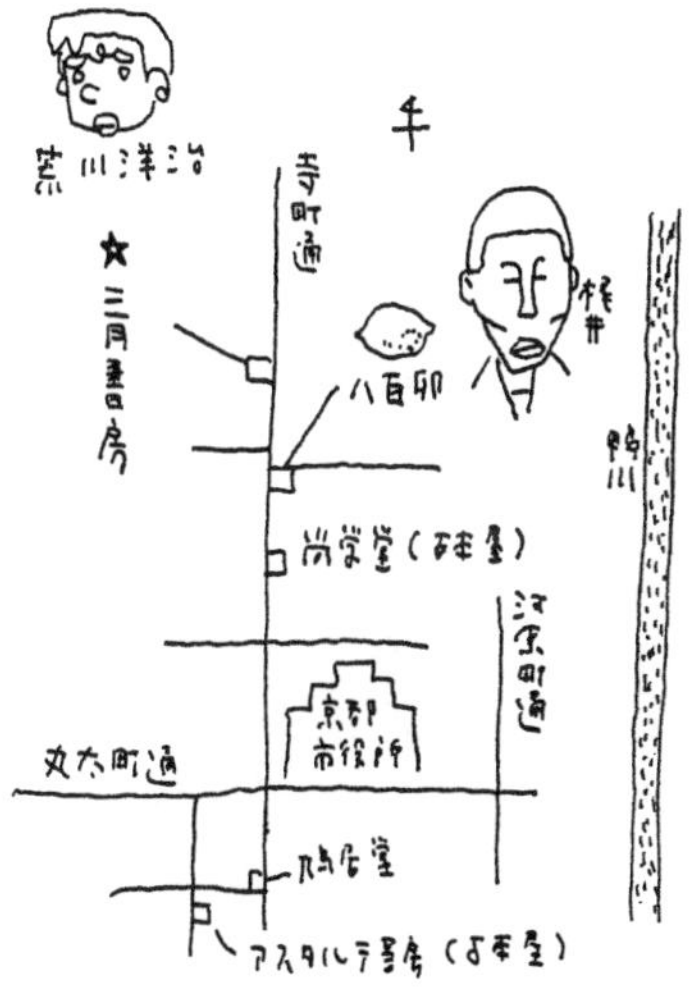

とにかく、どんなに売れてる本でも、自分のメガネにかなわなかった本は絶対置かない。だから、ぼくの本『文庫本雑学ノート』が、三月書房に置かれてたと、山本善行（京都在住の友人）から聞いたとき、どんな評論家にほめられるよりうれしかった。ああ、なんとかこれで一人前かな、と思った。

いったん仕入れると、簡単には返品しなかったんちがうかな。とっくに品切れになってる本でもおいてあった。雑誌のバックナンバーでもおかれてあったり。堅い本が多いけど、サブカルチャーにも目配りがあって、「ガロ」系のマンガ……鈴木翁二の『マッチ一本の話』とか、ここで買ったし、ジャズ関係の本もたくさん置いてあった。文庫本でも、現代教養文庫や、岩波文庫でもやっぱり品切れ違うかなあと思えるものが、作家別、ジャンル別にそろえてあった。三月書房で「あ、この文庫から、こんな作品出てたんか」と思ったこと、なんべんもありますよ。

山本とよく言ってたのは、新刊で、どこで買ってもいい本があったら、それは三月書房で買おうって。いや、ぼくらの買う量なんか大したことないですよ。それでも、ここはつぶれてもらったら困る。この本屋が京都にあるという一点で、ぼくらはどれだけ心丈夫だったか。

東京へ行けば、大型書店や、専門書店がいくつもあることは知ってたけど、そんなん怖くない。三月書房があるもん……ていう気持ちはあったと思う。

ここで買った本で、一番思い出があるのが、荒川洋治さんの詩集『あたらしいぞわたしは』。七九年刊の二刷を買ってる。定価一五〇〇円。それを、ええといくらで買ったんかな。えっ？　古本屋と違うて。そうでしたそうでした、つい癖で（笑）。三月書房はほかでは置かない、現代詩の詩集も優遇した本屋で、よく詩集の棚は見てたけど、この『あたらしいぞわたしは』は、前の方をパラパラ見ただけですぐレジ……レジというより帳場かな（笑）へ持っていった。すごい。震えた。

荒川さんの詩は、この詩集にも入ってる文芸雑誌に掲載された「梅を支える」と「冬のあなたを見る迄は」で知ったと思う。これでびっくりした。その前に、七七年ごろかな、「現代詩手帖」で「技術の威嚇」なんていう文章を書いてて、とにかく生きがよくて、ピンピンとんがってて格好よかった。でも、詩の方がもっとかっこよかった。

表紙がワインレッドの縦長で、黄色い字で「あたらしいぞわたしは」と書いてある。シンプルだけど印象的。それで、中身を開いたら、

きょうは梅が見られると思ったのに
碍子をぬらしてあいにくの雨だ
梅をささえに外へ出る
そんな物見があったかどうか過去に
あたらしいぞわたしは

これでバーン！　と来た。いや、「すばる」ででも読んでたけど、やはり印象が違う。あとで調べたら「すばる」の初出とは少し推敲してる感じだったけどね。あと「タカベを買う日」とか、「広尾の広尾」とか、「ツックマイヤーの本を閉じ」とか、「恋

の道」とか、かっこよかったなあ。リズムがよくて、言葉の使い方が、いろんな範疇の言葉がみごとにクロスして、それこそ「あたらしいぞわたしは」という世界を作ってた。

三月書房で買って、店を出たところから、寺町通りを歩きながらその詩集を読んだのを覚えてますねえ。それから鴨川へ出て、残りは鴨川の土手で読んだのと違うかな。そのときは、まさか将来、荒川さんとお話しできるようになるとは思わなかった。

荒川さんが紫陽社というマイナープレスをやって、三月書房には紫陽社の詩集もおいてあったから、よく買わせてもらいました。

東京へ出てきてから、ごぶさたしてるけど、つい最近も平凡社の編集者と、坂崎さんという粋人の編集者と「今度、雑誌で三月書房という京都の本屋のこと、特集するんです」と言ったら、もう、「三月書房のことなんか知ってて当然」「すごく楽しみ」と言ってもらえた。京都だけでなく、心ある読書家、出版人は三月書房のことを知ってる。うれしいじゃないですか。

第132回 芥川・直木賞発表 記者会見潜入ルポ

いつもは深夜、および翌日のニュースで眺めるだけだった。年に二度の文学の祭典、芥川・直木賞の発表と、受賞者の記者会見会場に潜入してきました。と、いっても某雑誌の取材として、ちゃんと正面玄関から入ったのだが……。東京・築地市場の向かいにある老舗料亭「新喜楽」が、芥川・直木両賞の選考とその発表が行われる場所。この一画だけが江戸の匂いを残すようなたたずまい。ふだんでもおいそれとは足を踏み入れられる雰囲気ではない。

玄関で靴を脱ぎ、下足札をもらって二階へトントンと階段を上がると、一室に詰め込まれるように、各新聞雑誌の記者が待機している。そしてバリケー

ドを組むような撮影用のテレビカメラとカメラ機材の列。子どもなら泣き出しそうな威厳と緊張が漂っている。正面には選考委員による記者会見の席、壁には候補者の一覧が。その隣りになにもない空白のパネルがあり、どうやらここに両賞の受賞者の名（作品）が貼り出されるらしい。

　下馬評では芥川賞が本命が阿部和重、もし受賞すれば男性では史上最年少となる白岩玄（21歳）の『野ブタ。をプロデュース』が対抗。直木賞は本命の角田光代一本。対抗はなし。じりじりと、受賞者の名が貼り出されるパネルを見つめる時間が、文学好きにはたまらない。あれか、これかと頭のなかにさまざまな組み合わせの予想が駆け巡る。

　そしていよいよ、最初に芥川賞、遅れて直木賞の発表があった。結果は、下馬評の本命がそのまま受賞。どちらもデビュー十年以上の中堅で、阿部和重は二回、角田光代は最初芥川賞で三回、直木賞でも一回、過去に候補になったが蹴られ、今回やっとVサイン。知らせを聞いて喜ぶ姿が目に浮かぶようだった。

名前が貼り出されると、控えめな歓声が挙がり、一斉に一報を社に伝える携帯電話が記者たちの耳もとで躍っている。携帯電話がなかった時代はどうしていたのだろうか。選考の経過を伝えたのは芥川賞が宮本輝、直木賞が渡辺淳一だった。記者からの八方からの質問に、どちらも老練な答を繰り出していくのがちょっとした見もの。ちょっと離れた場所から、村上龍と山田詠美が宮本輝をヤジり、「龍、うるさい！」とか言われている。こんな興奮する、楽しいイベントをなぜテレビ中継しないのかと思った。

いっそ、もっと大きな会場で入場料をとって一般客を入れ、選考から受賞発表、受賞者の記者会見までをショー化したらどうか。選考のあいだに、さまざまな人が登壇して予想を述べ、応援団からのメッセージなどで盛り上がる。司会も日本レコード大賞なみのタレントを揃えればいい。児玉清・阿川佐和子が有りか。

受賞者記者会見で阿部和重がその晴れがましさを「紅白（歌合戦）みたい」と言っていたが、芥川・直木賞を沈滞する文学の「紅白歌合戦」にしようじゃないか。

絶望したときはキャプラを

いまこの原稿を書いているのが十二月初め。十四日は赤穂浪士の吉良邸討ち入りの日、とあって、十二月は忠臣蔵の季節である。今年は松平健が大石内蔵助に扮したテレビドラマ「忠臣蔵」がテレビ朝日系で放映中。松平がドラマの最後、内蔵助の扮装のままで「マツケンサンバ」を歌い踊るとあって話題になっている（ウソです）。

日本では師走となると「忠臣蔵」、これをアメリカで置き換えると、クリスマスは『素晴らしき哉、人生！』ではなかろうか。クリスマスの夜に起きる心温まる奇跡の物語を、名匠フランク・キャプラが

演出し、ジェームズ・スチュアートが主演する。一九四六年製作のアメリカ映画だ。アメリカではテレビで、クリスマスの夜によくこの作品が放送されるそうだ。私もまた、毎年クリスマスが近づくとこの映画が見たくなるのだ。そして泣く。

今年は、書店で廉価版のDVDを見つけ早くも見てしまった。これが五度目か六度目くらい。そして最後はやっぱり泣いてしまった。未見の方のためにあらすじを。

ジミー（J・スチュアート）という青年が絶望し死にたがっている。しかし家族を含め、町の人がみな彼を助けたい。彼は町の良心であり、救世主なのだ。そこで羽のない二級天使が地上に遣わされる。急死した父に代って、ジミーは貧民救済のための金融会社を引き継ぐが、根っからの悪党である町の有力者の奸計にあい、窮地に陥れられる。そこで死を選ぶ。

そこに天使登場（冴えない初老の男）。自分なんかこの世に生まれなかったらよかったと言い張るジミーに、それならと、天使は彼が存在しなかった世界を見せる。それは、悪がはびこり、荒廃した暗黒の世界だった。ああ、とてもこんな要約では、『素晴らしき哉、人生！』の素晴らしさの一万分の一も伝えられない。

この映画の魅力を余すところなく語り尽したのが三谷幸喜・和田誠による対談集『それはまた別の話』（文春文庫）。映画の知識は段違いに和田が上だが、この映画については三谷の発言が冴えている。例えばこんなふうに言う。普通のドラマのセオリーから考えると、天使が現れてからが本題。しかし、この作品では天使がなかなか出てこない。「始まりから一時間三十八分後」にようやく出てくる。そこがうまいという。シナリオ実作者らしい視点だ。この映画は「映画好きな神様がいて、その人が初監督したって感じの作品」というコメントも、実にうまく『素晴らしき哉、人生！』の美質をとらえている。

かつてテリー・サヴァラスが「フランク・キャプラの功績を称える夕べ」でこんなあいさつをした。「いい話がある。三人の悪ガキが映画館に無賃入場した。そこで〝映画〟を見たのだが、感動した彼らは帰りに金を払って出たそうだ」。つまりその〝映画〟こそ『素晴らしき哉、人生！』というわけだ（読売新聞社編『映画100物語・外国映画篇　1895—1994』読売新聞社）。

『スミス都へ行く』『群集』もそうだったが、キャプラの作品は、最終近くまで主人公の劣勢は続き、もうだめかとあきらめかけた瞬間に、ハッピーエンドで幕が降りる。だから私も、絶望しかかったときはいつもキャプラを見る。みなさんも絶望したときはキャプラをどうぞ。

青空の下、古本を売る

今年のGW初日の四月三十日に、一日古本屋になって本を売った。といっても、既存の店舗の店番をしたわけではない。編集者・ライターの南陀楼綾繁《なんだろうあやしげ》

さんが発起人となり、東京の谷中・根津・千駄木エリアの書店、古書店、ギャラリー、カフェを巻き込んで、その軒先を借りての青空古本市が開かれた。その名も「不忍ブックストリートの一箱古本市」という。いわば古本のフリーマーケットに参加したのだ。これが楽しかった。

　参加者は全部で七十五組。なかにはプロの業者もまじっていたが、ほとんどは本を売るなんて初めての素人。地域雑誌「谷・根・千（やねせん）」発行で知られる森まゆみさん、作家の小沢信男さん、枝川公一さんなどプロのものかきも参加され、豪華な顔ぶれも揃った。不忍通りを中心に、全部で十二のスポットに複数組が段ボール一箱分の古本を出品、私は団子坂の喫茶店「乱歩」脇の路地に設置した。

　この日は天気もよく、近くの根津神社で恒例のつつじ祭りも開かれ、人出は最高潮。十一時オープン、閉店の六時まで、訪れる客が途切れず、繰り返すが、たった一箱の段ボールの店で、四十八冊、二万九千円強を私は売った。たぶん、今回参加した七十五組中、十位内に入る成績だったはずだ（ちなみに一位は六万円以上の売上げ）。一番人が集まった「古書ほうろう」エリアは、なにが起ったのかと思うくらい、終始客を集め、軒先を貸した母屋の古書店もぎゅうぎゅう人が押し寄せていた。ここでも古本が売れた。客の多くは若く、それも女性が目立つ。とにかく大勢の若者が本を買った一日だったのだ。

　若者の活字離れが叫ばれて久しく、いま本は売れないという。つぶれていく町の書店、古本屋も多い。すると決まって、いまの若者はダメだ、とあきらめ顔で悪口を言う。一方で大成功したこのイベントがある。これをどう考えればいいのか。

　私がたった一日ながら、本を売るイベントに参加し、多くの客と接した経験から言えば、まだまだ十分に本が客の手に届いていない、と感じた。本は化粧品や電化製品、あるいは洋服のように、店員が接客し薦めて売れる商品ではない。一種の嗜好品として、客の自由意思で選択し、買うかどうかを決めるのをじっと待つしかない。逆に言えば、目立った営業戦略や販売の努力を要しない職種だった。それでも本は勝手に売れていく時代があった（いや、そんなことはないという反論はいまは措く）。

　青空のもと、散歩しながら気ままに本を選ぶ。しかも、一店ごとに店主の個性を全面に出したユニークな売り方がされている。遊び心で本に接することで、これまでになかった本との出合いを、この日訪れた客たちは感じたのではないか。本は読まれたい。客は本を欲しがっている。これを結び付ける手は、まだ残っているのだ。

昭和44年〜52年落語関係スクラップ

これは古書展で買った。まだたすきがかかっている。出品店はふづき書店で、三〇〇〇円がついている。ぼくとしては思い切ったほうだ。だから、たすきをはずさずにいるのだろう。落語のこういうリアルな資料はそうそう出るものではない。これは買っておかねば、と思ったにちがいない。

　前半は、末広亭のプログラムを中心に、各種落語会の入場券の半券、チラシ、ラジオの公開録音のハガキ、招待券など。後半は新聞、雑誌の落語関係記事。大変な落語好きであるとともに、まめな人だったことが想像される。

　公開録音の招待ハガキの表書きから、このスクラップの持ち主が当時、新宿区市ヶ谷在住の丹沢桂さんであることがわかる。ためしにネット検索してみたら、丹沢さんはもと日本福音ルーテル田園調布教会の牧師で、現在は引退されて甲府にいることがわかった。いや、同姓同名の人違いじゃないか、とおっしゃる人もいるでしょう。

ところが、丹沢桂さんに関する情報をつぎつぎ見ていくとですね。田園調布の前には、市ヶ谷教会にいたことがわかった。どうです、住所と一致するでしょ。

それだけではない。キリスト教関係の雑誌らしい「アレテイア」(一九九五年・第八号)に、丹沢さんは「咄の噺の話のはなし」という文章を書いている。ここまでくればまちがいなし。なんだか、丹沢牧師の説教を聞いてみたいですねえ。「毎度ばかばかしい……」とは言わないか。あれ、何の話でしたっけ?

あ、スクラップね。昭和四四年八月中席の末広亭プログラムから始まっている。「コント」のコーナーがあり、「西口広場」という題で、〈「フォークソングを唄っている皆さん、交通に迷惑です、家へ帰ってから唄って下さい」「なんでえ、それじゃホームソングじゃねえか」〉とありました。一九六九年、西口フォークゲリラをネタにしている。ま、それだけですがね。

これ、気付いたことを拾いだすときりがないのだが、なかに一点、昭和四二年と少し古い末広亭プログラムが混じってた。四四年以降のは表紙に三色使っているのだが、これは単色。素っ気無いデザインで、紙も悪い。「冷房完備」とわざわざ謳っていますす。冷房が入っていることが売りになった時代でしょう。八月上席の夜の主任は志ん朝。出演者のなかに、講談・貞鳳、物まね・猫八、落語・金馬と続けて名前があった。つまり、NHKの人気番組「お笑い三人組」の三人だ。これは、受けたでしょうねえ。

まあ、そんなことをいろいろ考えながら見ていくと、他人の作ったスクラップが生きてくるのであります。

名古屋モダニズムを捜せ

名古屋が元気ですね。この半年ほど、「名古屋」を特集する雑誌やテレビがやたらに多かった。もちろん、今年三月二十五日から開催されている愛知万博、中部国際空港開港の影響が大きく、その経済効果は二〇〇三年十二月に約二兆二千億円、二万二千人の雇用を生み出すと試算されている。

その名古屋に、この十月の終わりから、毎月一度通うことになった。中日新聞が主宰する栄中日文化センターで「古本講座」を持つことになったのだ。同時期、学習院大学、明治大学でも同種の一般向け文化講座を担当する。

回数はそれぞれ違うが、名古屋は六回。せっかく、名古屋へ行くのだから、名古屋にからめた古本の話をしたいと思う。そこで考えたのが「名古屋モダニズムを捜せ」というテーマ。えっ？　名古屋にモダニズムなんてあるの……金の鯱、海老フライ、名古屋弁（たわけ！）のイメージに支配されている人は訝るかもしれない。いや、もちろんあったのです。

モダニズムとは、全世界的に都市文化が成熟する二十世紀初頭、文学・美術・音楽・映画・建築などで起こった「近代主義」的表現運動を指す。都市文化で言えば、高層ビルの意匠、カフェ、百貨店、自動車、ファッション、広告などにそれは表れた。これまで「東京」、ついで「大阪」は先端的モダン都市としてモダニズム研究は進んできたが、名古屋はなぜか忘れさられていた。一九九〇年に「名古屋のモダニズム」と題された展覧会が開催されたことを契機に、ようやく名古屋にも光が当たるようになってきた。

私の見たかぎり、名古屋モダニズムを牽引したのは「詩」で、名古屋市東区主税町生れの春山行夫が大正十一（一九二二）年に「青騎士」という前衛的詩雑誌を創刊させる。春山の実家は「市橋商会」という、ヨーロッパ向けの陶磁器輸出業を営む店で、当時名古屋は「ノリタケ」を筆頭に、海外向けにアール・デコ様式の陶磁器を盛んに生産していた。モダニズム研究の第一人者・海野弘は名古屋を「セラミック都市」と呼んだ。

　そのほか、一九二〇年代の名古屋は、大須に映画館が乱立し、大正十二年には映画雑誌が創刊、写真、美術でも同時期的に若者たちによる先鋭的な活動がなされていた。昭和三（一九二八）年には鶴舞公園で「御大典奉祝名古屋博覧会」が開かれた。モダニズム特有のスタイル、表現主義による建造物が建ち並び、恒久施設として生まれたのが名古屋市美術館だ。

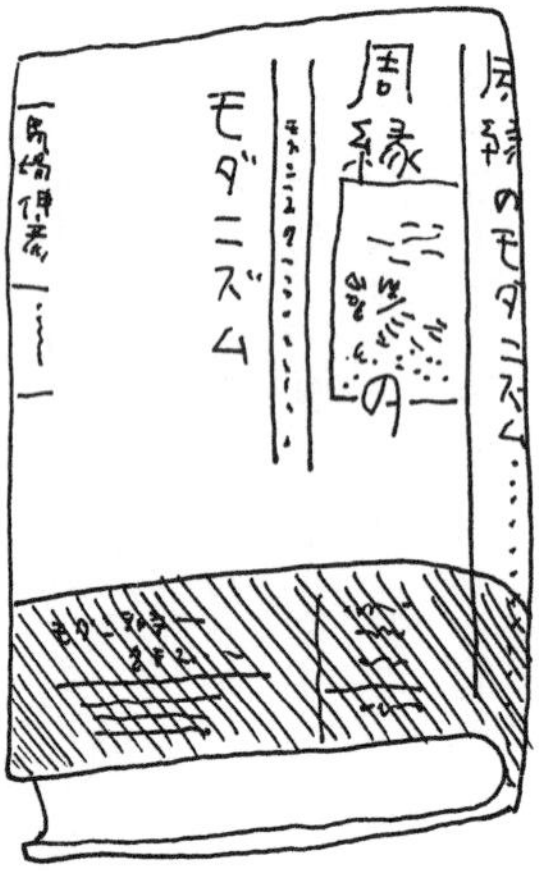

　馬場伸彦『周縁のモダニズム　モダン都市名古屋のコラージュ』（人間★社）は、そんな名古屋モダニズムを展望する、絶好のガイドブックだ。名古屋の街はこれまでにも何度か訪れているが、モダニズムという視点から眺めたことがない。万博が終わっても名古屋は面白い。

のたれ死んだ一人の詩人

伊藤茂次という詩人の名を、いま日本人でいったい何人が知っているか。いや、じつは私も知らなかった。生前にまとまった個人詩集もなく、京都で同人誌に詩を発表するだけで、平成元年に孤独死を遂げている。新聞に死亡記事も載らない。それは、本当に小さな死だった。

金沢で自営出版社を営む龜鳴屋《かめなくや》が、このたび、その伊藤茂次という名もなき詩人の詩をほぼ網羅した詩集を出した。タイトルは『ないしょ』。限定三百数十部。しかし、滝田ゆうのイラストを表紙と扉にあしらった、文庫判のハンディな造本は、いかにもこの貧乏詩人にふさわしい。

まあ、とりあえず一つ、作品を読んでみよう。タイトルになった「ないしょ」は、こんな詩だ。家計を共に支えていた妻がガンで入院する。そこへ、「ないしょ」にしていた、かつて彼女とつき合っていた男が電話をかけてくる。妻は「あんたが主人だとはっきりことわってくれ」と告げるが、僕は廊下を走って電話に出る。

「はじめまして女房がいろいろお世話になりま
してもう駄目なんです　逢ってやってくださ

い」
　と電話の声に頭を下げた
女房はあんたが主人だとはっきりいったかと聞
きわたしが逢いたくないといったかと念を押し
これで安心したといやにはっきりいうのである
僕はぼんやりした気持ちで
女房の体をふいたりした

　こんな詩だ。その後、妻は死に、伊藤はアルコール中毒となり、最後は部屋でのたれ死んでいた。享年はおそらく六十代半ば。緩慢な自殺といっていい。「自分のこと」という詩では、「女房はおこって悲しんでガンで死んだ」と書いた。同じ京都の先輩詩人、天野忠は、「酒を飲んでいるときが正気で、飲んでいないときは腑抜けみたいな人柄というのがある」と伊藤の晩年を評した。

　大正生れの彼は、電車の車掌、旅回りの役者、京都へ来て映画の大部屋役者、四十を過ぎて印刷会社に勤め、そこで詩と出合い、書き始める。

「生活とはずいぶん／大切なことだと／思うのである／もう一度正座／しなおした／のであるが／ふと晴天に／気づき／馬鹿野郎を／どならないで／風に乗っけて／やった／のである」

　初期詩編「晴天」の一部だが、言葉遣いは平明ながら、詩の世界をいきなりつかみとっていることがわかるだろう。

　詩を書かなかったら、おそらく伊藤茂次の名を知る人はほんの一握りだったろう。それが、こうして詩集ができた。

　一人でも多くの人に、この詩人を知ってほしい。

2 文学は駆け足でやってくる

人が人に手渡すもの

「伊豆の踊子」を読む

「伊豆の踊子」という題名を日本人で知らない人を探すのは難しいだろう。特に、田中絹代、美空ひばり、鰐淵晴子、吉永小百合、内藤洋子、山口百恵と六人もの女優の主演によって繰り返し映画化されたことで、その名は満潮時の海水のように日本全国津々浦々まで浸透していった。伊豆近辺の観光地も、「踊子」の看板をはずしての商売は考えられなくなっている。

ところが元のほうの、原作の小説を手にとってちゃんと読んだ人となると、その数は大幅に減少する。中、高の教科書で読んだという人は多いだろうが、教科書版のものはあちこちハサミが入っていて、とても完全版とは呼べない。

というわけで、「伊豆の踊子」は誰もが知っていて、その実誰も本当のところは知らないという運命の小説なのである。

「伊豆の踊子」の成立過程は、大正七年川端が実際に伊豆で踊子の一行と出会い、同行した経験が、大正十一年「湯ヶ島での思い出」という未完の中篇の一部として書かれ、大正十五年に「伊豆の踊子」に書きなおして発表という経緯をたどっている。この作品が実体験にもとづくものであることの証しには次のような文章がある。

〈七年前、一高生の私が初めてこの地に来た夜、美しい旅の踊子がこの宿へ踊りに来た。翌る日、天城峠の茶屋でその踊子に会った。そして南伊豆を下田まで一週間程、旅芸人の道づれにしてもらって旅をした。〉（「湯ヶ島温泉」）

これは大正十四年三月「文藝春秋」に掲載された随筆だが、「伊豆の踊子」が創作でありながら、かなりの部分事実と重なっていることがよくわかるだろう。ただしこの一文にはまだ続きがある。

〈その年踊子は十四だった。小説にもならない程幼い話である。踊子は伊豆大島の波浮《はぶ》の港の者である。〉（傍点引用者）

傍点部の発言に注目していただきたい。「小説にもならない程」とあるが、前述のとおりこの随筆が書かれた翌年に、ちゃんと小説化されているのである。となると、どうもこの発言は腑におちない。あるいは大正十一年「湯ヶ島での思い出」という形で一度この題材に手を染め挫折していることへの弁明と受けとるべきなのか。しかしとりあえず大正十四年のはじめには、川端の意識の中で「伊豆の踊子」という小説プランは抹消されている。その一度反故にされかかった幻の題材が同年のうちに再び手にとられ、あたためられ、作品として成立するこの一年……大正十四年とは、川端にとってどういう年であったのか、ひとつ考えてみる必要がありそうである。

〈二月、「落葉と父母（のち「孤児の感情」と改題）」。三月、「湯ヶ島温泉」。八月、「十六歳の日記」。この年、伊豆湯ヶ島に長く滞在した。〉

右は川端の大正十四年の年譜を任意に拾い上げたものだが、この年発表された作品に顕著にみられるポイントが「孤児」と「伊豆」という、そのまま「伊豆の踊子」の構成要素になっていることに気付く。特に「孤児」の問題は永らく川端の青春期を苦しめた、摘出しかねる腫瘍であった。我が身におきかえてもそれはいかにも無理もない、苛酷な試練である。なにしろ明治三十二年生まれの彼は、翌年（一歳）まず医師だった父を失い、明治三十四年（二歳）母を、その年おばに引き取られた姉を七、八年後に失い、明治三十九年（七歳）祖母を失い、以後十年ほど祖父と二人暮らしをした後、大正三年（十五歳）にとうとう祖父にも死なれている。その祖父の臨終を看取るまでの日記「十六歳の日記」が作家川端康成を誕生させたわけだが、それを作品として発表するのには、やはり大正十四年まで待たなければならなかったのである。「十六歳の日記」について中村光夫は次のように解説している。

〈「私」はすでに実生活のどうにもならぬ辛さを知り、闇が自分をのみこもうとするのに怯えながら、そのままでもがく一つの生命の相を筆で書きとめようとするのです。十六歳の少年にできるのはこれだけなのですが、同時にそれは文学が人生に対してなし得るすべてとも云えます。〉

(「《論考》川端康成」)

中村光夫が評する「十六歳の日記」の意味を川端自身が気付くのに、十一年という歳月が必要だった。リアルタイムの、天涯孤独の身となった大正三年から大正十三年まで、「孤児」の烙印は常に彼につきまとい、「孤児」の自己を対象化し作品化するまでには至らなかった。その苦闘の一端は大正十年「油」という作品に見ることができる。

〈前々から私は、明らかに幼い時から肉親の愛を受けないことに原因している恥づべき心や行いを認めて人生が真暗になることが度々ある。そんな場合、「ええい。」と投げ出したくなる心持を殺し、静かに自分を哀むように傾いて来た。〉

ここではまだ「孤児」という感情がヒリヒリするように川端の内で生々しいものであることがわかるだろう。つまり「油」の主人公の苦悩はそのままその時点での川端の苦悩であるといえる。同じことが大正十五年の「伊豆の踊子」では次のように表現される。下田街道の道すがら、女たちの会話の中に、踊子が何気なく「私」を「いい人ね」と口にする名場面である。

〈私自身にも自分をいい人だと素直に感じることが出来た。晴れ晴れと眼を上げて明るい山々を眺めた。瞼の裏が微かに痛んだ。二十歳の私は自分の性質が孤児根性で歪んでいると厳しい反省を重ね、その息苦しい憂鬱に堪え切れないで伊豆の旅に出て来ているのだった。だから、世間尋常の意味で自分がいい人に見えることは、言いようもなく有難いのだった。〉

前出の「油」の中の表現と比べると、「孤児」に悩む姿がはっきり対象化されて描かれている。そのため、この時「私」が覚えた率直なよろこびの表現は、ストレートに読む者の心に沁み通ってゆく。大正十四年という年に具体的に何があったかはわからない。川端の内面の劇に踏み込んでゆくには、こちらの力も、資料も、時間も、枚数も足りなさすぎる。しかし、この年第二の故郷とでもいうべき伊豆の地に、再び訪れ長く滞在した川端の心の中に、七年前の踊子と道中を共にした思い出が宝石のようによみがえり、その他いくつかの条件が重なって、過去から自分をふっきるのに成功したのだろう。「十六歳の日記」をいまさらのように発表する気になったのも、翌年「伊豆の踊子」を完成させたのもその延長線にあることとして考えればそのことは素直に首肯することができる。

「伊豆の踊子」を読んでいて気付くことは、様々なものを手渡すシーンが実に多いことである。「私」を中心に、踊子、栄吉、その他との間に、実に頻繁にもの（人）のやりとりがある。以下番号を打って抜き出してみよう。

（1）天城峠の茶店で旅芸人の一行に追いついた「私」に、踊子が座蒲団を、次いで煙草盆を「私」に近づける。

（2）茶店を去る時、「私」は婆さんに過分の茶代を渡す。強く感謝した婆さんは峠のトンネルまで「私」を見送り、そこでやっとカバンを「私」に手渡す。

（3）同宿になった旅芸人たちとくつろぐ場面。踊子が茶を運ぶが緊張しすぎて震え、「私」に茶を手渡す寸前でこぼしてしまう。

（4）栄吉が「私」の宿から帰る際、二階から階下にいる栄吉に「柿でもおあがりなさい。」と金包みを投げる。栄吉は「こんなことをなさっちゃいけません。」と抛り上げて返すが、「私」がもう一度投げると、持って帰る。

（5）下田へ向う山越の道で、踊子が「私」に杖の代りにと竹を渡す。

（6）踊子の太鼓を「私」が提げてみる。／「おや重いんだな。」／「それはあなたの思っているより重いわ。あなたのカバンより重いわ。」と笑う。

（7）死なせた子供の法事のために、「私」が栄吉に金を渡す。

（8）港での別れ。見送りに来た栄吉が「妹（踊子）の名が薫ですから。」と口中清涼剤カオールと敷島四箱と柿を「私」にくれる。「私」は鳥打帽を脱いで栄吉の頭にかぶせる。

（9）港で見知らぬ人に、三人の孫を連れた婆さんを上野駅へ行く電車へ乗せてくれるよう頼まれる。

（10）船中で隣り合わせた少年に海苔巻のすしをもらって食う。

厳密には「手渡す」という行為からははずれるものもあるが、文庫本にしてわずか二十ページの文量の中に、これだけ出てくる共通項を見逃がすわけにはいかない。

もうひとつこの〝手渡す行為〟において注目すべきことがある。それは、以上挙げた十の例に関わる人たちがすべて家庭的に淋しい人間だということである。「私」は勿論のこと、茶店の婆さんには年老いた連れ合いがあるが、その老人は全身不随の中風病みで〈水死人のように全身蒼ぶくれ〉の状態で炉端に座ったきりである。旅芸人の一行は一見なごやかな一家族のようだが、栄吉の女房は旅の空で二度目の子供を早産で死なせ、四十女がその女房の実の母で、踊子は栄吉の妹、百合子という娘だけが雇い、という寄せあつめの複雑な世帯である。最後に下田の港で付き添いを頼まれる子連れの婆さんは〈今度の流行性感冒て奴で伜も嫁も死〉に、三人の孫だけが残された、という身の上である。船中で隣り合わせた少年は、入学準備のため一人で東京へ向う途中である。

つまり、「私」が手渡し、手渡される関係にある者は、互いに「家庭的に淋しい人間」という一点で、まるで磁力に吸い寄せられるように近寄っていくのである。〝手渡すという行為〟はその互いの近似性の上にたってのはかない社交といっていい。ましてそれらは旅の空の下でのふれ合いである。もとより永続性は除外されている。その場限りの接点を持ったために、目にみえるものがやりとりされるわけである。「私」の手渡すものが、最後の（9）の鳥打帽以外、すべて金銭であることは、「私」

の世間知の不足と、あるいは「孤児根性」にさいなまれる陰鬱な生い立ちがいつのまにか感情表出の不器用な、金銭に換算することに安堵感を覚えるような性質をつくってしまった、とまでいうのはあまりに「私」に対して酷であろうか。しかし、少なくとも最後に、「私」にしてはこの旅において初めて金銭でないもの（鳥打帽）を相手に贈ったというのは象徴的である。なぜならそれは〈旅費がもうなくなっているのだ。〉という事情があったにせよ、この旅において明らかに「私」が成長したことを表しているからである。

帽子のことでもう少し言い添えれば、彼はこの旅の前半では一高の学生帽を被っていた。その帽子をみて茶店の婆さんは「旦那さま」と呼び、特別扱いもしたのである。当時、帽子は一種の身分証明の役割を果たしていた。旧制高校の学生帽は、将来を約束された者が身につけた〝ステイタス〟である。その帽子は一度カバンの中に収められる。この後「私」の頭の上におさまるのは鳥打帽だが、これは実に危険なことである。この時「私」はぼんやりとだが、この旅芸人の一行にくっついていって踊子と結ばれるという未来を想像している。商人や遊芸人が頭にのせる鳥打帽はそのことを象徴しているだろう。旅芸人たちと同化する手段としての鳥打帽が、一時的な気まぐれにせよ彼の無意識の中に彼の人生を変えるかもしれない甘い誘惑を芽ばえさせている。「私」が特に親しくなった栄吉は、もしこのまま「私」が旅芸人の一行に加わって旅をつづけたらどうなるかを体現した人物である。

「私」が栄吉を観察した文章を次に引く。

〈また顔附も話振りも相当知識的なところから、物好きか芸人の娘に惚れたかで、荷物を持って

やりながらついて来ているのだと想像していた。〉

「私」の観察が正しいらしいことは、別の場面で栄吉自身の口から自分の身の上を語る場面で証明されることになる。

〈私は身を誤った果てに落ちぶれてしまいましたが、兄が甲府で立派に家の後目を立てていてくれます。だから私はまあいらない体なんです。〉

「私」と栄吉が互いに親近感をおぼえるのは、以上のことを含めておくと当然で、栄吉は「私」の数ある人生コースのある選択をした場合の未来の姿であり、栄吉にとって「私」は〈身を誤った果てに落ちぶれてしま〉う前の自分の姿なのである。だから（4）の例で、宿の二階の手すりから「私」が階下にいる栄吉に金包みを投げたとき、栄吉が「こんなことをなさっちゃいけません。」と言って抛り上げて返したこと——これは単に〝学生の身分で余計な気を使うな〟という年長者の軽い諫めとだけ解釈するのは不充分である。栄吉は旅芸人である。宿から宿へ芸をしながら流して歩く。その途中で座敷へ呼ばれることもあるし、祝儀として投げ銭を客からもらうことについては慣れている。しかしこの場合は事情が違う。くり返すが栄吉にとって「私」は自分のかつての姿の投影である。しかもついさっき、湯の中で身の上話をする打ちとけた関係にある。一時的にせよ蔑まれる身分から解放される気になったろう。根っからの旅芸人ではない栄吉にとって、それは有難かったに違いない。しかし「私」が二階から金包みを投げてよこしたことで否応なく現実にひき戻される。勿論「私」には含む気持ちなどない。〈世間知の不足〉と先に書いたが、「私」にとって好意を表す手段としてやっただけのことである。しかし栄吉はおそらく、この時プライドという長らく忘れかけてたものに触れた。そして軽く傷ついた。映画でもしこの栄吉役をふりあてられた俳優があれば、この場面の演技、そして「こんなことをなさっちゃいけません。」というセリフは腕の振るいどころであり、感情表現のコントロールの難しいところになるにちがいない。

このように「伊豆の踊子」において、誰かが誰かに何かを〝手渡すこと〟もしくは物体が二者間で移動することは、必ずその二者の心理状態を表したものだといえる。踊子が山道で私に杖がわりの竹を渡すのは、単に親切心だけを示すものではなく、淡い恋心をほのめかせているし、港での別れの場面で栄吉が手渡す「カオール」という踊子と同じ名の口中清涼剤は、栄吉がこの二人の慕情の交歓を察したうえで買ってきたものである。

「孤児根性」から解放されて、新しい作家生活を出発させた川端が、これまで最も自分に不足し、これからの自分を力づけるものとして「伊豆の踊子」という作品の中で描いたものが、人が人に何かを手渡すことであったということになる。

獅子文六『自由学校』を読む

獅子文六を知っているか

先日、雑誌の取材で歌手のイルカさんに会う機会があった。彼女は東京・中野の生まれで、ソロバン塾と隣りあわせたアパートで育ったと言う。当然ながら、幼い彼女の耳にソロバン塾から漏れるさまざまな音が飛び込んでくる。

「ににんがし、にさんがろく……とか、学校へ上がる前に、音で九九を覚えてしまったの」と、言ったあとこんなギャグを放った。

「ししぶんろく……なんて（笑）」

言わずもがなのことではあるが、掛け算の「ししじゅうろく（4×4＝16）」と、作家の「獅子文六」を掛けた洒落である。僕はすぐさま「どうもうまいですね」などと持ち上げたが、またこうも思

った。

「待てよ、この洒落が通じるのは僕らの年代（昭和三十二年生まれ）がぎりぎりではないか」二十代のライターが取材してたら、この「ししぶんろく」がわかったかどうか。

文庫から急速に消滅

獅子文六。明治二十六年（一八九三）横浜市生まれ。昭和四十四年（一九六九）没。小説家、劇作家、演出家。文学座の創立者の一人であり、本名の岩田豊雄で戯曲や演劇評論の著作もある（戦時中に発表した『海軍』も小説としては唯一岩田豊雄名義）。

しかし、ここで問題にするのは小説家としての獅子文六。戦前、戦後の大流行作家といっていいが、最近その名を見たり、耳にしたりすることすこぶる稀れである。僕は、その作家が現在どういう扱いを受けているか、どの程度の知名度があるかを計るに、文庫の出版状況を見るのが一番早いと考えている。

今回テキストにする獅子文六の『自由学校』は角川文庫版（昭和三十八年三月二十五日初版、昭和四十九年十月三十日21版）。カバーの裏折り返し部分に、その作家の同文庫所収作品が掲示されているが、ここでは『悦ちゃん』『胡椒息子』『大番』『自由学校』『青春怪談』『コーヒーと恋愛（可否道）』の六点。つまり巻末の文庫目録はそれよりさらに一年古い一九七三年（昭和四十八年）のデータが採用されている。つまり本体はそのままで、カバーのみ新しいものにかけ代えられたと推定される。そこには右記の六点に加え、まだ『金色青春譜』『バナナ』『アンデルさんの記』の書名が見える。

なんと一年で三点が消滅している。さらに下って、昭和五十三年の「角川文庫解説目録」に当たると、『悦ちゃん』『コーヒーと恋愛（可否道）』の二点しかない。昭和五十七年には食味随筆の『飲み・食い・書く』が加わり三点に増えているが、昭和六十年の目録ではすべて消滅。角川文庫から獅子文六の名は消え、現在に至っている。新潮をはじめほかの文庫も事情は似たり寄ったり（というより、角川、新潮以外の文庫は獅子文六に関して熱心ではない）。確実に一時代を築いた、たぶん子供でもその名を知っていた作家が、少なくとも文庫の世界では葬りさられてしまったのだ。その状態は長く続き、獅子文六は忘れ去られた作家となった（石坂洋次郎、石川達三、源氏鶏太もほぼ同じ時期に大幅減少）。今年（一九九六年）になってやっと、講談社文庫から昨年創刊された「文庫コレクション・大衆文学館」に『箱根山』が収録。たった一点ではあるが獅子文六の名が文庫界に蘇った。（二〇〇八年七月現在、『ちんちん電車』河出文庫、『わが食いしん坊』角川文庫、『海軍随筆』『海軍』ともに中公文庫、がある。）

しかし、獅子の往時の隆盛を知る、いま四十代以上の者にとっては、信じがたい思いだろう。懐かしさにかられて、ふと昔読んだ彼の作品を手にしようと本屋に立ち寄ったが、もっとも手軽な文庫では読めないことを知ったら……（単行本での消滅はもっと早い）。何しろ、昭和二十年代、三十年代あたりまでは、出る作品ことごとくがヒットし、そのほとんどが映画やテレビドラマ化されたのだ。後述するが、彼の小説から生まれた流行語まである。一時代の世態風俗をユーモアをもって描くタイプの作家は、佐々木邦、中村正常（中村メイコの父）あたりをはじめ早く朽ち、忘れられやすい運命にあることはわかっているが、そのことを差し引いても、獅子のこの十年あまりの時間における急速な消滅には、おおげさに言えば無常観を感じるのである。

『自由学校』という小説の周辺

えらく長い前置きになったが、そこで今回読むのが、獅子の代表作のひとつである『自由学校』。昭和二十五年の朝日新聞に連載された新聞小説だ。『悦ちゃん』『てんやわんや』『やっさもっさ』『箱根山』なども同じく世評を得た新聞小説だから、獅子の作家としての生理に新聞小説というスタイルがよほど合ったのだろう。

また、同作品は翌年の昭和二十六年に、松竹と大映の競作で公開日まで同じくして（五月五日）映画化されている。両方ともまだ未見で（のち松竹版を見た）、内容に関しては何も言えないが、両社競作となっただけあってスタッフ・出演者の顔触れがすごい。参考のため挙げておく。

○松竹版『自由学校』
監督・渋谷実　脚色・斎藤良輔
出演・佐分利信　高峰三枝子　淡島千景　佐田啓二
○大映版『自由学校』
監督・吉村公三郎　脚色・新藤兼人
出演・小野文春　木暮実千代　京マチ子　大泉滉

どちらも、その当時においての、各部門のエース級を投入している。大映版の主演「小野文春」だけ異質だが、それもそのはず。彼は大映が出演者を一般公募（たぶん松竹に対抗したイベントとして）したところ、応募してきた編集者だった。つまり素人である。彼の所属した会社が文藝春秋新社だったところから、「文春」とつけられた。

『自由学校』は、乱暴に言えば、戦前・戦中・戦後の三世代をそれぞれ描いた作品だ。

主人公の南村五百助《いおすけ》・駒子夫婦が戦中派。大磯に住む五百助の叔父で、変人の老学者・羽根田が戦前派。五百助夫婦をかきまわすコンビ、隆文・百合子が戦後派……言うところのアプレゲールである。ちなみに、このコンビが使う言葉遣いが、戦後世代のあたらしい風俗のひとつとして活写されている。

〈「あんた、今日はピンチなんでしょう。ピンチならピンチと、正直に仰有いな。あたしは、持ってるのよ。ハマで、中華料理ぐらい食べたって、平チャラなのよ」

「飛んでも、ハップン！　いけませんよ、ユリーにチャージさせるなんて……」

「それが、きらい！　そんな、ヘンな形式主義、ネバー・好きっ！」〉

駒子はふたりの会話を聞いて「一体、それはどこの国の言語だろうか。新時代の日本語が生まれたのだろうか。とにかく、駒子は、まるで意味が通じないので、途方に暮れ」てしまう。しかし、このコンビの世代が、いずれ長じるに至って、また若者のことば破壊を難じる旧世代と化す。いつの世も同じ、あまりに類似のくりかえしにちょっとおかしくなる。獅子はおそらく、自分が持つ劇団・文学座の若い研究生たちの生態、言葉遣いをチェックしながら、このアプレゲールコンビを造形したのではないか。

また、ふたりの会話に使われた「飛んでも、ハップン！」が、一時代の流行語となった。日本映画に現れた小物や風俗を採り上げることで昭和という時代を論じた『映画の昭和雑貨店』（小学館）の中で、著者の川本三郎は、次のように解説している。

〈「とんでもない」と「ネバーハップン」を合わせた造語で、「とんでもない」を強くした感じ。（中略）小説の連載時から流行語になった。いまでは誰もこんな言葉は使わないが、そのバリエーションとして「歩いてジュップン」（「飛んでも八分」「歩いて十分」）まで生まれ、子どももさかんに使ったものだった。〉

驚いたことは、昭和三十二年生まれの僕らの世代まで、出典をしらないままに幼少時にこの流行語を使っていたということだ。その息の長さにまず驚き、流行語を生みだす新聞小説のメディアとしての強さに驚くのである。

この作品が朝日新聞紙上に連載された昭和二十五年がどういう年であったか、確認しておいたほうがいいかもしれない。この年のまず一月、資生堂が美容講座を開き、初の千円札が発行されている。四月には、タバコの配給が廃止、自由販売となる。寿屋がトリス・ウイスキーを、タイガーが魔法瓶を発売している。第一回ミス日本で山本富士子が選ばれたのもこの月。七月は、見習い僧の放火による金閣寺炎上事件があり、朝鮮戦争の勃発で特需景気が起こる。十一月には天野貞祐の提唱で「君が代」が復活、ビタミン剤の人気が伝えられている（『國文学』平成五年五月臨時増刊号「明治・大正・昭和風俗文化誌」）。

敗戦の脱落感は薄まり、徐々に復興しつつある経済を予感させるように、新しい大衆消費文化の芽が見える。同時に、GHQに統制されたオキュパイド・ジャパンの中に、「君が代」の復活に代表される〝復古〟のムードも感じる。そんな空気の中で、購読者は『自由学校』を毎朝こぞって読んだ。

この年五十七歳になる獅子はどうであったか。前出の講談社文庫コレクション・大衆文学館『箱根山』の「人と作品」（清原康正）から引く。

〈『自由学校』の連載は昭和二十五年五月から十二月にかけてであったが、この年は、二月に妻シヅ子が脳血栓のために急逝、四月にはかねてから予定していた神奈川県大磯町に転居と、慌ただしい年であった。〉

「男」なるものの崩壊

『自由学校』は、主人公の南村五百助・駒子夫婦の紹介をかねて、こんな描写から幕を開ける。時は新聞連載時のリアルタイム、昭和二十五年の五月末。「ガシャガシャガシャという音」が冒頭の一行。これは駒子が踏むミシンの音であり、その傍らにパジャマ姿の五百助が寝転がっている。ミシンの音は駒子の感情表現でもある。十一時を過ぎても出社しようとしない夫を、ミシンを踏みながら何度も叱責する。ここに、この夫婦の位置関係が見事に表されている。とりあえず、松竹版の映画の配役（五百助・佐分利信、駒子・高峰三枝子）を頭にちらつかせながら、以下お読みいただきたい。

五百助は「五尺八寸」「二十二貫の巨体」。「黒毛虫のような眉や、コッペ・パンのような鼻や、懐中電燈が二つ輝いているような眼や、ハンバーグ・ステーキのような脣」という「珍しい人相」の持ち主。亡父は満州交通の副総裁という家柄で、「学習院から京大を出て、長いこと遊んでいたが、結婚の年に、亡父の『子分』の世話で、東京通信社へ就職した」。通信社では、野球のルールも知らないくせに、大きな体格が見込まれ運動部に配属される。しかし、駒子は彼を「何一つ役に立たぬ」「デクノボー」だと見ている。

一方、駒子は全体に小作りな「典型的な美人」。「万事、これほど整理の行き届いた女も少ない」といわれるほど有能な女性で、「頭の働きも、ムダがない」。かつて上流の家庭で育ったが、父が疑獄事件で失脚し家は没落した。手取り一万円を切る通信社の給料を「一文も持って帰らない月も」ある五百助に対し、「英語と手芸とミシンで、月収一万円以上稼ぐ」ために「半分は、あたしが、食わしてやってる」と考えている。昭和二十六年の公務員初任給が五千五百円、駒子は女の手で、その倍も稼いでいたことになる。威張るのも仕方がない。

この小説がミシンを踏む音から始まることは重要だ。昭和二十三年にリッカーミシンが、月賦販売を始めてから、ミシンが一般家庭に普及し、同時に働く女性の象徴となる。前掲の『映画の昭和雑貨店』のなかで川本三郎は、戦後まもなくの日本映画に〝ミシンを踏む女〟が多く登場することに着目し、こう言う。

〈(松竹版『自由学校』を例に)獅子文六は原作のなかで、「女性の自覚」は、ミシンが家庭に普及していったのと時を同じくしている、という説を紹介している。ミシンは「女性の自覚」、いまふうにいえば「女性の自立」の強い味方だったのである。〉

経済的に自立し、だらしない夫をやりこめる女性像は、昭和二十五年という時代ではとりあえず「あたらしい」もので、同じミシンを踏む女性購読者にとってさぞかし爽快な存在だったろう。

いくら促しても出掛けようとしない五百助に、業を煮やした駒子は靴下やワイシャツを投げて寄越す。定期入れと三百円入った紙入れを、これはさすがに手渡したが、それでもまだ動く気配はない。「平然とアグラのかきっぱなし」である。ついにミシンを離れ、厳しく詰問する駒子と、間の抜けた要領をえないやりとりが続いた末に、五百助が告白した。一カ月前に会社を退職し、この一カ月、三日毎に駒子から三百円もらって(百円亭主!)、外をぶらぶら歩いていたことを……。

怒り心頭に発した駒子はこういう。

「出ていけ!」

そして五百助は、「そうですか」「では、サヨナラ。退職金の残りは、僕の机の引き出しにあるぜ」と言って出て行く。

日本の戦争は、国家神道と天皇制に染められた、終始「男」の論理による行為だった。肉体的、精神的につねに「男」性が求められ、「女々しい」と非難されることが最大の恥辱であった。もし、男の論理に女が口をはさめば、「女は黙ってろ」と一喝された。玉砕し軍神となることで「男」を上げ、自己を完結させる人生を、本心はともかく表面上はみなが選んだ。

それからたった五年しかたたないうちに、獅子は『自由学校』で、戦時中に建設した「男」という建物をみごとに解体してしまった。女に一方的に言い負かされ、家から「出ていけ！」と宣告され、またそれをあっさり容認してしまう男。

これくらいのことは日常茶飯、十分にありえる平成八年のいまの頭で受け入れてはならない。敗戦後五年の時点で、世の男性が、そして女性がどうこれを読み、受け入れたか……。特に男性の衝撃度、居心地の悪さははかり知れないものがあっただろう。朝の通勤電車のなかで、朝日新聞を広げるサラリーマンが、『自由学校』に目をはしらせるとき、ラッシュらしきものが始まった車中に、絞れば苦汁が滴るような空気が充満していたと想像される。新聞小説の鉄則「開巻そうそうに読者を引きずり込む場面をつくれ」で言えば、獅子はそれに成功したことになる。

主人公不在の小説

家出した五百助がどうなるか？　読者の興味はそこへ集中する。女房の尻に敷かれ、まるっきり覇気の感じられぬ「とっちゃん坊や」がはたして、家なしの徒手空拳でやっていけるのか？

ところがなんと、五百助の行方が読者に知らされるのは、角川文庫版全四〇三ページのなかで一三四ページ目。もう物語は三分の一が過ぎている。家出以来、百数十日がたってからのことである。主人公不在のまま、三分の一が終わる小説というのも珍しいのではないか。

その間に読者は、毎朝新聞を開きながら、「いったい、五百助はどこへ行っちゃったんだろうなぁ」と心配し、さまざまな想像をめぐらしただろう。家族全員が読んでる家では、その行方について茶の間の話題となったことも考えられる。なにしろまだテレビもない時代だから、新聞小説について家族が語り合うことは十分ありえた（テレビが始まると、例えばNHKの「朝の連続テレビ小説」がそれを肩代りした）。

もう少し言えば、昭和二十五年は、まだ戦地から復員してくる兵隊がいた時代である。ラジオの尋ね人の時間には、帰って来ない夫、息子の行方を何とか知ろうと、すがるように聞き入った。小津安二郎の『麦秋』（昭和二十六年）には、帰らぬ息子をあきらめきれずに毎日ラジオの前に坐る老母（東山千栄子）の姿が描かれている。たとえ、それが小説の中の登場人物であっても、不在の家族へのシンパシーはいまより強かったのではないか。

五百助の不在の間、物語を引っ張るのは妻の駒子である。五百助が家を出てしまってから一週間が過ぎて、駒子はようやく、少しは気になってきたものの、大局的にはたかをくくっている。「五百助のような、無能な、気の弱い男が、そんなにいつまでも、彼女のもとを離れて、暮らしていけるものではない」からである。そこまで言う！

五百助自身は姿を現さないかわりに、会話の中で、また駒子とほかの男たちとの交渉のなかで、その存在はつねに読者に意識させられる。このあたりも獅子はまったく巧い。同時に、駒子の目を通して、戦後の各世代における男たちの姿がいささか戯画化されたかたちで紹介される。大磯に住む五百助の叔父・羽根田は「五笑会」と称するお囃子の会（陰で「バカ・バヤシ」と揶揄される）に打ち興じている。その会の最年少メンバーである辺見卓は、別居中の妻がありながら駒子に言い寄る。同じく「五笑会」のメンバーの子供同士でできたカップル、隆文・百合子も完全な女性上位で、隆文は駒子にしつこくつきまとうようになる。シベリア帰りの復員兵で、配給所の平さんと呼ばれる男は、駒子を暴漢から救うが、そのあと彼自身が暴漢と化す。

駒子の目に映る戦後の男たちは、みなうわついてこっけいである。そのぶん、五百助の存在がクローズアップされてくる。「何もしない」男がいまどうしているか、読者は早く知りたくなる。そこを獅子は、あわてず騒がずじゅうぶんに引っ張る。引っ張ったあげくに、奇想をもって五百助を登場させる。

五百助の「エデンの園」

話は脱線するが、現在私（フリーライター）がひと月のうち半分以上をそこへ通って仕事をする場所がある。教育関係の某出版社だが、所在地が千代田区外神田。最寄りの駅はJR御茶ノ水（「お茶の水」は駅名のみ「御茶ノ水」と表記）。すぐわきを流れる神田川をわたって仕事場へ行くのに、聖橋もしくはお茶の水橋を渡る。聖橋は石製のアーチ型に組んだ橋。お茶の水橋は緑のペンキが塗られた鉄骨の橋である。この両橋と、深く谷を作って流れる神田川、その土手、御茶ノ水駅のプラットホームのバランスが開放感があっていい。ビルだらけの街なかにあって、ひと息つける風景である。

このお茶の水橋の下に、いまで言うホームレスの集団が戦後まもなく住みつき、注目を浴びた。獅子はこの事実に注目し、よりにもよって五百助をここへ送り込む。昭和二十五年の時点で、新聞小説がどれだけ書かれたか知らないが、主人公がルンペンになる小説は珍しいのではないか。先に「奇想」といったゆえんである。

長い間、軍隊や会社や家へ帰れば妻から圧迫され続けた五百助は、橋の下の住人になって初めて「自由」について教わる。つまり「自由学校」とは、神田川にいまも架かるお茶の水橋の下のことにほかならない。彼らは自分たちでバラックを建ててそこへ住み、道に落ちてる物を拾って金に替える。共同便所を作り、ワラやムシロは木灰にして農家へ売るなど独自の生活共同体をつくっている。

五百助はここで、背広とワイシャツを脱ぎ捨て、ルンペンの爺さんに弟子入りし、モク拾いについて歩く。初めて道端に落ちてるモクを拾うとき、五百助はアクションが起きず大いに困惑する。しかし、「一、二、三!」と勢いをつけ「顔を反けながら」拾ってしまうと、「やってしまえば、何のこともなかった」と思う。五百助は次第に橋の下の生活になじんでゆく。


〈これでは、居心地がよくて、いくら金ができても、橋の下を出る気にならないわけである。実際、彼は、良い港に流れついたものであって、こんなに、彼に適した生活環境は、外に考えられない。いやなこと、面倒なことは、サラリと捨てて、現代日本人の誰にも望まれない自由を、享受しているのである。〉

五百助はここを「エデンの園」とまで考え始める。橋の下の住人にも、彼は一目置かれた存在となる。いくら背広を脱ぎ捨てても、大きな図体と、親が満州交通の副総裁までやった家柄で、学習院から京大という学歴が生むムードは消せないからである。

『自由学校』という小説の魅力はいろいろ挙げられるだろうが、この上流といっていい出自の者が、おちぶれてルンペンになるという急な落差に、当時の読者が痛快さを覚えたことは疑えない。

現在刊行中の丸谷才一批評集には巻末にゲストを招いて、著者との対談による解説がついているが、第二巻『源氏そして新古今』の相手は演劇評論家の渡辺保。そのなかでこんなやりとりがある。

〈丸谷　だいたい小説の読者というものは、自分より階級が下、自分より貧しい登場人物には関心を持たないという傾向がある（笑）。

渡辺　上のやつを引きずり下ろして見るというところがおもしろいわけで（笑）。〉

この指摘は重要である。階級の高い者が一挙に没落、零落する快感を、俗人の一人として否定することは難しいだろう。また、その落差が激しければ激しいほど、快感は増す。

五百助がルンペンにおちぶれ、しかもぼろをまとってイノセンスを失っていないこと。当時の読者は、ここに戦後最大の落差をもって階級を滑り落ちた、ある人物を重ねていたのではないか。

五百助の後ろに見えかくれする「影」

物語の系譜に「貴種流離譚」というものがある。〈身分の高い家柄の子が、苦境の中に放浪し、辛苦をなめるという筋の物語〉（旺文社『国語辞典』一九八五年版）である。西洋の童話にはよく見られる筋立てで、特に日本では「源氏物語」をはじめ、義経ものなど親しまれてきた。『自由学校』をそのバリエーションとして見ることは、それほど突飛なことではない。昭和二十五年の読者は、家は没落し、加えて職を失いルンペンにまで身を落とす五百助に、近年にやはり身を落とした人物を重ねて見ていたと思えるからである。

昭和二十一年の元日をもって、昭和天皇は神格化否定の詔書を公表。俗に言う「人間宣言」をした。神が人間となったのだから、これ以上の落差はほかにない。当時の日本人にとって、この衝撃は長く尾を引いたはずだし、はっきり意識しないまでも、ルンペンに身を落として、かえって悠然と構える五百助の姿に、人間となった昭和天皇の身の上を重ねることは十分ありうる。

作者の獅子もそのことは計算に入れていたはずだ。例えば、橋の下で出会った人物、加治木は五百助を見てこう言う。

〈あんたを信頼します。いや、この間の喧嘩のサバキかたといい、人品骨柄といい、あんたがタダ者でないことぐらい、わかっとるです。あんたが、身を落とされたには、定めて、日本人とし

て、血涙を搾り、骨が砕けるような、深刻な理由が、おありのことと思うが……〉

加治木は五百助の人品を見込んで、裏社会の商取引の場に、彼をかつぎだす。加治木の企てに加担することを拒絶する五百助に、加治木が言うことばで、獅子の抱いただろう意図は明らかになる。

〈「悠然と、何もせんで、控えて下されば、よろしい。必要な時には、こうして下さいと、お願いしますよ。平常は、ただ、わし等の心の的、象徴であって下されば……」〉

まるで、戦時下の軍部と天皇の関係をパロディにしたかのようだ。

加治木のおかげで大金が舞い込み、五百助はルンペンでなくなる。りゅうとした身なりで銀座へ遊興に出向くまでになる。しかし、皮肉なことに、橋の下の世界にもさまざまな変化があり、もう以前のような「エデンの園」は消滅してしまっている。

となると、この小説の結末もおおかた推測がつくだろう。橋の下とはいえ、まったく自由な場所ではなく、人が集まれば社会ができ、橋の上と同等の人間関係が生まれる。背広を脱ぐ爽快感は体験できても、本当の自由などこの世にありはしない。作者は、禁断の実を食べた代償に、五百助に手厳しい罰則を用意している。

法学者である羽根田の心情に仮託して、獅子は「自由」についてこう語る。

〈彼は、法律によって保証された自由というものの限度を、あまりに、よく知っているのである。また、自由そのものと幸福との関係が、直接には結ばれていないことも長い人生経験として知っているのである。〉

「自由」という二文字が、もっとも魅惑的に輝いていた時代の物語である。

カンフル剤としてのプライド

ディック・フランシス小論

1

〈人は獲得し、失う。廃墟からなにかを、たとえ一片の自尊心であっても、救い出すことができれば、次の災厄まで心を支えてくれる。〉（『利腕』菊池光訳、以下同じ）

「自尊心《プライド》」とは何とやっかいなものだろうか。それが在《あ》る故に傷つき、自己嫌悪し、又それが強ければ強いほど、他所目にはひどく滑稽に映ることもある。ちょっとした爆弾を抱えているようなものである。そこで人は「自尊心」という呪縛から逃れようと試みるが、もがけばもがく程それはからみつき、傷口を拡げ、葛藤という名の泥沼へとはまり込んでゆく。

しかしここに、この「自尊心」という爆弾を手なづけ、ある時はカンフル剤として自分を奮いたたせ、自分を滅ぼそうとする邪悪な魔手と徒手空拳で闘い続ける男たちのレポートを書き続ける一人のイギリス人作家がいる。言うまでもなくディック・フランシスその人である。

彼は元エリザベス皇太后の専属騎手をつとめ、全英チャンピオン・ジョッキーに二度輝く、という騎手最高の栄冠を二つまでも手にし、引退後新聞記者として競馬欄に筆を執るかたわら、自ら馴れ親しんだ競馬界を舞台にミステリーを発表し始めた。記者生活を終えてからもほぼ毎年、一作ずつ長編を発表し続け、そのどれもが水準以上の出来映えということもあって、わが国にも多くのファンがいて彼の新作を待っている。

ハヤカワ・ミステリ文庫（一九八七年現在、十九作目の『反射』まで入手可能）の緑色の背表紙が掌の幅ほども本棚に揃うと、我々はもう彼の作品の虜となり、あとはただシリーズの残りを次々と読破してゆくしかない。まさに「D・フランシス中毒」とも言うべき現象がそこに呈され、心滅びゆくひとり寝の夜など、睡眠時間を搾取に搾取されながらも巻を置くあたわず一気に読了し、冷えた胸に小さな炎の塊をともしながら至福の眠りにつくのである。また彼の作品においては、過去に苦い経験、傷痕、欠落感、恥辱を多く持つ者ほど感情移入の度合いが強く、これを「D・フランシス係数」と呼ぶなら、その数値の高い者ほど我々は真の意味で親しくなれる気がする。同じ意味のことをもっと巧みに表現した郷原宏の名言がある。

〈ディック・フランシスのおもしろさがわからない人とは友達になりたくない。〉（『試走』解説）

2

昨年（一九八六年）の年末に邦訳発表された『侵入』で二十五作にもなるD・フランシスの〝競馬シリーズ〟は各主人公が様々な点で類似し、そのキャラクター（性格・行動様式・長所・嗜好・美学・相貌）が少しずつ重なり合っている点に特色がある。その為このシリーズの愛読者たちは、しばしば任意の一作を未読か既読かの判断に困ることがある（邦題の題名がすべて漢字二字の熟語で統一されているところにも原因がある）。「シリーズもの」という執筆形式に不可避な〝マンネリ〟という悪意ある囁きがここにも聞こえてきそうだが、あいにく彼の作品群に限ってはそれは当たらない。それは丁度、幾枚かの色セロファンを重ねながら、新しい含蓄ある色を創造してゆくように、『興奮』のハンサムでフェミニストであるダニエル・ロークのイメージを残像として意識下に残しながら、『本命』のアラン・ヨークの明晰かつタフぶりに呆れ、『大穴』のシッド・ハレーの禁欲的なまでの自制の過程を読みこむのである。つまり二十五作にも及ぶあのシリーズを読みすすめるに従い、我々の頭の中で二十四人（主人公が同一なもの二作）の主人公たちは互いに補足し、重複しながら寄り添い合い、何層にも増幅しながらより理想化された形で成長してゆくので、そういう意味で「競馬シリーズ」を一種の「教養小説」として読み込むことさえ可能だろう。

3

D・フランシス描くところのヒーロー像に共通項があることは先にも述べた。さて、ではそれは例えばどのようなものか。

まず彼らは過去、現在にわたって精神的、あるいは肉体的欠損を持っている。

『利腕』『大穴』――離婚、義手、誇りある職（騎手）の喪失。

『血統』――一瞬たりとも気の休まることのない仕事（英国諜報部員）の為に慢性化しつつある不眠症、憂うつ症にさいなまれ、潜在的に自殺願望という危機を持つ。

『転倒』――破滅的なアル中に陥った兄を持ち、自身は簡単に脱臼する肩を守る為、胸を斜めに横切る帯紐を不可欠とする生活を送る。

――等々、枚挙にいとまがない。あるいは、もっと極端な例を挙げれば、一般的には栄誉、長所、賞讃の対象となるべきものまで彼の作品の中では「欠損（負い目）」として意識づけられる。

『飛越』の主人公は爵位の称号を持ちながら、それを隠し競馬場の空輸請負い業の馬丁頭に身をやつしているし、『暴走』の主人公は英国ジョッキー・クラブ調査部主任という名誉職にあるが、不相応な年齢（若すぎる）であることを常に応援した相手の反応から欠点であるかのように意識づけられる。

『度胸』のロバート・フィンは新鋭の騎手だが、両親を含め一族が著名なクラシックの演奏家で両親が「騎手」を野卑な職業であり、息子がそのような職に就いていることを恥辱だと考えている為、家族のことを明かせない立場にある。まるで何らかの「負性」なくしては男の美学は語れないといった徹底した人物造型である。

では「競馬シリーズ」の主人公たちにとって、それら「欠損」はいかに機能するのか。

まず「欠損」は補塡・慰安されなければならない。その為に「競馬《レース》」、「女性」という装置が用意される。どちらも欠落感に日々滅ぼされゆく彼らにとって高揚と歓喜と充足をもたらすものとして、D・フランシスの作品世界において最高レベルに位置するものである。また、それらの装置がなにより効果的に機能する為に「女性」は無垢であることが望ましいし、「競馬《レース》」はしばしばエロチックな存在として描き出される。その意味で二つの装置の持つ意味は等価である。

〈私はひざをテンプレイト（馬の名前——引用者注）のわきに押しつけ、鞭で肩を軽く二度叩いた。その合図だけで充分であった。彼は先頭に立つために全力をふりしぼった。首をつきだして足運びを低めた。私は彼の背みねにひざをあてて締めつけ、彼の動きに体を合わせた。気を散らすのを恐れて鞭は使わなかった。ゴールから五歩手前で相手に頭一つ差をつけ、そのままゴールを走り抜けた。（中略）今まで、これほどまでに力を使い果たしたレースはなかった。これほど完全な満足感を味わったレースはなかった。〉

ここに描き出された描写は現象面としてはあくまで競争馬に騎乗しての他者との競い合いだが、馬上の主人公にもたらされるものは、殆ど女性との「性行為」と同じものであろう。そしてそれは、主人公が背負う「欠損」意識が重ければ重いほど、歓喜は高まるという図式が成立する。
しかし、D・フランシスの作品においての「欠損」意識が主人公のもたらす意味はそれだけにとどまらない。例えば『煙幕』においては人気俳優エドワード・リンカーンの娘が〈精神発達遅滞〉という障害を持つが、そのことが一家にもたらした影響は次のようなものであった。

〈その後の一年間に、私たちはその言葉（〈精神発達遅滞〉を指す——引用者注）のもつ意味を知り、また、そのように大きな災厄に直面して、私たち自身のことも新たに知った。その事故の前までは、私たちの結婚生活は成功と繁栄に押しまくられて、崩壊への一途をたどっていた。事故の後は、しだいにまた結びつきを固め、なにが大切であり、なにが大切でないかを、はっきりと見分けることができるようになった。〉

ここでは一家に舞い込んだ悲劇（負性）を荷うことで、方向としてはより強い結びつきを生む（正性）原理が語られている。実はこの負性から正性への転化、という公式がD・フランシス作品の重要な核を形成するものである。

4

〈ジョディとガンサー・メイズが自分から搾取した金額は正確にはわからないが、こと自尊心という点では、私は丸裸にされたも同然である。〉(『重賞』)

〈それに自尊心も回復しなければならない。撃たれたのは自分の愚かな行動のせいだ。その点は言い逃れようがない。〉(『証拠』)

D・フランシスの作品世界においては、大金を長年にわたって搾取され続けてきたことよりも、銃で腕を撃たれたことよりも、「自尊心」の保持が最優先される。彼らがそこまでこだわるだけの「自尊心」にどういう秘密があるのか、以下『利腕』をテキストに考えてみよう。

彼らは決してスーパーマンではない。確かに一べつで様々なものを読みとる力、執ような探査と質問ぜめで問題の核心を追究する力、相手の心を見透す透視力、災厄に対する耐久力など超人的な能力を共通して備えている。しかし例えば彼らは腕力が強いわけではない。こと肉体的な点に関しては、場合によっては障害を持つ為、常人にさえ及ばない。だから彼らは割合簡単に敵の手に陥り、捕縛され、監禁される、徹底的に痛めつけられる、骨を折られる、袋小路に追いつめられる、あるいは弾丸を一発くらう、といった様々な非情な手口で脅しをかけられる。再び繰り返すが彼らはスーパーマンではない。そのことで大した抵抗もできないままに大いに傷つき、半死半生の目に遭い、衰弱し、脅える。

『利腕』のシッド・ハレーはある事件(『大穴』)で元々傷ついていた左手を更に痛めつけられ、手術で切断し、義手生活を続けている。そして更にまた、新しい事件にまきこまれて敵の手におち、残った無事な方の右手を邪悪な馬主トレヴァー・ディーンズゲイトの銃により今、また失おうとしている。

〈これまでの人生で経験したあらゆる恐怖も、今この瞬間の全身が溶けるような、思考力が崩壊するような恐怖に比べたら物の数ではない。私は意志力がこなごなになってしまった。その破砕した細片の中に埋没した。恐怖の沼にはまり、魂が泣き声を発するような状態にまで落ちた。しかし、なすすべもないまま本能的にそれを表に出さないよう必死の努力を続けた。〉

「恐怖心」というそれ自体ありふれた感情を、ここまで明晰に、イメージ豊かに描かれた例はこれまでの無尽蔵に輩出された文学作品の中にもおそらくなかろう。天性の作家D・フランシスの手腕をよく示すところのものである。ともあれ恐怖の極限の果てにシッドは一旦、悪党の「手を引け」という脅迫に屈してしまう。そして解放された後、誇りを土にまみれさせた男の「自尊心」をめぐっての精神的地獄がはじまる。

〈肝腎な部分は、激しい動揺、苦悩、あの藁の上の激動の数分間に自分の全人格が文字通り叩きつぶされてしまったという感じにさいなまれていた。問題の一半は、自分の弱点を充分すぎるほど承知している点であった。これまであれほど自尊心が強くなかったら、自分の自尊心を失うことによってかくも打ちひしがれることはなかったはずであるのが判っていた。〉

ある女性に「あなたは火打ち石のように堅くて頑固だ、と彼女がいってるわ。あなたに比べたら鋼なんか飴のようなものだって」と言わしめる（D・フランシスはこのような比喩が抜群に巧い）シッド・ハレーの精神的仮死状態を周囲が放っておかない。離別した妻の父であり、彼自身最も信頼を寄せるチャールズは、彼を蘇生させる為わざと侮蔑した言葉を投げつける。

〈「この数日は、きみにとって初めての酒浸りだったのか？」（中略）

「あまりばかげたことをいわないでいただきたい」

彼がわずかにあごを上げた。「わずかに火花が見えたな」皮肉な口調でいった。

「まだ自尊心はあるらしい」〉

シッドの充全なる理解者であるチャールズは、彼を立ち直らせるカンフル剤として何が最も効果的であるかを熟知している。シッドを含め「競馬シリーズ」の主人公たちにとって、男としての誇り、自尊心を失うことは比喩でなく自己の滅亡に等しいことなので、肉体、精神両面にわたっての破壊、苦痛から脱出するのには、やはり自分の内なる「自尊心」の発火を試みるより他にない。彼らにとっては「自尊心」こそ唯一無二のカンフル剤たり得るのだ。

〈しばしばやるように、力の弱い上膊部を力強く動きのなめらかな右手で押さえて支えながら、体の外と内なる心のどちらを切断された方が片輪としてひどいだろうと考えた。

屈辱、疎外、無力感、失敗…………

長年努力してきた今になって恐怖心に打ち負かされるようなことは、絶対にしない、どんなことがあっても許さないぞ、と惨めな気持ちで決心した。〉

「現代」とは男としての自尊心を保ちにくい時代の謂である。〝見えるもの〟が人を決断させ、人心は尖り、融和せず、塩辛くなり、譲歩する。しかし、そんな中で踏みとどまって、たかだかマッチ一本の炎ほどの自尊心の為に人に顧みられることのない暗い道に歩幅をつめつつ往こうとする者もいる。そういう誇り高き男たちが存在する限り、D・フランシスの「競馬シリーズ」は彼らにとって最高の福音書として読み続けられることだろう。

描写のうしろに見えるもの

「芝浜」における三代目三木助の描写の方法について

落語とは、考えてみれば不思議な芸である。いまどき誰も着ることのない和服を着用し、広い高座の真ん中に敷いた座布団に正座し、我慢比べのようにそこから動かない。女性を演じようが、老人、子供を演じようが、鬘もつけないし衣装も改めない。使う小道具は扇子と手ぬぐいだけ。場面転換があっても、背景に書き割りが登場することもない。すべては、演者の喋ったことを、聞き手が想像力で補うしかない。上方を代表する落語家・桂米朝はそのことを指して「落語とは催眠術のようなもの」と評した。落語家が「目の前に大きな川が」と言えば、客は頭のなかでそれぞれの知る範囲での「大きな川」を想像してみるしかない。

まるで十割の蕎麦粉で打った蕎麦を、汁にあまり浸けずに食べるようなもので、分かる者だけ分かればいいという姿勢である。ハイビジョンやマルチメディアなどという時勢に、不親切きわまりない芸があったものだ。しかし、蕎麦の味をよく知る者にとって、件の蕎麦がたまらないように、落語はもはや大通りは渡らぬが、側道を清冽に流れる疎水のような趣きで、現代人の心を捕らえる力を持っている。

落語の芸の本質を言い当てるのは、なかなか難しい。よく比較される八代目桂文楽と古今亭志ん生の例で言えば、文楽は一字一画揺るがせにしない「楷書」の芸と言われ、志ん生はいっけんぞろっぺいで融通無碍な「草書」の芸と言われた。文楽は「大仏餅」の口演中、一登場人物の名を失念し、その場で「また勉強してまいります」と客に頭を下げ、そのまま二度と高座に上がらなかった。かたや志ん生は、噺の途中で筋がほかの噺と入れ替わっても動じなかったし、しばしば酔って高座に上がり、あげくにそのまま眠ってしまっても、それはそれで客を喜ばせた。ふたりは二極端ながら、どちらにもひいき客がつき、時代による多少の変動はあっても、まず等分な声価を得ている。このふたりをサンプルとして抽出し、落語の芸の本質について語ることはここではしない。しかし、どんなに芸の質は違っても、ふたりが名人と言われる核心には「描写力」というものがあった。「何を言ってやがる。武士と職人の区別もできなかった志ん生に描写力などあるものか」という、うるさがたの声が聞こえそうだが、私は志ん生にも描写力はあったと思う。

「描写」を、蕎麦とうどんの食べ方の違い、煙管による刻み煙草の吸い方など、扇子と手ぬぐいという小道具の使い方を含めた仕草や、人物の身分の違い、職業の違いの描き分けと限定するなら、たしかに志ん生の分は悪い。しかし、志ん生の場合は、意識してそういう描写にはあまり細かく注意を払わなかったふしがある。「あまり細かく仕草をすると噺がつまらなくなる」という意味のことをもらしたエピソードがあるからだ。そして、このことばはあながち、仕草に代表される意味での描写が巧くなかった志ん生の開き直りともいえない面がある。仕草はやたらに細かいが、噺全体としては面白くもおかしくもないタイプの落語家は、現在でも山ほどいる。ことばの絶妙な選びかた、声の抑揚やエロキューション、ことばとことばの合間の呼吸……いわゆる間と呼ばれるもの、人物の心理や空間を表現する眼力、噺に出てくる人物に聞き手のシンパシーをうえつける力などをひっくるめて「描写」と呼ぶなら、間違いなく志ん生も名人であった。

前置きが長くなったが、ここで取り上げるのは三代目桂三木助の十八番といわれた「芝浜」という作品である。この噺で、一人の落語家が、落語という形式の範疇で、どこまで「描写」の力を追求できたか、徒手空拳で、聞き手の感覚にどこまで演者の考えるイメージを伝達できたか、を考えてみたい。

三木助・小林七郎は一九〇二（明治三十五）年東京生まれ。高座名を八度も変え、一九四九年に三代目三木助を襲名。NHKラジオ「とんち教室」にレギュラー出演し、人気者となる。一九六一（昭和三十六）年没。司会ほか、マスコミで活躍する現四代目三木助は、三代目の長男である。三木助がどういう芸人であったか、何人かの評を拾ってみる。

〈繊細緻密な感覚と、どこかすっとぼけた飄逸さが並存した芸風〉（山本進『別冊落語界・落語家総覧』深川書房・一九八〇）

〈桂三木助の落語をひと口でいうと、当時随一の落語美学の演じ手であった、ということに尽きる。文学的とでもいえる言葉の使い方、話芸のなかに浮かばせる美しい江戸の世界と、その数か

ずの風景、加えて現代語の挿入の見事さである。〉（立川談志『あなたも落語家になれる』三一書房・一九八五）

〈そういう三木助の芸を、まるで、文学みたいだな、と、感心する。そういえば、三木助の芸には、戦後の、このごろの文学に、すっかり、かげをひそめてしまった、そういう、においのようなものが、いつでも、そっと、底びかりしていた。〉（安藤鶴夫『三木助歳時記』旺文社文庫・一九八二重版）

これらの称賛を集めたもととなるのが、三木助版「芝浜」の完成だった。文楽の「富久」、志ん生の「火焔太鼓」、可楽の「らくだ」、柳好の「野ざらし」などと同じく、演者の代名詞のように挙げられる代表作である。

ざっと粗筋を紹介しておこう。

腕はいいが、酒好きで怠け者の棒手振《ぼてふ》り勝五郎が、ある朝かみさんに無理やり起こされ、芝の魚河岸へ仕事に出掛けるが一刻早い。仕方なく浜へ出て、煙草をつけながら夜明けを待っていると、波打ち際で財布を見つける。中身を改め、金が入っているのを知り、驚く。急いで家へ帰り開けてみると四十二両入ってる。喜んだ勝五郎、仕事どころじゃないと仲間とどんちゃん騒ぎし寝てしまう。次に起きてみると、お金を拾ったのは夢だとかみさんは言う。あとには騒いだ借金だけが残る。酒がいけないと悔い改め、断酒して仕事に精出し、三年後には店を構え、使用人も何人か使うまでになる。その大晦日、かみさんにお金を拾ったのは夢じゃなかったのだと打ち明けられ、あなたのためを思って嘘をついたのだと詫びられる。勝五郎はよく嘘をついてくれたと礼を言い、久しぶりに酒を注がれるが、口元まで運んで飲むのを止す。

「よそう、また夢になるといけねぇ」

と、落ちになる。

この最後の大晦日の風俗描写がいい。私など、このシーンを味わいたいがために、毎年、大晦日になると、「芝浜」のレコードを引っ張り出してくるほどだ。今は失われた、古き日本の新年の迎え方が再現されており、軽く酒に酔ったような、しんみりしたいい気分になる。ちょっと引用してみようか。テキストは飯島友治編『桂三木助集』（青蛙房・一九六三）による。地の文は引用者の補足。

お湯（銭湯）から帰って来た勝五郎が、店の後片付けをしない小僧たちを叱る。盤台を積んで上に輪飾りを載せるなどの指示をする。輪飾りは新年を迎える支度である。

〈「それから炭ィついどきな、景気が悪くッていけねえ。勘定ォ取りにくる人が、表は寒《さぶ》いんだからねェ、火がなによりのご馳走じゃァねえか。もっとうんと火をついどけェ……」〉

かみさんが小僧たちに早く湯へ行くように、ついで年越し蕎麦の道具を蕎麦屋に届けるように言い付ける。家の中は勝五郎と女房のふたりきりになる。

〈「うん、上がるけどもよゥ（と、あたりを見廻して）……なんだかてめえの家《うち》のような気がしねえよ、やけに明るくッてよ……明るい訳だ、畳をとり替《け》えたのか？」

「まだねェ、早いと思ったけども。さっき親方にきてもらってすっかり入れ替えてもらって……」

「そうかァ……道理で……（上って座につき）あァ、いい心持ちだなァ、えゝ？　おッかあ、昔からよゥ、畳と嬶《かか》ァ……（痰を切り）嬶ァの古いのはいいなァ」

（中略）

「いまちょうど除夜の鐘が鳴ってえる。福茶《ふくぢゃ》がはいったから福茶をおあがンなさいな」

「あゝ？　福茶ッて、あの去年のんだやつか？　あァ餓鬼のうちにゃァのまされたことァあるんだけどねェ、久しくのまねえから、福茶の味だってなんだって忘れちゃってら、なんでもいいや……あゝ、そうか？（ちょっと耳をすまして）あ、いけねや、おゥ、雪が降ってきたのか？」

「どうして？」

「なにかさらさら音がしてきた」

「いいえ、雪じゃないんだよ。門松が立ったら、風が出てきたもんだから、笹が触れあうもんだから、ときどき、さらさらッ、さらさら……ッと、音がして、さっきあたしもねェ、雪と間違えたの」

「そうか……雪ァ降る訳ァねえと思った。おれァ帰りにひょいと空ァ見たが、降るように星が出てやがった」〉

どうです、いいでしょう。外の厳しい寒気。店の中では真っ赤に堅炭がおこっている。真新しい清浄な畳に、雪と間違う門松の笹の葉擦れの音。雪ではないと否定はされるが、いったん持ち出された雪のイメージは、聞く者の瞼の裏に残像のように残る。伝統的習俗に則った、静かな大晦日の風景が展開されてゆく。このあと、湯呑みに酒を注ぐラストへと話は進行してゆくが、そこでは「あゝ、匂いを嗅いだだけでも千両の値打ちがあンなァ、え？　たまらねえなァ……」というセリフが用意されている。新しい畳の明るさ、笹の葉擦れの音、酒の匂いと、聴く者の視覚、聴覚、嗅覚を刺激しながら、新しい年の到来を感じさせる。水際だった演出だと言えよう。

そして、この場面の大部分は三木助の工夫によるもので、従来の「芝浜」にはなかった演出である。この噺は、近代落語の創始者・三遊亭圓朝が三題噺をもとに作ったと言われているが、飯島友治は〈それまでの『芝浜』は、稀に演ずる人があっても、なにかしらくすんだような感じを免れなかった噺だけに、(中略)〔三木助の演出は〕実に新鮮な感銘を与えたものである。〉(前出『桂三木助集』作品解説)と、証言している。

また三木助は、ふだんの会話ではゆっくりと喋るほうだったという。当代小さんが、「長短」という、恐ろしく気の短い男と、気の長い男の噺を研究する際、親友だった三木助のしゃべりっぷりを、気の長い方の男のモデルにしたぐらいであった。しかしそんなことを感じさせぬほど、勝五郎の部分のセリフは速い。もっとも、聞き苦しい速さではなく、いかにも気持ちよさそうに言葉が口からとびだしてゆく。そのスピードが勝五郎という人物の生理から割り出された速さであるため明快なのだ。落語の面白さは、ひとつには、この鍛えられた話術が繰り出す、この世ならぬ言葉の舞踏と、コントロールされた音の美しさに酔うところにある。

いつもどこかくすぐったそうで、地から足が離れたような勝五郎の喋りには、女房に夢だと断定されれば、多少の疑問はあっても信じ込もうとしてしまう、明るい愚かさがよく表れている。三木助の歯切れのいい江戸弁を聴いていると、一本気で善人の魚屋の血が輸血されたような気持ちになって、手ばなのひとつもかみたくなってくるのだ。

この後、大団円となる女房の告白が待ち受けているのだが、そこは息を詰めて聞かなければいけない場面なので、このたっぷりと余白をとった空気の造形は、まことに大切な前提となる。三木助は、百メートル走をこれから走るランナーが、スタートラインの足場を丹念にならすように、注意深く繊細な描写を積み上げて行く。先述の「繊細緻密な感覚」「落語美学の演じ手」「文学みたい」という三木助評が、よく飲み込める描写である。

ただ、落語の表現における繊細さは、下手をすると噺そのものを痩せさせる恐れもある。粋である分はいいのだが、あまりディテールにこだわりすぎると、ひとりよがりの、あくびのでるような噺にもなりかねない。三木助にその危険がなかったとはいえないのだ。安藤鶴夫が絶賛した「文学性」は、下手をすれば〈意識しすぎてかえってキザになり、見方によっては嫌味〉（立川談志『あなたも落語家になれる』前出）ともなりえた。

三木助の救われた点は、天性ともいうべき独特の飄逸味があったことだ。顔は大きな鼻が特徴。アメリカのコメディアン、ダニー・ケイに似ている。一時期、落語家を廃業して、踊りの師匠をしていたことも、あるいはかえってプラスになったのかもしれない。とにかく、大学ではフランス文学をやった人間が家業の建具師を継いだような、小粋な雰囲気が、三木助の噺を繊細でありながら、どこか風通しのいいものにしていた。

三木助の描写に対する感覚が、いかに鋭く、現代的で清新なものだったかを続いてみてゆく。先述のとおり、「芝浜」には元祖の圓朝版と、三木助版とでもいうべきものがあるのだが、いったいどこがどう違うのか。

まず簡単にポイントだけ挙げれば、三木助版「芝浜」は、①江戸前の粋さを強調し、②描写を視覚的に入念に行い、リアリズムを重んじた。

①については「まくらの工夫」によくそれが表れている。それまでの演者のまくらが、〈酒は百薬の長なんてことを申しますが、飲みすぎるとよいことはございません。〉(『古典落語(上)』講談社文庫・一九七二)に代表される、酒の害について語り、飲ん兵衛の主人公の描写につなげるやりかただったのに対し、三木助は次のように始める。以下、テキストは、前出の青蛙房『桂三木助集』による。

〈東京が江戸と申しました時代と、ただいまとは大変な違いですな。昔は隅田川で白魚が取れたなんという、なにかのんびりした時代があります。広重百景なぞを拝見しますと、大きな四手網であの白魚を取っている絵なんぞがよく描いてございまして……〉

このあと、「曙や白魚しろきこと一寸」という芭蕉の句を引用し、舟の上で船頭から貰った白魚を、客が生きたまま醬油に泳がせて食べる描写が続く。

〈これを口ィ入れまして、前歯でぷつんと嚙みますと、口ィ中ィいい具合に醬油《したじ》がひろがりまして、なんとも言えない味なんだそうでしてなァ……〉

いかにも江戸前の、粋な空気が立ちのぼってくる。視覚的にも白魚の白と、醬油の濃い色が眼前で衝突し、鮮やかな効果を上げて見事だ。「前歯でぷつん」という音も、その後しばらく聴覚を支配する。先に挙げた従来の型の、単に酒好きな主人公の性質と、酒にまつわる道徳じみた教訓を述べるだけのものとは、そのあと本編を受け入れる聴衆の姿勢に段違いの差ができることは誰にでもわかるだろう。

澤田一矢は『まくらは落語をすくえるか』（筑摩書房・一九八九）のまえがきで、このまくらを引用し、〈往時の芝の浜界隈から隅田川あたりの季節感、市井の人々の習慣や息づかいなどが品よく伝わってきて、まくらの見本といわれるくらいの内容を持っている。〉と、評価している。

②の描写の視覚的入念さについては、次の引用で一目瞭然だろう。一刻早く魚河岸についた勝五郎が、時間をつぶすために芝の浜へ出て、一服やりながら夜明けを迎えるシーン。

〈「あァ、ぼおッと白んできやがった……あァ、いい色だなァ、えェ？　よく空色ッてえとあの青い色一色《ひといろ》なんだけどねェ、青い空ばかしじゃァねえや、白いようなところもあるし、なんかこう橙《だいだい》色みてえなところもありゃがるし、どす黒いところもあるし、あァいい色……あァ、お天道さまがでてきた……（と、上手へ向かい、ぱんぱんとふたつ柏手）へい、今日から商《あきね》えに出ますからお頼ン申します。……どうでえ、あァ、帆掛け舟が見えやがらあ。なんだ、もう帰《けえ》るんだな、あいつァ、え？　こっちが早えと思ったら、まだ早いやつがいやがらあ……どうでえ？　海ッてやつァいつ見ても悪くねえが、ずいぶん広いな、こいつァ……むこう岸の見《め》えたことがねえ

んだからねェ」〉

ここの描写については、三木助が生涯師と仰いだ、演芸評論家の安藤鶴夫が手助けしている。帆掛け舟のくだりは、安藤のアドバイスで加えたものだ。三木助は新しいネタを卸すときは、決まって安藤のもとを訪ね、彼の目の前で一度やって見せて批評を乞うたという。

しかし、もっとも注目すべきは、夜明けの空を描写する色彩感覚だ。古典落語のなかでも名作と呼ばれる作品は、構成、人物造形、せりふの妙味など、どれをとってもよくできているのには感心するのだが、なぜか色彩に関してはどれもひどく貧弱である。たいがいは墨一色で描けてしまう世界で、たまに鮮やかな色が登場したとして、「だくだく」の血の色ぐらいか。その点、三木助が夜明けの描写に使う色彩感覚は革命的といってよい。刻々と様相を変えてゆく、天空のスペクタクルを「青」「白」「橙色」「どす黒い（色）」と、リアルな色使いで追いかけて行く。それまでの落語世界を墨絵とすれば、これはほとんど印象派の世界である。

あとで、この部分は女房に「夢」だと否定されてしまうので、その詐術の優位性にこだわるなら、本当は従来の演出法のように、財布を拾う行為だけ押さえて、あとはさらっと流すほうが正解だろう。「芝浜」に穴があるとすれば、まさしくその点で、いくら酒に酔っていたとはいえ、あまりにリアルな記憶を、夢だといいふくめるには最初から無理があるのだ。演者の力点も、勝五郎と客にいかに自然に夢の話だと思い込ませるかにかかってくる。財布を拾う周辺をあまり詳しく描写しすぎると、女房が「夢じゃないか」というとき、不自然になってしまう。しかし、描写の力がここで生きてくる。

三木助は、財布を拾う朝のことをわざと克明に描きながら、あとの夢の件りで、克明に描いたことをアリバイに、「やっぱり夢だ」と転化させてしまうのである。

その朝、勝五郎は河岸へ向かうため、芝の浜を目指す。途中、鐘の音を聞く。

〈「あァ、切通しの鐘がなってやがらァ……（やや上目使いに耳をすます態）いい音色だな、金《きん》が入ってると言やァがったなァ。おまけに海へぴィんと響きゃがるからたまらねえなァ、あの味がよォ、また、なん……」〉

ここで、鐘の音がひとつ少ない、つまり、女房に間違って一刻早く起こされたことに気づく。この鐘の音ははっきり記憶に残っている。嘘をつく女房にとっては悪い材料だ。もちろん、勝五郎は女房に夢だと言われたときに、鐘の音のことを持ち出す。

〈「おッ、切通しの鐘はどこで聞いたんだい？」〉

しかし、賢明な女房はすぐ切り返す。

〈「なにを言ってるんだよ、鐘ァここだってきこえるじゃァないか。いま鳴っているのは切通しの明六《あけむ》刻《つ》ですよ」

「（ちょっと、耳をすませてみて）切通しの鐘か、あれァ？　え？……うちでも聞こえる……おれァきのう河岸ィ行かなかったか？」〉

鐘の音の記憶が、逆に勝五郎のアリバイを崩してしまう。ちなみに「切通しの鐘」とは、芝愛宕町の青松寺の隣りにあった、時を告げる鐘のこと。

「芝浜」は始まってすぐ「切通しの鐘」が鳴り、「除夜の鐘」で終わる。季節としては、「ちょうど三年目の大晦日」とあるから、大晦日近くから、大晦日までの話。酒で始まって酒で終わる。革の財布が途中消えて、最後にまたお目見えする。勝五郎が断酒して、真面目に働きだすところを折り目にして、「芝浜」という話はロールシャッハテストのように重なり会う。しかし、右側のページは暗で、左側は明である。

三木助自身の生涯も、昭和二十五年の三木助襲名と結婚を境に、それ以前は暗、その後は明であった。昭和二十八年、「三越名人会」で「芝浜」を初演。翌年十一月の「三越落語会」での「芝浜」の口演で芸術祭奨励賞を受賞。「名人」と呼ばれる域にまでさしかかった。

しかし、運命の神も何が気に入らなかったのか、それから七年足らずのちに三木助の命を奪ってしまう。胃ガンに侵された病の床で「今から死ぬ」と予告、家族、知人を枕元に集めて、そこでは死ねずに一週間後の昭和三十六年一月十六日に永眠した。

もう起こす人もなく、これは夢だと言ってくれる人もなかった。

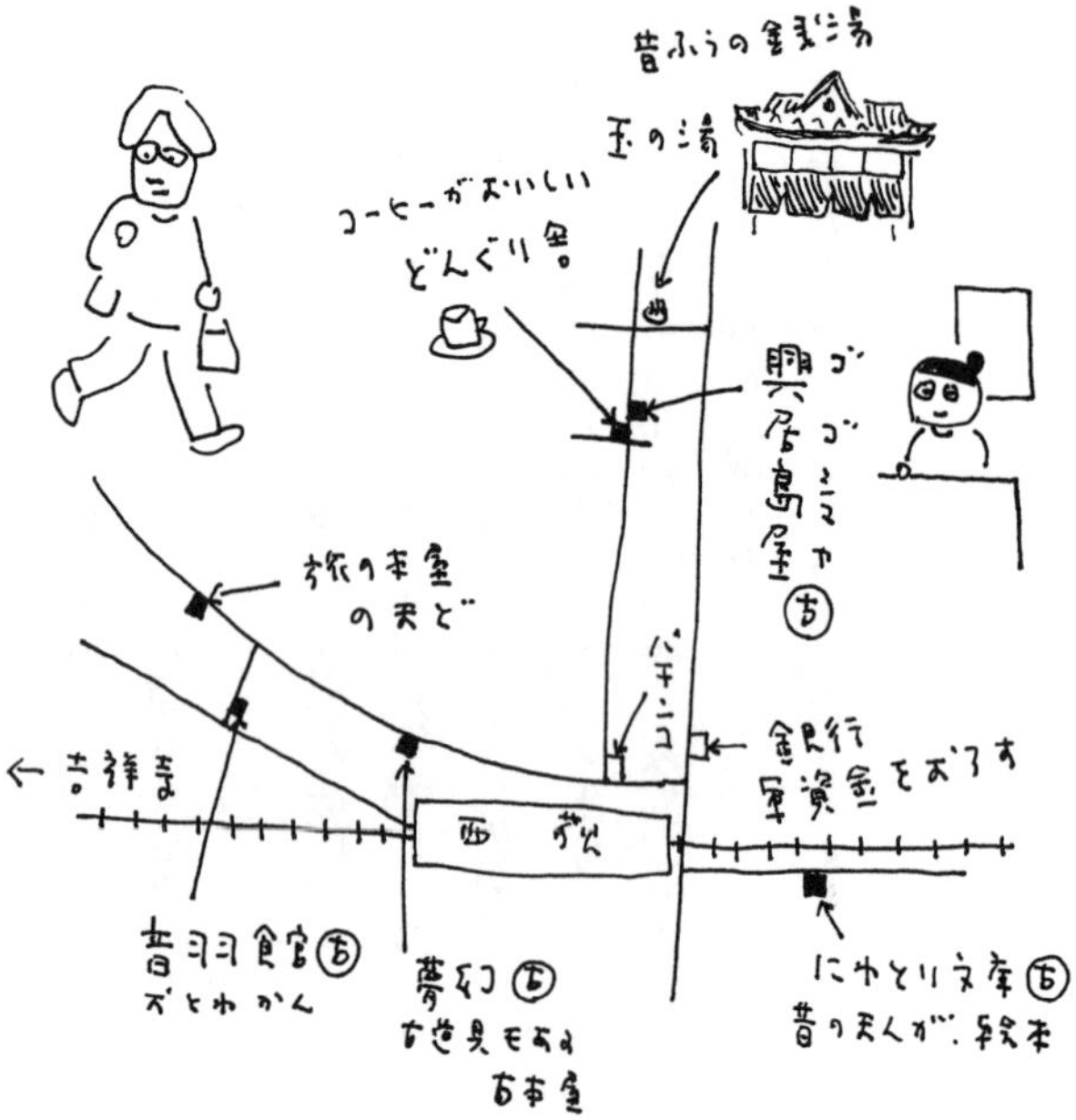

昔ふうの銭湯
玉の湯
コーヒーがおいしい
どんぐり舎
興居島屋
ゴゴシマヤ
古
旅の本屋のまど
パチンコ
銀行
軍資金をおろす
← 吉祥寺
西荻
音羽館 古
おとわかん
夢幻 古
古道具もある古本屋
にわとり文庫 古
昔のまんが、絵本

村上春樹の生原稿流出を考える

「村上春樹さんの生原稿が流出!」

表現は違っても、ほぼ同じ内容の見出しが、過日の新聞各紙に躍り、同日のTVニュースショーなどでも取り上げられていた。芥川・直木賞受賞や大作家の訃報以外で、文芸関連のことがこれほど大きなニュースになるのはきわめて異例のことなのだ。

これは十日発売の「文藝春秋」四月号に掲載された、村上春樹による十六ページの原稿「ある編集者の生と死」に端を発している。ここで、村上は自分の過去の生原稿が、古書店やインターネットで売買されていることを強い怒りをもって告発したのである。私もこの号をすぐに読んだが、クールな文章を書く氏としては珍しく血圧の高い原稿であることに驚いた。

「ある編集者の生と死」の中で村上は、「僕が『海』に掲載したフィッツジェラルドの翻訳『氷の宮殿』(四百字詰めにして七十三枚)は百万円を越すとんでもない値段で、神保町の古書店で実際に売られていた」と困惑している。村上はデビュー以来、ある編集者(二〇〇三年に死去)と親しく仕事をし、「氷の宮殿」を含め多くの原稿を手渡してきた。それらの一部が「商品として市場に出回る」ことを、「盗掘」という言葉を使い、生前に古書店に処分した編集者と、それを現在扱っている別の古書店に対し不快をあらわにするのだ。

これには生原稿の扱いと古書店の倫理性という古来からの複雑な問題がからんでいる。古書業界のことを知らない人にとっては、作家の書いた本ではなく、生原稿にそれほど高い値がつくことを、まず不思議に思うだろう。村上も「原稿料をもらうより、原稿をそのまま古書店に持ち込んだ方がずっと商売になるではないか」と指摘している。しかし、現役

作家で原稿料より高値で生原稿が売れるのは少数と言っていい。
　たとえば手元にある某古書店目録に掲載された生原稿の価格を、四百字一枚分で換算してみると、森鷗外が約二十九万円、高村光太郎が約十四万円、三島由紀夫が約十六万円、寺山修司が約七万円、川端康成が四万円と続き、現役では大江健三郎の約二万円が高いほうか。これは乱暴な換算法で、実際には原稿の内容（名作、問題作なら高い）や、枚数などで変動はある。もちろん、作家の人気が一番反映される。それでも、村上の翻訳原稿である「氷の宮殿」の、一枚約一万六千円は現役作家としては破格であることがわかるだろう。
　原稿料を受け取った後の自筆原稿の所有権は、いったい出版社や新聞社側にあるのか、それとも作家本人にあるのか。日本文芸家協会では、所有権は作家にあるという認識を示しているようだ。文芸誌などでは原則的に生原稿は作家に返却していると聞くし、今回の編集者が当時所属した中央公論社（現・中央公論新社）でも、倉庫で保管するシステムだったという。要するに、出版社のものではないという考えが大勢だ。だが、倒産した出版社から大量の原稿が流出するのはよくある話で、古書店でも高額で取り扱える優良商品として、これまであたりまえに売買されてきた。
　作家がすでに故人の場合は、遺族や著作権継承者により処分されたからといって、誰もとがめ立てることはできないだろう。今回のケースは、作家も現役で、編集者も生前の段階で断りもなく処分していたことが問題を難しくしている。マンガに関しては、数年前に弘兼憲史が同様の事件で訴えを起こし、その際は古書店が無償で原稿を返却している。ただしマンガの場合は、原画そのものに作品としての価値があるから同一にはできない。

　買い手にとっては、好きな作家の体温が残る生原稿や書簡、色紙（「肉筆もの」と呼ばれる）を所有することは快感だ。私も数種の肉筆ものを大事に保管している。書き文字もまた個性で、その作家がどんな書体だったかを知りたい欲望は下世話であるが否定できない。それが人間だし、もともと文学は人間くさいものだ。研究者の場合は、作家の格闘の跡が残る生原稿を見ることは、作品研究の大いなる手がかりとなる。筑摩書房版『宮澤賢治全集』などは、賢治が訂正した原稿の文字まで、活《い》かして編集されている。

　ところがいまや、パソコンで執筆する作家が大勢を占める。私などに求められる原稿依頼は、パソコン執筆のメール送稿が前提だ。著名な現役作家でも創作上の格闘の跡は残らず、直筆はサインぐらいしかお目にかかれない。著者と編集者のやりとりも、電話、ファックス、メールが増えていく。そうして体温の伝達は、徐々に消滅する。

　印刷されたものがすべて、という認識は潔いが、作家という存在も、文学研究のあり方も今後は大きく変わることが予想される。逆に、過去の生原稿は生物の絶滅種と同じく稀少な存在となり、古書店でさらに珍重されていくだろう。

小津映画を訪ねて鎌倉散歩

梅雨に入る少し前、某作家を訪ねて、小雨のなか鎌倉へ出掛けた。予定時間より早く着き、鎌倉駅からぶらぶら歩いていくことに。遠足、修学旅行のシーズンなのか、途中、小学生の団体と何度もすれちがう。取材を終えた帰り道、あじさいにはまだ早い明月院へ寄る。近くに住んでいた澁澤龍彥ゆかりの寺だ。

谷戸が両側から迫って、深い緑に包まれた端正な名刹に、雨が木々の葉を叩きながら落ちてくる。空気がひんやりしている。うぐいすがしきりに鳴きかい、小さな谷に反響する。あずまやの下にあるベンチに腰かけていると、修学旅行生らしい小学生男子が声をかけてきた。

「あのお、横、座っていいですか」

「もちろん、いいですよ」

いっしょに腰かけながら、ずいぶんしつけのいい子どもだ、と思うと同時に、なんだか小津安二郎の映画を見ているようだとも思った。鎌倉は、『晩春』『麦秋』など、小津が好んで映画の舞台に選んだ場所であり、自身も長らく身を置いていた。鎌倉を歩くことは小津を歩くことでもある。

そうだ、小津の墓を訪ねようとその場で決め、北鎌倉駅へ向う。晴れなら小津日和だが、あいにく細い雨は降り止まぬ。北鎌倉駅を通り越して、踏切を渡れば小津が眠る円覚寺。ひっそりした境内には人影も少ない。苔むした石段を上がり、たどりついた墓石にはただ「無」とある。これが小津の墓か。手を合わせ振りかえると木下恵介の墓があった。これには驚いた。知らなかったからである。日本映画黄金期を支えた松竹の両巨頭が、こうしてお見合いをするように眠っている。日本映画ファンとしては感慨深い光景であった。

すっかり小津映画のムードに浸りながら、このあと、北鎌倉駅のホームに立ち『麦秋』のシーンを回想していた。

「面白いですね『チボー家の人々』」

北鎌倉から東京へ出勤する、やもめの医師・二本柳寛が、丸の内のＯＬ、原節子に話しかけるのが北鎌倉駅。家族の家計を支え、結婚に行き遅れた原が、最後には、この亡兄の友人だった二本柳と結ばれる。その伏線となる重要なシーンだ。

北鎌倉駅は、映画の時から半世紀を経て様子は変わっているが、原型はほぼそのままのかたちで残されている。そのことにむしろ驚かされる。「どこまでお読みになって」。原のセリフをそっと真似して

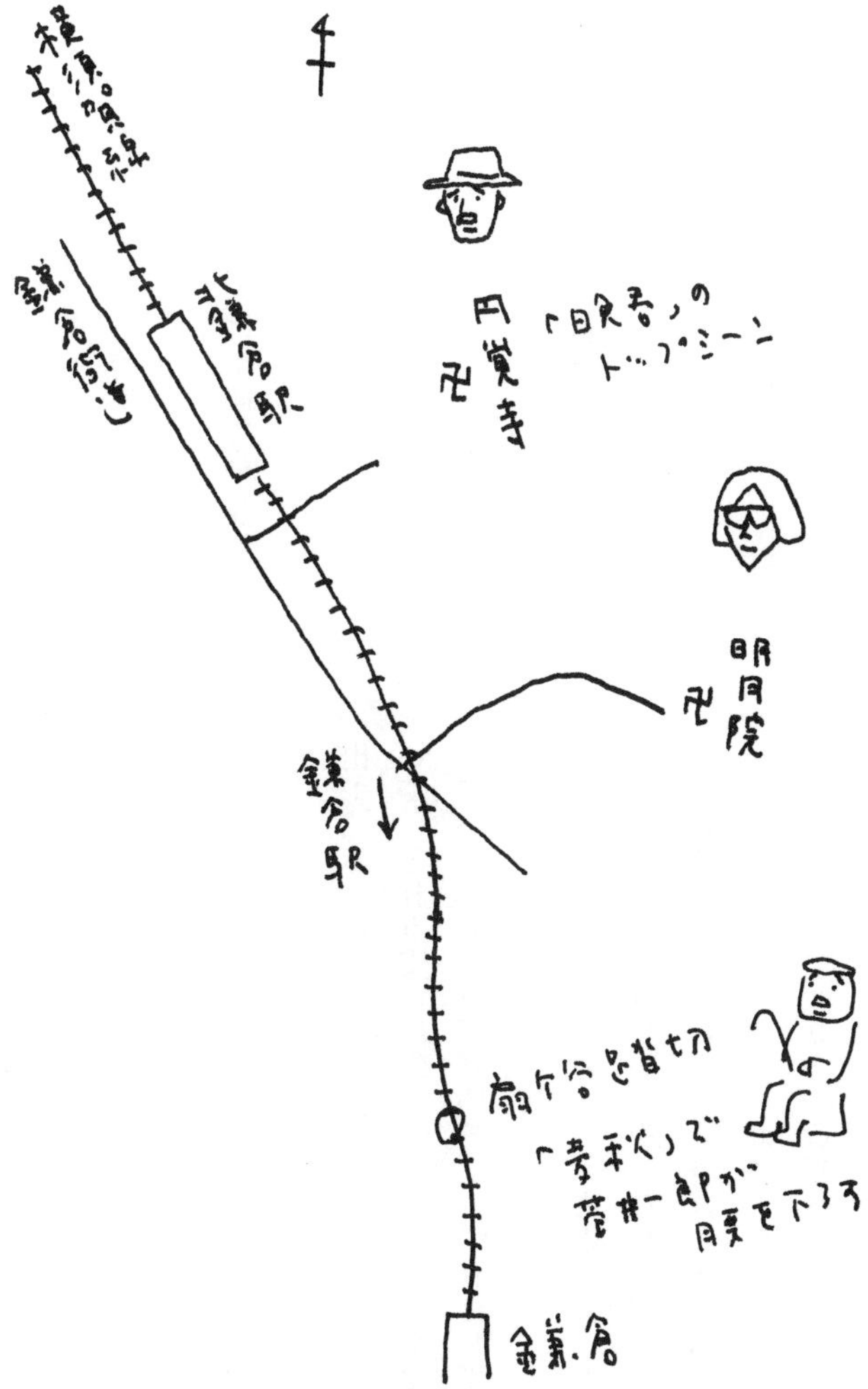
横須賀線
鎌倉街道
北鎌倉駅
円覚寺
「晩春」のトップシーン
明月院
鎌倉駅
扇ケ谷踏切
「麦秋」で
菅井一郎が
腰を下ろす
鎌倉

みる。小津の映画が身体を通り抜けて行く。

北鎌倉からは少し歩くが、寿福寺のすぐ近くに『麦秋』に登場する扇ケ谷踏切りがある。遮断機が降り、菅井一郎が石に腰掛け思いにふける。これも名シーン。小津映画を思い、あの場所この場所に立ってみる。なんという快感か。

再度言う。鎌倉を歩くことは小津を歩くことなのだ。

読むよりも買うのが楽しい古本道

私はこれまでに古本についての本を四冊（うち一冊は文庫）、文庫についての本を二冊書いている。編集・執筆としてかかわった『ニッポン文庫大全』という大著もある。古本についての原稿依頼もけっこう多い。京都で大学生活を送っているころ、毎日のように京都、大阪の古本屋を行脚したが、まさか将来、古本のことで文章を書いて食べていけるなんて思っていなかった。今思うと、ありがたいような不思議なような気分だ。

一年三六五日、古本のことを考えない日は一日たりともない。夢にだってよく見る。夢の中に自分が作り上げた古本屋街があって、くりかえしその街が出てくるのだ。たいてい、自分が欲しい本が並んでいて、それも安い値段がついていて、ほくほくと選んでいるうちに目がさめる。いずれにしても、重症の古本病患者であることは間違いない。

そんな私が、普段どういう古本の買い方をしているか、を書いてみたい。そのなかに、売る側として何か商売のヒントになるようなことを拾い上げてもらえればいい、と思う。断っておくが、私はミステリやSF、マンガなどの収集家ではなく、初版本、稀覯本のマニアでもない。「均一小僧」というあだ名までもらっている通り、もっぱら、五百円以下の安い本ばかりを漁っている。古本屋さんにとっては、上得意とはいいがたい。すびばせんね（©桂枝雀）。

そこで、最近買った中から、めぼしい本をいくつか紹介していくことで、私流の古本の買い方を察していただくことにしよう。十一月三十日には高円寺古書会館の即売会で六冊ばかり買っている。一番の買い物は、生方敏郎《うぶかたとしろう》『食後食談』（昭和3年・萬里閣書房）で、千五百円。この値は、私としては思い切った方だ。裸本で傷あり、だからこの値段で、箱入りだと五千円はするだろう。生方の説明は釈迦に説法ではぶくとして、目次をざっと見て、「初めて自動車に乗るの記」「モダーンガールのこと」「女の反逆は甘やかすもとだ」「サラリーマンの浮き沈み」なんてタイトルが引っ掛かってきた。

私はここ数年、関東大震災後から昭和の初年あたりまでの、都会の世相風俗を扱ったものに興味を持っている。昭和初年の発行というだけで、『玉突き術』『社交ダンス』『犬の飼い方』なんて本を買うことがある。

『模範綴方全集　五年生』（昭和14年・中央公論社）も同様のライン。箱入りのモダンなデザインが気に入ったということもあるが、中を開いて最初の奈良県三島小学校の中西俊一くんの文章「僕の家は一昨年まで玉突の店をしてをられたが、姉ちやんが東京へ帰つてからは、ゲーム取りをする人もいないし（後略）」を読んで、これは買いだと決めた。値段は五百円。高峰秀子が豊田正子に扮した『綴方教室』という映画を観たばかりであったことも影響している。綴方運動そのものにも興味があるのだ。

「ふらんす」の臨時増刊「しのび笑い」（昭和32年・白水社）は百円。これはフランス艶笑小咄を原文と訳文、それにイラストで構成した雑誌。このイラストがいい。雑誌の場合は、目についたとき、魅かれるものがあったら買っておかないと、なかなか次が見つけにくい。

朝吹登水子『私の巴里・パリジェンヌ』（昭和52年・文化出版局）と、『土屋耕一のガラクタ箱』（昭和50年・誠文堂新光社）がともに二百円。これは、両方とも持っている可能性が高いが、押さえで買っておくかという感じ。私はときとして、すでに持っている本を買うことがある。文庫の場合はそれが顕著で、

海野弘の『モダン都市東京』（中公文庫）などは五冊も持っている。この「同じ本を意識して複数買う」という性癖が、古本菌に感染していない一般人にはどうにもわからないらしい。そのことを話すと、たいてい「なんで？」と不審な顔をされる。しかし、私のまわりの古本仲間はたいていこれをやっている。

もちろん、絶版本で、値段が安いことに限られるが、自分が好きで、しかも容易には手に入らない本が、安いまま誰にも買われず放置されてあると、放っておけないという気持ちが働くのだ。雨に濡れた小犬が、露地の奥で震えながらクンクン泣いている、という感じだろうか。おお、よしよしと胸に抱き上げてしまう。もちろん、余分に買った本は、それを欲しがっているしかるべき人にあげてしまう。古本を有効に生かそうという殊勝な気持ちも持っている。

高円寺古書即売会の前日、二十九日には五反田古書会館の即売会を覗いている。ここは、一階会場がほとんど雑本、雑誌の処分市となる。二百円、三百円でそれなりにいい本が買えるので、開場の九時半になるべく遅れず馳せ参じるようにしている。均一小僧の私としては、山奥の秘湯みたいなもので、本当なら独りで浸かりたい。筑摩の明治大正図誌の『京都』『近畿』を各二百円で買った。千円以下で買えるのは稀れだ。これで、全十七巻のうち、いずれも古本で五冊が集まった。なんとかバラで全巻をあわてず騒がず収集したい。

窪鴻一・三室葉介『猟奇の都「巴里・東京」』（昭和5年・正和堂）五百円も、胸の中で！マークが三、四個点滅、値段を確認して脇に抱え込んだ。背が取れて、大きく補修した後に、マジックでタイトルが書き込まれてある。状態はかなり悪いが、私の場合はあんまり気にしない。とりあえず、読めればいいのだ。挿絵がたくさん入っていて、小出楢重の装丁であることもポイントは高い。

平凡社ライブラリー

うちにはいま、文庫だけで一万冊はあると思うが、基本的にジャンルと作家別に分類して本棚に収めてある。しかし、なかには文庫の種類別に分けてあるものもある。文庫自体が叢書として強い個性を持ち、ばらけさせず固めて置いておきたい気になるのだ。

さしずめ、その最右翼が平凡社ライブラリー（平ライ）だ。あの手この手で売れ線を狙い、百種近い文庫がうごめく暴発寸前の業界にあって、我関せずと未踏の原野を行くのがこの叢書だ。心強いというか無鉄砲というか、読書人にはこたえられないラインナップを擁し、わが本棚には八十点以上揃っている。

たとえば「山」の分野から言っても、ウォルター・ウェストン『日本アルプス――登山と探検』を筆頭に、木暮理太郎、武田久吉、冠松次郎、小島烏水、浦松佐美太郎、加藤泰三など、一般的には知られていないが、山岳書ではトップスターが名を連ねている。従来、中公文庫が独占していた分野だが、のち失速、平ライが引き継いだ格好になった。

一冊だけ挙げれば辻まこと『山からの言葉』だ。ときに文明批評を含む山のエッセイに、辻自身が描いた「山岳」の表紙絵を加えた愛すべき山の本。最新刊の大島亮吉『新編　山　紀行と随想』も、もちろんすぐに買った。

また、ちくま文庫と並んで、「笑芸」に強いのが平ライ。長らく入手困難になっていた冨田均の聞書きの傑作『聞書き　寄席末広亭一代』正・続が収録されたときは驚いた。戦後の寄席風景、笑芸人たちの素顔が浮かび上がるとともに、絶妙な語り口それ自体が至芸となっている。富岡多恵子『漫才作者　秋田實』を入れてくれたことも、秋田ファンとして感謝したい。

えっ、こんなことして大丈夫なの？　と思わず平凡社の屋台骨の耐震強度を心配したのが、反町茂雄『一古書肆の思い出』（全五巻）。よほどの古書通でないと知らない名前だ。故・反町茂雄は、東大法学部を卒業し、昭和二年に神田神保町の古書店「一誠堂」に丁稚として就職する。これは新聞種になるほど異例なことだった。のち「古書肆弘文荘」を開業し、国宝や重文級の古典籍を発掘する。若者の流行り言葉で言えば「ヤバイ」の一語だ。そんな人の自伝、おもしろいに決まっている。

『大東京繁昌記』（山手篇・下町篇）もうれしい参入だった。昭和三年刊の春秋社版から数えて、何度となく復刻、復刊され、古書通にはおなじみの本だが、平ライに入ると収まりがいい。芥川、万太郎、藤村、秋声といった明治大正の文豪による東京ルポが、ハンディなかたちで読めるのだから。

ようこそ！「ちくま文庫村」へ

一九八五年十二月に産声を上げたちくま文庫も今年二十周年、二十歳の成人式を迎えた。早いなあ。ベビー服を着てビービー泣いてた親戚の子が、いつのまにか成人していた、というような気分だ。刊行点数は千九百点を超え、新興の文庫としてはユニークな存在としてよくがんばっている。若者のくせにすでに老成して、ちょっとクセのある感じがいい。自分の本が入っているから言いにくいが、私も大好きな文庫だ。

そんなちくま文庫が大人になった。山口瞳ありし頃のサントリーの新聞広告に倣えばこうなる。「さあ二十歳だ、どんどんちくま文庫を読もう」と大文字で、その脇にちくま文庫を読んでいる柳原良平のイラスト。

今回、編集部から依頼を受けて、ちくま文庫全体を見渡す似顔絵入り見取図を作った。やってみるとスペースが限られていて、とても「全体を見渡す」というわけにはいかなかった。それでもちくま文庫らしい雰囲気は出たと思う。

まず頭に浮かんだのが、「ちくま文庫村」というネーミングであった。今回復刊される種村季弘編『東京百話』を中心に、川本三郎『私の東京町歩き』ほか東京散歩シリーズ、小林信彦『私説東京放浪記』、なぎら健壱『東京酒場漂流記』、小沢昭一『ぼくの浅草案内』など、東京ものの充実から考えれば、都会的なセンスの横溢した文庫であることは承知している。しかし、イメージとしては、同じ血族が寄り合う、ひなびた村暮らしという感じなのだ。

交通手段としては、村の真ん中になぜか中央線だけが通っていて、新宿、中野、高円寺、阿佐ヶ谷、荻窪と続く沿線の文化がそのままちくま文庫の中核を成す。なにしろ中央線文化の御本尊、『井伏鱒二

ちくま文庫村案内図
元気印の女たち
鴨居羊子
幸田文
森まゆみ
大塚ひかり
須賀敦子
斎藤美奈子
遥洋子
武田百合子
近代ナリコ
香山リカ
高野文子
横尾忠則
おーい！こっちだよ
なぎら健壱
吉村昭
戦前の東京は……
川本三郎
町田忍
東京散歩
やっぱり浅草だあ！
吉村平吉
小沢昭一
山田太一
丸田祥三
東京 TOKYO
お腹が減ったんダナ
山下清
旅
実相寺昭雄
この車体は…
木村聡
宮本常一
都築響一
北尾トロ
狐
横田順彌
青木正美
長山靖生
中山信如
古本書店
坂崎重盛
北原尚彦
出久根達郎
紀田順一郎
唐沢俊一
永江朗
100円
T.OKAZAKI

日焼け大敵！
中里介山
大菩薩峠
ボルヘス
プルースト
モーム
V・ウルフ
ディケンズ
外国人居留地
安藤鶴夫
まったく天国の寄席はこたえられねえや
桂文楽
古今亭志ん朝
志ん生
三遊亭金馬
桂枝雀
村はずれ……
阿部謹也
滝田ゆう
お江戸は天国
杉浦日向子
永島慎二
藤森照信
南伸坊
長井勝一
実はまだ2階に
水木しげる
赤瀬川原平
つげ義春
高野慎三
ガロ村
嵐山光三郎
泉麻人
バスで田舎へ行く
新宿
中央線
木村伊兵衛
ゴールデン街
竹中労
田中小実昌
色川武大
殿山泰司
野坂昭如
吉行淳之介
井伏鱒二

文集』があるし、現在品切れだが上林暁『禁酒宣言』という中央線沿線の酒場が頻出する名品もあった。カフェバーやフレンチというより、酒場や定食屋が似合うのが中央線で、ちくま文庫にも井上理津子『大阪　下町酒場列伝』、大川渉・平岡海人・宮前栄『下町酒場巡礼』、遠藤哲夫『汁かけめし快食學』と、この方面の研究書が充実。

明日の経済を思い悩むより、きどらず飾らず、手銭で飲み食いして今日を享楽するのがちくま文庫村の住人たちだ。野坂昭如、田中小実昌、殿山泰司、色川武大、竹中労といった、新宿ゴールデン街派のすね者たちもここにすっぽり収まる。阿佐ヶ谷在住だった長井勝一を総帥とする、水木しげる、滝田ゆう、赤瀬川原平、南伸坊、嵐山光三郎、高野慎三など「ガロ」学派の顔ぶれにも中央線出身者が多い。ちくま文庫を創設させた松田哲夫も同じ学派だ？

また、マンガを大胆に同じフレームに組み入れたことでわかるように、ちくま文庫はいわゆるサブカルチャーに強い。旺文社文庫なきあと、落語を専門課程に組み込んで、古今の名人の口演をテキスト化した功績は大である。上方落語ファンの私としては、桂米朝、それにもうすぐ桂枝雀の落語集が出ると聞いただけで、この文庫を抱え込んで頬ずりしたくなる。

古本や読書に関するコーナーも広大で、書店員や本好きにちくま文庫ファンが多いこともうなずけるのだ。古本屋の本棚でも岩波、中公、講談社文芸・学術と並んで同文庫は別格扱いとして珍重され、ちょっと辛めの値段がつけてある。編集部はこのことを誇っていいのではないか。

尾崎翠、森茉莉、幸田文、鴨居羊子、武田百合子、須賀敦子と、このところ若い女性に神聖視されている物故女性作家を擁している点もちくま文庫の強みだ。不思議なもので、遙洋子だって同文庫に収まると、なんとなくちくま文庫村の住人らしく見えてくる。背筋を伸ばして生きて来た先輩女性陣の後に続いてもらいたい。

イラストには描けなかったが、青山光二『ヤクザの世界』ほか、猪野健治『やくざと日本人』ほか、山平重樹『ヤクザに学べ！　男の出世学』、笠原和夫『破滅の美学』、斎藤充功『刑務所を往く』、下川耿史『変態さん！』ほか、小板橋二郎『ふるさとは貧民窟《スラム》なりき』など、反社会、アウトロー、悪場所関連の書目も、同文庫の特色を補強している。黒澤明の映画『酔いどれ天使』でもわかるように、こういう場所には名医が住みつき、やさぐれた男たちの心と身体に治療を施す。ちくま文庫では野口晴哉『風邪の効用』、なだいなだ『心の底をのぞいたら』、養老孟司『からだの見方』、米山公啓『神経内科へ来る人びと』などが村はずれの診療所で、その役目にあたっている。

　またこういう場所には禅寺がひっそりと門を構え、鈴木大拙が『禅』を説き、藤井宗哲『禅寺の精進料理十二か月』が、渡辺隆次『きのこの絵本』を参考に料理を作って待っているはずだ。寺の後ろには、『大菩薩峠』（中里介山）に続く道があり、子供達を笛で誘うのは阿部謹也『ハーメルンの笛吹き男』にちがいない。

　またこの大菩薩峠は、強い太陽の光を遮る重要な役目を負っている。というのも、ちくま文庫は「光」に弱いからだ。同文庫のカバーを覆う「黄色」は、歌舞伎役者の肌のごとく太陽光線を嫌い、すぐに褪色してしまうのが難点だ。背が白くなると、ちくま学芸文庫と見分けがつかなくなるとの声もあり。古本になりやすい文庫といってもいいか。古本好きの私としては、そういう意味でも大歓迎の文庫だ。

追憶の一冊

いま、目の前の永六輔著『芸人その世界』から、たちまち想起する一つの場面がある。

　大阪の高校へ通っていた三十年も前の話だ。生来の怠惰でクラブ活動をすることもなかった私は、友人と「下校クラブ」と称して放課後は街をうろついていた。チェーン店の餃子屋でひと皿八十円の餃子をふた皿ほどつまみ、ニンニク臭い息を吐き散らしながら、喫茶店、レコード店、本屋などをはしごして歩いた。

本屋といっても、高校生の小遣いで単行本はめったに買えない。新刊書店は一種のカタログで、ここで知識を得ておいて、古本屋で定価の何分の一かで仕入れる。これはニンニク臭い息を吐く高校生の常道だった。

『芸人その世界』は、そうしたルートを経てわが手に落ちた一冊なのだ。なにしろ笑都「大阪」で、吉本新喜劇のギャグを実践しながら育った大阪の子どもである。喜劇、漫才、落語など笑芸の研究は必須科目だった。本書は、そんな芸人たちの世界を短ければ一行、長くても一ページに圧縮して紹介するエピソード集。その数、約八百本。おかしくてやがて哀しい芸人たちの生涯が、短い断片でスナップショットのように焼きつけられる。私はこの本に夢中になった。

例えば浪曲の木村重松。「自宅の飼猫が粗相をしたとき、弟子に詫び状を代筆させ、猫の名前の下には、猫の足に朱肉を押させた」。曲芸の春本助次郎。「酔って野次る客を高座から降りていって張り倒してから続きをやったという」。横目屋助平という芸人は「自分の入れ歯が調子いいというので愛犬を総入れ歯にしてしまった」。

登場するのは知らない名前が多かったが、それでもおかしい。それでも、芸人たちの顔と風体が偲《しの》ばれる。克明な写実画より、ときにひと筆書きの人相画が、より当人の本質を捉《とら》えることがあるものだ。芸人というなんとも不思議な存在を、その生き方を生き生きと伝えてくれたのが『芸人その世界』だった。

私はある放課後、いつも立ち寄る書店で、相棒に「この本めちゃくちゃおもしろいんや」と、『芸人その世界』の紹介を始めた。すると突然、横に立っていた初老の男性客が「キミがそんなに言うんやったら、ワシが買うわ」と、その本を取ってさっさとレジへ運んでいったのだ。

思いもよらぬできごとに、しばらく私と友人はポカンと突っ立っていた。あとにもさきにも、こんなことは一回きり。『芸人その世界』外伝一巻の読みきりでございました。

藤沢桓夫「花粉」に見る関西モダニズム

まさか藤沢桓夫《たけお》の小説を読む日が来ようとは思っても見なかった。藤沢桓夫のことは名前以外にはほとんど何も知らなかった。包丁一本さらしに巻いて旅に出た人かと勘違いしたくらいだ（それは歌手の藤島桓夫）。同じ大阪の作家、石濱恒夫（二人は従兄弟の関係）と混同していたきらいさえある。それが、戦前の大阪に興味を持ち、藤沢の大阪に関する随筆集『大阪自叙伝』（中公文庫）を読んだところから変わった。これが想像以上におもしろかったのである。海野弘『モダン都市東京』といい、まさに中公文庫さまさまである。

ここで人物辞典ふうに、藤沢について簡単に叙述すれば、一九〇四（明治三十七）年大阪生まれ。祖父は南岳という著名な漢学者で、「仁丹」「通天閣」の名付け親とも言われている。今宮中学では同学年に武田麟太郎、のちに文芸雑誌「作品」を刊行する小野松二の弟、小野勇がいて、一学年下には秋田実がいた。高校は大阪高校。ここで知り合った神崎清、今宮中からの友人、小野勇らと同人雑誌「辻馬車」を作る。ここには小野十三郎も参加、表紙は小出楢重が描いた。

藤沢はその後東大に進み、新感覚派の作家としてデビューするが左傾、肺を病み富士見高原診療所（所長は正木不如丘）で療養ののち大阪へ帰り、大衆作家として新聞小説を中心に活躍。大阪文壇の重鎮として、以後、大阪を離れることなく過ごした。昭和二十六年刊行の講談社版「傑作長篇小説全集」全十巻のうち、野村胡堂、吉屋信子、小島政二郎らと並んで単独で一巻だてされているから、このころまでは疑いなく流行作家だった。

しかし、わたしが本格的に文学に興味を持ち始めた昭和五十年代には、藤沢は文庫にも収録されておらず、ほとんど忘れられた作家になっていたのではないか。だから、藤沢の小説を読むのが今回が初体験ということになったのだ。

読んだのは「花粉」（昭和十一年）。テキストは同名の新潮社版（昭和十二年）。四六変型というのだろうか、ま四角に近い、持ち重りのする立派な造本だ。同時期に新潮社から出た、獅子文六『虹の工場』も同じ造本。どちらも挿絵を収録したいい本です。

「花粉」の舞台は、昭和十年代の大阪。しかも寄席風景から話は始まる。しかも、舞台に立っているのはエンタツ・アチャコ。いや、エンタツ・アチャコと断っているわけではないが、それとわかる書き方になっている（以下引用は新字に改める）。


〈舞台では、鼻の下に小さな髭のある痩せたのと、肥つた背の低いのと、黒い背広服の二人の漫才師が応酬の最中であつた。


「それはさうと、ね、君。」

「はあ。」

「君こないだ何んや見馴れんけつたいな人間連れて歩いてましたね？」

「けつたいな人間？」

「そやがな。年恰好はどう見ても二十四五に見えるのやけど、顔見たら何んや青洟垂らして口ぽかんと開けて——大人か子供か一向わからんやうな顔しておる男や。」

「ああ、あれですか。あれは、君、うちの書生ですよ。」〉

最後のセリフなど、エンタツの間延びしたエロキューションを彷彿とさせる。以下、三ページにわたって、延々二人のやりとりが続く。新聞小説では、ほぼ一回分すべてにわたる分量だ。破格の書き出しといっていいだろう。

これを客席で聞いている三人が、本作のメインとなる人物である。〈船場か島之内あたりの大家の隠居らしい七十前後の頭の禿げ上がつたとぼけた顔つきの小柄な老人と、その孫かと見えるこれはまたパアマネントの断髪に明るい黄の洋装のよく似合つた新鮮な花束のやうな娘〉と、少し出は遅れて〈若い男――京大の哲学科出身といふ妙な経歴の持主である漫才作者の秋山次郎は答えた。無精者らしくだいぶ髭の伸びた顔だ。〉

また、彼は舞台でしていた漫才の作者でもある。もうおわかりだろう。この秋山は、あきらかに藤沢の友人で、東大出身の漫才作者、エンタツ・アチャコを育てた秋田実を模している。あるいは京大出身という点では、同じ大阪の笑芸作家・吉田留三郎をミックスさせているかもしれない。また、「花粉」には、秋山の理解者として〈「興行界のダークホース」などと新聞、雑誌に時どき書かれてゐるこの若い興行師〉という人物が出てくるが、すぐに林正之助のことだとわかる。

漫才に退屈した老人の大あくびとともに寄席を出た三人は、〈道頓堀筋のまむし二十五銭といふ大衆的な廉価なので昔から有名な店〉に入る。「まむし」とは「鰻」のことで、もちろん、これは「いづもや」のことである。

ずけずけものを言う、美しい娘・円女《まるめ》が老人のケチぶりにあきれて一人店を出ていったあと、老人が秋山にある相談を持ちかける。それは、孫娘である円女を可愛くて仕方のない老人が、フランス留学を決めているのを思いとどまらせることを、三千円で秋山に依頼するのである。

ここまで読んで「あっ！」と思った。初めて読んだ小説のはずなのに、どこかで同じ話を読んだような気がしたのだった。少し考えて謎は解けた。私はこの原作を映画化した作品を見たのだった。番匠義彰監督『空翔る花嫁』（松竹一九五九）。舞台は戦後の東京に変えているが、設定やプロットはほぼ同じ。配役は老人・七宮七兵衛（志村喬）、円女（有馬稲子）、秋山次郎（高橋貞二）。秋山はここでは浅草の軽演劇（レビュー小屋「ペリカン座」）の台本作家という設定になっている。ほかにも桂小金治、大泉滉（怪演）、丸山明宏（メケメケ）、山下敬二郎（ハイスピード、でかい希望がおれを待つ）、水原茂（巨人軍監督の役）などが出演する、なかなかの珍品。こんなにくわしく書けるのは、当時、見た映画をいちいちメモをとっていたせい。

「花粉」は小説自体は大した作品ではない。男女関係をめぐるさまざまないざこざがあった後、結局、円女はフランスへ旅立つところで話は終わる。わたしが興味があるのは、作品の中で描かれた戦前の大阪、阪神間の風俗、風景である。

例えば、「花粉」を終始リードするのは女性である。ヒロインの円女、秋山に思いを寄せる澪子ともに、自分の思うところをはっきり述べ、好きなように振る舞う行動的な女性として描かれている。それにくらべると、秋山はなんとも煮え切らない、覇気のない男だし、「香爐園の先生」と呼ばれる澪子の兄・戊亥修介などは、高校のフランス語教師をしているが、まだ若いのに隠居のような生活をしており、教え子だった秋山が休日に訪ねていくと、寝転がって「ルパン」を読んでいたりする。

ちなみに「香爐園」は、大阪と神戸の中間に位置する西宮市夙川あたりの旧地名。阪神「香爐園」駅は、毎日新聞未来探検隊編著『阪神観』(東方出版)によれば、西宮市には苦楽園、甲子園、甲陽園、甲東園、そして香爐園と〈全国的にも珍しい「園」の集中地域〉であり、文学者、芸術家、財界人が住む住宅地である。阪神間モダニズムを熟成させた地域といってもいい。なお阪神「香爐園」駅は、明治四十年に建った駅舎が、平成六年までそのまま使われていたという。

話は元へ戻って、生命力の感じられない男性に対して、女性の方はいたって元気がいい。フランスに留学しようかという円女は、甲子園プールの室内プールに泳ぎにでかけ、しかも跳び込み台から跳び込みまでする(甲子園球場では職業野球すなわちプロ野球のリーグ戦の真っ最中)。「健康に恵まれた郊外生活」のスローガンのもと、関西の電鉄会社は、郊外の住宅開発とともに、遊技・スポーツ施設の建設に努めた。甲子園はそのメッカで、球場とともに、リゾートホテル、テニス場、当時まだハイカラでモダンなスポーツであったプールなどを開設した(阪神沿線都市研究会編『ライフスタイルと都市文化』東方出版)。

円女が跳び込みに夢中になっている間、背広姿で待っている秋山は保温装置の湿気のためびしょぬれになってしまう。また、どうしても秋山を手に入れたい澪子は、秋山の留守中に部屋に忍び込み、全身から秋波を送る。しかし、秋山はけっして据え膳を食わない。

上司小剣「鱧の皮」、織田作之助「夫婦善哉」と、しっかり者で行動的な女性と、だらしないダメ男の組み合わせは、どうやら大阪を舞台にした小説のお家芸となっているようだ。

女性が自己を主張し、社会へ進出していくこともモダニズムの大きな特色で、海野弘『東京の盛り場』（六興出版）によれば、一九二〇年代は〈女性は一人で働きに出るようになり、一人で映画や買物に行くようになった〉時代であり、素人の女性でも化粧をするようになった。和装から洋装に変わり、街を享楽の舞台として出歩くようになる。「モダン・ガール」という言葉が生まれたのもこの時期だ。「モダン・ボーイ」は、その対の言葉として後にできたものである。〈パアマネントの断髪に明るい黄の洋装（ドレス）のよく似合つた〉と描写される円女は、まさしく「モダン・ガール」の象徴であり、林重義の挿絵も、そのことを意識して描かれている。澪子の登場は和服であるが、髪型は〈近頃流行のパアマネントの奥さん髪〉で、〈細く描いた眉に、唇が大胆なほど紅かつた〉とある。

映画では大泉滉が扮した澪子の家に居候するベレー帽をかぶった役者志望の男・折村は、最初新国劇に所属したが、その後映画の世界に飛び込み、ロケーション・プロンプターの助手を務めるという設定になっている。谷崎潤一郎が一九二〇年代に横浜の大正活映に身を投じて、映画製作に夢中になったことはよく知られている。旧世界や伝統に飽き足らぬ、血気盛んで多少不良じみた若者を映画という新しいメディアが受け入れたのだ。

そのほか、「花粉」には「新大阪娘気質《かたぎ》」という言葉が出てきたり、このころ大阪の有閑夫人の間で俳句が流行したなどの風俗も記録されている。

また、円女の母親が、長唄の稽古とともに、同じ仲間と「腹式呼吸」に通っていることを、円女から聞かされ、旧弊な七兵衛老人の目を白黒させる場面もある。さまざまな健康法とともに、ダイエットがこの時期すでにブームとなっていたようだ。

藤沢桓夫の小説では、ほかに「大阪」「新雪」など数編を読んだ。いま再び藤沢桓夫の復権を、というつもりはない。しかし、戦前の大阪、阪神間の風俗、風景を書き残してくれていることは大変ありがたい。何といっても、そこには戦後生まれのわれわれにはうかがいしれない、大大阪《だいおおさか》の空気が流れているからだ。東京を舞台にしたモダニズム小説とはまた違った味わいが感じられる。東京のように大震災を経験していない分、どこか近世の匂いを残した伸びやかな情緒があるように思えるのだ。

3 洲之内徹と吉田拓郎

その絵を人生の一瞬と見立てて

肥後静江さんに聞く

手擦れした石の手摺りにつかまりながら、四階まで上がったところで息が切れた。おあつらえ向きに丸椅子が踊り場に据えてある。みな、このあたりで一度休憩するらしい。

これは天空へ続く階段か。いやここは銀座だ。目指すは六階。そこに話を聞きたい人が待っているのだ。窓から見下ろせば並木通り。街灯があわただしく行き過ぎる人を照らしている。

画廊「空想・ガレリア」のオーナー肥後静江さんは、かつて洲之内徹の経営する銀座の画廊「現代画廊」で働いていた。「芸術新潮」に連載された芸術随想「気まぐれ美術館」にも、名前を変えて何度か登場する。至近から、希代の鑑賞眼を持った男、滅法筆のたつ自由人をつぶさに見て来た人だ。

考えてみれば、現代画廊もビルの三階にあり、蛇腹式の扉を持つ古風なエレベーターは、画廊を訪れる人々を戸惑わせた。扉は自分で開け閉めする。しかもちょっとしたコツがある。また、乗った人が最初に押した階まで優先で行くため、途中の階でボタンを押して待っていても、悠々とその前を通

過していく。そんなエレベーターだった。

一度、天下の梅原龍三郎が、現代画廊で開いた佐藤哲三展を訪れたことがあった。帰り際、そんなときに限ってエレベーターは無情にも、梅原に待ちぼうけをくわせて何度も通過していく。洲之内が恐縮しきったさまが「気まぐれ」に描かれている。

肥後さんの画廊には、地獄の階段が待っている。師弟して、アプローチに癖のある画廊の主を務めたことになる。

肥後さんお手製の服を着て

「空想・ガレリア」は、村の診療所のような雰囲気の廊下を挟んで、片側の小ぶりな部屋二つが展覧室になっている。そのまま廊下を進めばドアがあり、その向こうは狭いながら屋上になっていて、銀座のビルの屋根屋根が見える。ちょっとしたパリ気分が味わえる場所だ。

小誌「スムース」の同人・林哲夫が「空想・ガレリア」で個展を開いたとき、ここで陽を浴びながら数人の客と語り合ったひとときのことが忘れ難い。

肥後さんは、画廊を閉める七時を過ぎて、取材する私を待っていてくれた。

「写真はやめてね、苦手なの」

最初にそう制せられて、やむなくカメラをひざにおいての取材となった。しかし、肥後さんの手元には洲之内を撮った、あるいは洲之内に撮られた若き日の写真がたくさん残っている。見ると、若き日の肥後さんはとてもキュート。これでは洲之内が気に入るのも無理はない。

肥後さんが現代画廊に勤め始めたのは一九七九年。地方での展覧会や、取材のための旅行などにも、ある時期、肥後さんは必ず洲之内に同行したようで、地方の山や建物の前で、愛らしくほほ笑む肥後さんの姿がある。そして、洲之内の姿も……。

「あ、この服はわたしが作ったんですよ」

肥後さんが指さした写真は、一九七九年に開かれた「洲之内コレクション」展のため、松山へ出向いたときのもの。松山に滞在する間、ずっと着ていた、会津木綿の襟なしの上着。これは肥後さんが自分で作って贈ったものだという。「芸術新潮」の「今こそ知りたい！　洲之内徹　絵のある一生」特集号（一九九四年十一月号）の十五ページ、現代画廊の顧客だった井部さんと映っている写真で着ているのがそれである。

「なんだか気にいっちゃって、ずっと着てらしたわね。洲之内さんには、他にも六十歳のとき、還暦のお祝いということで、赤っぽい革のベストを上げたんだけど、それは誰かに持ってかれちゃったらしいの」

遠い日のことを思い出すようにして、肥後さんは笑う。

現代画廊に集った人々

なにしろ、不夜城「現代画廊」には、毎晩いろんな人が集まってきた。無論絵かきが多かったが、白洲正子、江戸京子というような人も出入りした。みな絵が好きで、絵のことを語り合って飽くことがなかった。若き日の肥後さんも、人生のつわものたちの話に聞き入った。

画廊の常連客で印象に残っているのは、ハラセイさんこと原精一だ。

「話がとってもおもしろかった。話が上手っていうんじゃないんですよ。間の取り方が絶妙というか、ついつい聞き入ってしまう」

野見山暁治もそのころ、現代画廊によく顔を見せた一人。肥後さんは、野見山と洲之内がどことなく似ているように思えたという。顔がどうというのではなく、受ける印象が似ていると思った。

峰村リツ子も「気まぐれ」でおなじみの女流画家だが、「とてもステキな女性」と肥後さんは言う。

「若いころからずっと和服で通した方です。娘さんがニューヨークに二人いらして、歳をとってからも着物で大手を振ってニューヨークの大通りを歩いたって聞きましたね。またそれが似合う方。少女がそのまま歳を取ったというか。太平洋美術学校にいた仲間の間ではマドンナだったそうですよ。寺田政明さんなんか、峰村さん家へ行くと、そのころ珍しい紅茶が出るのでよく行ったなんておっしゃってました」

その寺田政明ではおもしろい話がある。

洲之内は画商としては失格で、絵をけっして高く売らない癖があった。完成期より初期の作品が好き、という偏向もあった。それでは画家は喜ばない。寺田政明の家から個展用の絵を借り出したときも、新作より古い作品ばかり選びたがる。しかも高く値をつけない。

そのため、個展の初日には真っ先に寺田夫人が駆けつけ、めぼしい作品を買っていったという。

「まったく、こんなに安く売られちゃって」とこぼしながら……。

四方田草炎で記憶に残っているのは、ある日、いつもはそんなことをしないのに「藤村《ふじむら》」（東京・本郷の老舗和菓子店）の羊羹を土産として買ってきたこと。その日、例のエレベーターの扉に指を挟んで怪我をしたこと。肥後さんは、四方田の怪我した指に絆創膏を貼ってあげたそうだが、それからまもなくして四方田は亡くなった。

毎夜訪れる客を、「やあ、いらっしゃい」と始終人懐っこい顔で機嫌よく応対していた洲之内が、たった一度、大声を挙げたことがあった。

「何があったか知らないんですが、若い画家が何か言ったことに対して、本当に大きな声で洲之内さんがどなったんです。『ここは僕の画廊だ。帰れ！』って」

それが本当にたった一度。肥後さんがいた期間の現代画廊で、洲之内が声を荒げた瞬間だった。

このころの現代画廊での個展パンフは、写真撮影からレイアウト編集まで肥後さんが手がけたものだ。仕上がり寸法の紙を作り、写真の位置、枚数を決める。洲之内の原稿ができていないときには字数を指定し、原稿が先にできている場合は写真でスペースを調整する。徹夜仕事になることもしばしばだった。ところが洲之内は、必ず彼女のレイアウトにクレームをつけ、どこかしら直しを入れたという。とくに作品写真は必ず入れ替えさせられたそうだ。

「気まぐれ」の取材にも、よく助手としてお供をした。

「相手が何か喋ってるとき、内緒でテープを回してたの。まだ当時、発売されたばかりのソニーのマイクロカセットを忍ばせてね、こっそり録音してたんですよ」

まるでスパイのように密かに録音したテープは「気まぐれ」執筆のとき、生かされたのだろうか。

書いたものは読んでない

「気まぐれ」ではおなじみの、長距離の自動車旅行にも同乗している。肥後さんは運転ができないため、もっぱら助手席に座った。

「横にいて、ナビゲーターの代わりをしてたんですけど、眠くなるから寝るとね、洲之内さん、怒るんですよ。『人が運転してるのに寝るな』って（笑）」

それだけ心を許しているからだろう、肥後さんの前で洲之内はわがままだった。肥後さんの言うことには、甘えからか「一応なんでも否定してみせた」という。

「新潟へ行ったときですよ。途中から雪になって、三国峠へさしかかるころにはだいぶ激しくなってきた。私が『チェーンつけた方がいいんじゃないですか』って言うと、私が言うから否定するの。『いらない』って」

しかし、下りになったときに車は大きくスリップし、舵を失ったまま迷走し、あやうく崖下へ転落、というところでようやく止まった。

さすがに青くなった洲之内が照れくさそうに言った。

「やっぱり、チェーンつけようかな」

肥後さんはその横で笑いをこらえるのに苦労したという。

たしかに昔のチェーンは、いまのように簡便なタイプではなく、装着がめんどうだった。雪とチェーンについてはこんな話もある。

長野でやはり展覧会の仕事があって、また雪の中を車を走らせていた。例によってチェーンはなし。

「目的地まですぐそこってところまで来て、急に車がスリップして、気が付いたら交番に突っ込んでたの。私たちもびっくりしたけど、交番の警官もびっくりしてた。そりゃそうですよ。いきなり車が突っ込んでくるんだから」

警官が出て来て、逃げも隠れもできない、チェーンをつけていないことがわかると大声で叱責された。目の前で、ただちにつけろと命令された。

「雪の中でしょ。凍える手でね、苦労してやっとチェーンをつけて走りだしたら、目的の画廊はそこから百メートルしか離れてなかった（笑）」

そのときのことを思い出したか。本当に、いかにもおかしそうに肥後さんは笑った。

「車のことは『気まぐれ』にも、何度も書いてますねえ」と、持参した新潮文庫版の『気まぐれ美術館』を取り出して確認しようとすると、肥後さんが意外なことを言った。

「私はねえ、洲之内さんの文章をほとんど読んでないのよ。画廊を訪れる人はみんな読んでるんだけど、私は読まなかった。洲之内さんが、『この人、僕の書いたもの読まない人でねえ』って」

なぜだろう。肥後さんはこう言う。

「洲之内さんは、芸術新潮に書く原稿のことを、みんな画廊で喋ってしまうんですよ。だから、読まなくても、みんな読んだような気になってるの。実際のところ、読んでるヒマもなかったしね」

ひょっとしたら、洲之内は書いた原稿の出来を、肥後さん相手に語ることで確かめていたのではないか。しかも、洲之内の頭の中には、書いた原稿の全文が正確に入っていた。原稿の直しを編集者に指定するのに、何も見ずに「何枚目の何行目を直してくれ」と電話で指定していたことを肥後さんは覚えている。

「何度も編集者に電話するんです。元の文章に満足してないからだと思ったので、全部コピーを取っておけば……て言ったんですけど、無視されました」

その必要はないということだろう。

洲之内は絵かきに失望していた

私が洲之内に関して不思議だったのは、年を取ってから、音楽を聞き始めていることだ。それも、若い者が聞くニューミュージックやジャズを、毎日のように、レコード屋へ行っては新しいテープを買ってきてのめりこむように聞いている。その点、五十近くになってからジャズにはまった植草甚一と比べてみたくなる。

あれほど飲めなかった酒を飲み始めるのもこのころだ。カティ・サークがお気に入りだった。

なぜ、急に洲之内は音楽を聞き始めたのか。

肥後さんの推測では、このころ、洲之内は絵かきに対して失望していたのではないか、という。

「いまそう言われて気がついたんですけど、よくそのころ画廊で言ってたんですよ。この頃の若い絵かきはつまらない、って。いろんなスタイルを持っていて、洲之内さんが『こういう方向がいいんじゃないか』とアドバイスすると、実に素直に、次には洲之内さんの言った通りの絵を描いてくるって。全然抵抗がないって」

どうしてもこういう絵が描きたいということがない。昔は絵のことでよくケンカをしたものだ。今から考えれば、それは幸せなことだった。絵のことでケンカできるということは。今じゃどうだ。誰が賞を取った、誰が別荘を買った……そんな話ばかりだ。そんなことをもらす。

洲之内は抵抗のない絵かきが増えていることに我慢がならなかった。

ちょうど私が金山康喜の展覧会を見てきたところだ、と話をすると、肥後さんが、

「金山康喜さんはね、亡くなる前、田村泰次郎さんが経営していたころの現代画廊によく来てたそうですよ」

と言うから、その偶然にこっちが驚いた。金山は大正十五年に大阪で生まれ、東大経済学部、同大学院で学んだ変わりだねの画家で、昭和二十六年に渡仏しソルボンヌ大学へ数理経済学を研究する名目で入学したが、本当は絵の勉強がしたかったらしく、田淵安一、関口俊吾らとともに絵画制作に打ち込んだ。青を基調に、テーブルの上の水差しやガラス瓶、時計などを構成して詩情あふれる画面を作った。昭和三十三年に帰国。翌年、三十三歳で急逝している。

「気まぐれ」には登場していないが、洲之内の好きそうな画家でしたね、と話を向けると、やはり洲之内は金山を高く評価していたようだ。

「洲之内さんから聞いた話では、金山康喜さんは、朝から画廊に来ても、何もしないで、ただボーッ

と座ってるような人だったそうです。洲之内さんが田村さんの現代画廊に入ったのは一九五九年だから、ちょうど金山さんが亡くなった年のことでしょうね」

絵のことしか考えられない。絵以外のことは廃人同然になる。初期「気まぐれ」シリーズには、そんな火の玉のような絵かきが大勢登場し、凡人たる私を畏怖させる。

〈私はその絵を私の人生の一瞬と見立てて、その絵を持つことによってその時間を生きてみようとした。〉（『セザンヌの塗り残し』）

人の描いた絵に、自分の人生を重ね合わせ生きる。そんなふうに洲之内は生き、そんなふうには生きられなくなったとき、うまいタイミングでこの世を去った。

今回、肥後さんの話を聞いていて、そんなふうに考えた。

洲之内徹という男

小山田チカエさんに聞く

その日はあいにくの雨で、しかも昼頃から晴れるという予報が例によってはずれ、午前十時には強い雨が降り出した。家から駅まで自転車で向かう途中のこと、あわててカバンの中から折り畳み傘を取り出したが、片手ハンドルで自転車を操りながらのことで危なっかしい。強風にあおられた傘は裏返り、華奢な骨は折れてしまった。すべて自然のなりゆきで、本当はそんなことで腹を立てても仕方ない。しかし、ほとんど役に立たずに壊れてしまった傘と、頭から降りつける雨にカーッとなってしまい、道端の側溝に傘を投げ捨ててしまった。

これが洲之内徹について、生前の姿を知っているという小山田《おやまだ》チカエさんに取材することになった、その一時間くらい前の話である。ずぶぬれの姿で中央線・国分寺駅から武蔵境駅へ。そこから、可愛らしい郊外電車の西武多摩川線に乗り換え、「多摩墓地前（現・多磨）」が小山田宅の最寄り駅だが、この日は取材に適当な場所をということで、ひとつ先の「北多摩（現・白糸台）」で下車、指定のレストランへ向かった。

小山田チカエさんは、彼女自身も画家であるが、もと夫がやはり画家の小山田二郎。「もと夫」という微妙な言い方をしたのはわけがあるからだが、それはいまひとまずおく。恥ずかしながら、小山田二郎については何も知らなかった。洲之内徹の文章にもたぶん触れられていないはずだ。取材後に小誌（「スムース」）編集長で画家の林哲夫さんに聞いたところ、「いやぁ、小山田二郎ならたいしたもんですよ」ということであった。一番手近な人名事典『朝日人物事典』を引くとちゃんと出ていました。

〈おやまだ・じろう／1914・1・1〜1991・9・26。洋画家。中国安東県（現・丹東）生まれ。1936（昭11）年帝国美術専門学校（現・武蔵野美大）西洋画科中退。シュールレアリスムの影響を受けグループ「アニマ」に参加。独立美術展、美術文化協会展に出品。（中略）52年瀧口修造のすすめでタケミヤ画廊で個展を開催。社会の不条理や人間の妄執と偽善などへの鋭い諷刺と亡者や怨霊の幻想を怪奇な人間像で表現した特異な作風で注目される。（後略）〉（注／没年は同事典編集後の出来事、挟み込みの増補小冊子を参考）

そんなことは知らないままに「かつて現代画廊で小山田二郎さんが個展をやったことがある」という情報を得て、小山田家へ連絡を取ったところ、二郎はすでにこの世になく、というよりもっと以前に、二郎とチカエさんの交渉は途絶えていたのだ。

「現代画廊で小山田二郎さんが個展……」の情報も誤りで、小山田は現代画廊では個展をしておらず、昔、絵を何枚か買ってもらったというだけの付き合いであった。これでは、洲之内徹の取材相手としては、あまりに情報が少なすぎるかとそのときは思った。しかし、チカエさんにお会いして話を聞くと、これがめっぽうおもしろい。洲之内徹の話はほとんど出て来ないが、小山田二郎という個性的な一人の画家の人生、それに付き添った夫人の相貌があざやかに浮かび上がってくる。これはまさしく洲之内徹の「気まぐれ美術館」の世界だと思い、あえて紹介させていただくことにした。

小山田チカエさんは北海道の出身。画家になりたいの思いを抱いて単身上京してきた。しかし、もちろんいきなり絵では食えず、業界紙の広告部に就職したチカエさんは、ほうぼうの取引先へ広告を取りに行く仕事をしていた。昭和二十八年の五月一日と、その日の日付までチカエさんははっきり覚えているが、小山田との運命の出会いがあった。その日、お茶の水まで用事があって都電に乗ったチカエさんは、いつもは駿河台下で降りるところを、どういうわけか一つ手前の停留所である小川町で降りてしまった。しかたなく靖国通りを駿河台下へ向けて歩き始めた。駿河台下の交差点まで来て、いまもある三省堂書店の対角線上の角をお茶の水のほうへ曲がろうとした手前で、タケミヤ画廊が目に入った。

「いつもは駿河台下からお茶の水へ行くでしょ。そうすると、ほんの数歩の違いでタケミヤ画廊は目に入らないのよね。その日は本当に偶然にタケミヤ画廊に目が留まったの」

タケミヤ画廊とは、シュールレアリストであり詩人・美術評論家の瀧口修造がブレーンになっていた、戦後の現代美術をリードしていく伝説的な画廊で、個展形式の展覧会に先鞭をつけたのもここだった。この日、奇しくも小山田二郎が第一回個展を開いていた。しかも初日。瀧口修造がパンフの切手代を負担し、美術の仲間が額縁を造るという手作りの個展であった。

画廊内に主の姿はなく、ひとり留守番の男が座っていた。最初、その人が小山田本人かと思ったがそうではなく、食事に行って留守なのだと告げられた。絵をひとわたり見て、「赤い月」とタイトルの付いた水彩画が強く印象に残った。どうしてもこの絵を描いた人と会ってみたいと思ったチカエさんは、ひとことで言うと、それはおそろしく孤独な心象風景ながら同時に美しかった。どうしてもこの絵を描いた人と会ってみたいと思ったチカエさんは、仕事中にもかかわらず、画廊の控室のようなところで椅子に腰掛け、持参のレールモントフの詩集を開いていた。しばらくして何か話しながら二人の男が画廊に入ってきた。その一人が小山田二郎だった。まだ午前中の早い時間に客は珍しい。小山田は機嫌よくチカエさんを迎えた。小山田はチカエさんが手にした詩集に目をとめ、「ほう、レールモントフを読んでいるのか。ロシア文学は僕の得意中の得意ですよ。それなら同志だ。乾杯しよう」と言うなり、画廊においてあったウイスキイをコップに注ぎ、チカエさんに渡した。

「まだ午前中で、しかもわたしは仕事中でしょ。困ったわ。困ったけど少しだけ口につけたの」

しばらくの歓談のあと小山田は「ぜひ、遊びにいらっしゃい」と言った。それから三カ月後にチカエさんは小山田の部屋を訪ねている。

「それが不思議な話なんだけど、個展を訪ねたあと、夢に小山田が出てきたの。暗い六畳間で絵を描いてるんだけど、実際に小山田の部屋を見て驚いたのは、なにもかも夢で見たのと同じなのよ」

こうして、小山田二郎とチカエさんは結ばれる。小山田は仕事を持ちながら絵を描いていた。チカエさんは小山田がどういう仕事をしていたかは言わず、ただ「暗い職場」と繰り返す。「暗い職場で、あんまりあの人に向いてないようだったし、何かいつも暗そうにしてるのを見かねて、ある日、『そんなに仕事が嫌なら辞めて、家で絵を描きなさいよ。わたしが働くから』って言ったら、『本当にいいのか』ってうれしそうに言って、本当に辞めちゃったのよ」

小山田はチカエさんの好意に応えようという気持ちがあったのか、家に引っ込んでからは百号、八十号といった大作を次々に制作した。そのなかに愛知県美術館が所蔵する「愛」、小山田の代表作のひとつ「聖母」などが含まれていた。

そうして小山田の勤めを辞めさせ、一家の家計を支えることになったチカエさんだったが、気まぐれにときおり会社を無断欠勤することがあった。それをチカエさんは「ときどきズル休みしちゃうの」と、これまた女学生のような語調で悪びれもせず話す。

あるとき、やはり無断欠勤した日、チカエさんは小山田と家の近くを散歩していた。すると、道の向こうから上司のIさんがこちらへ歩いてくるのが見える。Iさんは井伏鱒二らと親交を持つ詩人で、チカエさんになにかと目をかけてくれた人だ。あとで聞くと、欠勤したチカエさんを心配して訪ねてきたのだが、チカエさんのほうはバツが悪くて顔を合わせられない。気づかれないようにこそこそとIさんをやりすごしてしまった。最初は小山田とチカエさんだとわからなかったが、その雰囲気を変に思ったIさんは、それがチカエさんだと気づいて、あわてて引き返して近づいて言った。「もう病気は大丈夫なのですか」と尋ねるIさんに、チカエさんはちゃんと返事ができなかったと言う。

小山田二郎は、幼いころの病で顔がただれたように損傷してしまっている。そのことで学校でずいぶんからかわれたそうだから、成人してからも見過ごすことのできない小山田にとっての刻印だったろうが、チカエさんの口からは顔のことはいっさい出てこない。

　ふたりの最初の出会い、タケミヤ画廊の場面でも、小山田のことを知らないチカエさんにとって、初めて小山田と対したとき、まずその顔の刻印が目に飛び込んで強烈な印象を残したろうが、チカエさんの手にかかると、それがパリの町角でルイ・ジューベに出会ったような話になってしまう。

「パパは天才だと思うのよ」

　チカエさんは身じろぎもせずそう言う。しかし、天才ならではというか、小山田は自分の絵を売る才覚をまったく持ち合わせていなかった。しぜん、チカエさんが売り込みに歩くことになる。洲之内の「気まぐれ」シリーズにも再三書かれていることだが、一部の巨匠を除いて、日本の現代絵画が右から左へ売れる時代ではなかった。

　知人の口利きがあって、小山田の絵を持ち込んだのが、洲之内の師であり、現代画廊のボスでもあった田村泰次郎。田村はさっそく数点の絵を買い上げた。支払いは二、三度払いの月賦だったため、チカエさんは何度か田村邸へ通うようになった。田村は、これからは現代画廊のほうを訪ねるようにと言った。まだ西銀座八丁目にあったころの現代画廊である。ここに、当時まだ支配人だった洲之内徹がいた。翌年、画廊は洲之内の経営となり、同時に同じ建物の三階へ移転する。チカエさんは、最初の西銀座八丁目の一階にあったころの現代画廊をよく覚えている。

「銀座通りに面して、明るい画廊という印象があったわね。縦に長細い造りで、奥に着物姿の田村さんとサバサバした感じの奥さんがいた。洲之内さんはまだ若くて、笑顔がとても印象的だった。現代画廊が洲之内さんのものになってからも行ったけど、洲之内さんって画廊の経営者というより、彼自身が画家か、小説家のような雰囲気がある人だった。あとでいろいろ知ることになるけど、画商ってほんとさまざまなのよ。ひどい目にあったこともある。でも洲之内さんは、絵を買ってやるってところがなかった。気さくに絵の話のできる人だったわね」

このあたりの証言は、洲之内と交流のあった人たちの回想を集めた『洲之内徹の風景』で、異口同音に語られる通りのものだ。画商のくせに、どうしても気に入った絵は売らなかったため客とケンカになったことも再三あった。絵の売り買いで生計を立てる者ながら、その前に絵が好きで好きでたまらない人だった。

意外な話もある。

「一度、こんなことがあった。何でそんな話になったかはわからないんだけど、洲之内さんが『僕はねぇ、これでも実は芥川賞の候補になったことがあるんですよ』と言ったのをよく覚えてる。ちょっと自慢げにね。小説を書いてるって全然知らなかったから、へぇと思ったわ」

洲之内は昭和二十五年の下期、昭和三十六年の下期と、二度にわたって芥川賞の候補に選ばれている。小説家を志して芥川・直木両賞を意識しない者はいない。『洲之内徹小説全集1「流氓」』のあとがきで、横光利一賞に二度、芥川賞に二度候補になって、そのたび出版社から原稿の依頼をうけ作品を発表するが、いずれも「前作（候補作）に及ばず」と評されたことを〈思い出すとおかしくなるが、要するに、私は最初に小説を一つ書いてから、その後は常に前作に及ばずで、下降の一途を辿っているわけである。こんな人間が他にいるだろうか〉と自嘲気味に書いている。しかし、これは例外的な文章で、ほかではあまり自分が文学賞の候補になったことにふれていない。それを多少自慢げにチカエさんに話したのは、そのときよほど洲之内の心情を開放するようなやりとりがあったからだろうか。ある年、小山田は若い女性のもとに出奔し、とうとうチカエさんのもとには戻らなかった。チカエさんが朝の食事の支度をしている食堂を、小山田が駆け抜けた。チカエさんがとっさに「どこ行くの?」と声をかけると、小山田は振り向きもせず「ラーメン食いに」と声だけ残して消え去った。九一年の死まで、チカエさんと一人娘をおいたまま、小山田は恋人のもとで暮らした。

家に残された小山田の作品は、少しずつ生活費に化けていった。いい絵から順に買われていくため、いま思うと惜しい作品がいくつもあったそうだ。そんななかで、手放さずに残ってる作品群がある。小山田は自分が吸っていたタバコ「光」の包み紙を広げた裏の白いところに、デッサンやちょっとした絵の覚書を描くくせがあった。それが何十枚かたまったのが、小山田が家を出た以後発見された。チカエさんは、その「光」の包み紙に描かれた絵を大切に保存している。

洲之内は個展を開くとき、画家のアトリエを訪ねて出品する作品を選んだ。ところが画家が自信をもって洲之内の前に並べた作品は、彼の気に入らないことが多かった。逆に画家自身は気に入らないため、重ねた絵の後ろのほうに隠してあったものを、洲之内は目ざとく見つけ「これがいいよ。これでいきましょう」と言うのだった。これは想像にすぎないが、洲之内が生きていて、そのタバコの包み紙に描かれた小山田の絵を見たら、きっと「これはいい。絵とはこういうものですよ。ひとつこいつで個展を開きましょう」と言ったような気がする。いかにも、洲之内好みの話だからである。

拓郎に向かって走れ

埃だらけのラジカセから復帰第一声

二〇〇八年二月二十四日、日曜日の午後三時。埃をかぶっていたラジカセを引っ張り出す。チューナーをニッポン放送に合わせて、その時を固唾を飲んで待っていた。こんなふうにラジオを聞くのもいつ以来のことか。身体のなかで長い間使っていなかったエンジンが、うなりを上げて始動するような心持ちだ。

というのもこの日、休養中だった吉田拓郎が、復活第一声をラジオで発するというのだ。番組は「オールナイトニッポン　40時間スペシャル」。深夜番組「オールナイトニッポン」開始四十周年を記念して、前日から、計四十時間にわたり、歴代のパーソナリティが二時間ずつ喋るという企画だ。

南こうせつ、イルカ、所ジョージ、タモリなどがひさしぶりに、ビタースイート・サンバ（テーマ曲）とともに「オールナイト」に帰ってくる。拓郎はこの日、三時からの出演と「夕刊フジ」に報じられていた。なにしろ、昨年八月から始まった全国ツアーの初日をこなしただけで以後は中止となり、自宅で療養中の拓郎だった。再起は難しい、と書かれた記事もあり、ファンはみんな心配していたのだ。数年前には肺がんの手術をしている。再発という怖れもあった。

本当のところ、どうなのか。元気なのか。ラジカセの前で息をつめていると、拓郎自身による「吉田拓郎のオールナイトニッポン！」の第一声。テーマ曲の後に「いろいろお騒がせしています」の語りを聞いて、ひと安心。アマチュア時代のテープをかけながら、現在の体調と心境、それに青春時代のエピソードを語るパワフルな二時間だった。その二時間。ほかになにもせず、私はずっと腕組みしてラジオに聞き入っていた。そういえば、拓郎が最初に「オールナイト」を始めた一九七四年、この時と同じように、深夜一時から二時間、ずっと腕組みして聞いていたことを思い出した。七四年と言えば、私は高三で十七歳。本来なら、受験勉強しながら深夜放送を聞くところだが、勉強なんてしやしない。机の上にラジカセをデンと据えて、そこから流れる拓郎の語りや音楽を、一言、一音たりとも聞き逃さないつもりで対峙していた。だから、今回の二時間、腕組みしながら、私は高校生に戻っていた。老眼の白髪混じりの高校生だ。

「オールナイト」は拓郎ドキュメント

毎週、一度も欠かさずに聞いた「オールナイト」は思い出も多い。第一期の最終回で、突然「離婚します」と、当時の夫人だった四角佳子との離婚宣言をして曲をかけ続けたこと。そして、あれは第二期（八〇～八二年）だったか、風邪で休んだのをスタッフが隠して、まるで急死したように追悼番組に仕立てて物議をかもしたことなどを思い出す。時々は放送をカセットテープに録音もした。ラジカセとカセットテープ、それにステレオとLPレコード。そしてギター。これが七〇年代から八〇年代にいたる、私の音楽生活における三種の神器だ。

わざわざカセットテープに録音したのは、自分のハガキが読まれた回や、浅田美代子、キャンディーズ、森下愛子と竹田かおりをゲストに呼んだ回。これらのテープは、その後もずっと保存して、時々聞いたりしていたのだ。のち、浅田美代子（南こうせつが酔っぱらって乱入）、森下愛子（竹田かおりと一緒に出演）と配偶者が変わる、そのきっかけをすべて生で聞いていたことになる。「オールナイト」は拓郎の歴史のドキュメントでもあったのだ。

今回の「オールナイト」で、「森下愛子、おっぱいが大きいから一度会いたい。呼べ」とディレクターにリクエストした、と語っていた。そのディレクターが、番組を始める時に、「番組を私物化しちゃえばいい」とアドバイスしたというが、拓郎「オールナイト」はまさに私物化された空間に魅力があった。他人のために作った曲を自宅録音したデモテープなんてのもかかったし、ギターの弾き語りをした夜もあった。井上順の曲（「風の中」）を作った際に、井上をゲストに呼んで、元スパイダーズの盟友・かまやつひろしと一緒に喋った回は傑作だった。井上のギャグが冴えまくり（「拓郎ちゃんのオナペットは何？　広島カープ？」）、拓郎、かまやつが笑い転げ、「かまやつさん、気をつけてくださいよ。家にいる時みたいにくつろいじゃって、ついボロっと、変なこと言っちゃうんだから」

と井上がクギを刺したほどだった。後年、かまやつさんにお目にかかった時、この夜の井上順について語った時、「ああ、よく覚えてますよ」と言っていた。

拓郎「オールナイト」については、さまざまな記憶がある。あれほど集中して聞いたラジオ番組など、それ以前も以後もない。あんまり集中しすぎて寝付かれず、それからまた拓郎のレコードをヘッドフォンで聞いたりして夜更かしをし、次の日はたいてい学校に遅刻した。いや、じつは火曜日のイルカも、水曜日の南こうせつも聞いていたので、高二の遅刻は年に五十回を超え、担任に呼び出されて職員室で注意を受けたほどである。

一九九七年にも「オールナイトニッポンDX」という特番で、一夜だけの放送があったが、それは聞いていないから、「吉田拓郎のオールナイトニッポン」という声を聞くのは二十六年ぶり、ということになる。「私は今日まで生きてみました」という拓郎の歌詞の通り、その間、中身は違っても同じ二十六年が流れたのである。

拓郎が僕に与えた多大なる影響

「僕の青春は恋と歌の旅」とは、「準ちゃんが吉田拓郎に与えた多大なる影響」という曲の一節だが、私の青春もまた、拓郎の歌とともにあった（と、いま書いて赤面しているが）。少なくとも、最初のアルバム「よしだたくろう・オンステージ　ともだち」（七一年）から、七六年の「明日に向かって走れ」までに収録された曲は、すべて歌詞もコードも記憶し、何も見ずに全曲をギターを弾きながら歌えた時期があった。それほど繰り返し聞きこみ、繰り返しギターで歌い込んだのである。十代後半から二十代初めにかけて、じつは本を読む時間より、吉田拓郎に入れあげている時間の方が長かったかもしれない。音楽活動もそうだが、テレビ出演拒否、レコード会社設立、「つま恋」ほかの野外大イベントを挙行、森進一に提供した「襟裳岬」でレコード大賞受賞、アイドルとの結婚等々、「四畳半フォーク」を蹴散らかし、つねに風を受けて先頭を走る生き方に憧れたのだった。

しかし、私が拓郎熱に冒されるのは遅い。もっとも初期の記憶は、父親の運転する車で、家族揃って石切神社に参拝した帰り、カーラジオから流れて来た「今日までそして明日から」を、かなり変わった歌だと思って聞いた覚えがある。これが七一年のリリース。となると、私は中二。それまで私が聞いていたのは歌謡曲やGS（グループサウンズ）、もしくは初期の関西フォークなどだった。フォークルセーダーズの一員だった北山修が作詞した曲が好きだったし、『戦争を知らない子どもたち』ほか、北山のエッセイもよく読んだ。洋楽ではビートルズとサイモン&ガーファンクル。いわゆるハードロックまでは触手が及ばず、わりあいおとなしい音楽の聞き方だった。その系譜からすると、語りにメロディーを乗せたというような、拓郎の曲はかなり異色に聞こえたわけだ。ボブ・ディランを知ったのは、中三の英語の時間に、若い男性教師が、アメリカのフォークソングの歌詞をプリントにして、教室で曲をかけながら英語の教材にしたときだ。「風に吹かれて」がこのなかに入っていて、ただし歌ったのはPPM。牧歌的な音楽享受の時代だった。

こんなことがあった。中学時代に校舎裏で、上級生数人がギターを持って、「友よ」や「遠い世界に」といった、今ではスタンダードとなったフォークの名曲を歌っていた。この光景を目撃した時は衝撃だった。それまで歌は、レコードないしラジオから聞くもので、せいぜい鼻歌で口ずさむ程度と思っていたから、自分で楽器を演奏し、それに合わせて歌う姿を初めて見て、その姿に感動した。ただし、そこに拓郎の歌はなかった。

次に拓郎と出会うのは、高校へ入った一年目のある日。放課後、帰り支度をして、隣りの教室のドアが開いていて、黒板が見えた。そこに、「せんこう花火」(吉屋信子・作詞/吉田拓郎・作曲)の全歌詞が書かれ、コードが振ってあった。「せんこう花火がほしいんです　海へ行こうと思います」で始まる、わずか九行ばかりの詩に、見入ってしまった。それまで、読んだこともないような詩だと思った。アルバム「元気です。」(一九七二年)に収録されている曲だと後になってわかるが、その時は、「せんこう花火　よしだたくろう」と歌詞の上に書かれてあったのを記憶するだけだ。

「へえ、吉田拓郎って、こんな曲を歌うのか」と、「今日までそして明日から」「結婚しようよ」のイメージがこのとき、少し変わった。よく言われることだが、六〇年代末から出発した日本のフォークは、高石友也、中川五郎、岡林信康など、アメリカのプロテストソングを輸入した、集団に歌いかける種類の音楽だった。岡林の「私たちの望むものは」に代表される、それは「私たち」の歌だった。それに対し、拓郎が「私は今日まで生きてみました」(「今日までそして明日から」)という歌詞に見られるように、「私」という「個」に徹底してこだわるところから曲づくりを始めて、支持を得た。「私たち」から「私」へ。「私たちの望むものは」は、一九七〇年のアルバム「見る前に跳べ」に収録。「今日までそして明日から」のシングル発売が一九七一年。まさに六〇年代と七〇年代を分ける分水嶺に、この二曲があった。

日本のフォーク史では、重要な事件として必ず触れられる「第三回　中津川フォークジャンボリー」での主役交代。これが一九七一年の夏のできごとだった。六九年に第一回が開かれた野外コンサートは、八千人を集めるイベントとなった。もちろんこれは、六九年アメリカの「ウッドストック・フェスティバル」を模したものだ。第三回には約二万四千人が集結した。ここで起きたのが、岡林から拓郎への「主役交代事件」。

二日目のメイン・ステージに立ったのが岡林信康。拓郎はPAの故障したサブステージで、マイクを通さず、ただ延々と「人間なんて」を歌い続けて聴衆を熱狂させる。これをフォーク史では、岡林から拓郎への「主役交代事件」と呼ぶのである。しかし、そんなことがあったことを、歌謡曲を聞いていた中学生の私は知らない。

駆けて叫んでそれから飛んで

決定的にファンとなるのは、七三年に発表されたアルバム「伽草子」を聞いた時が最初だ。高二の夏だったと思う。友人（いまでも相棒の山本善行）が、級友数名と私の家に遊びに来て、買ったばかりだという「伽草子」を我がステレオでかけたのだ。「伽草子」「風邪」「暑中見舞」「夕立ち」「制服」「ビートルズが教えてくれた」など、一発でしびれた。土臭い匂いのする野太い声で、ときに軽く、ときに力強くシャウトする。メロディも、それまで聞いていた音楽の範疇からはみだした、新鮮で魅力あるものだった。ブラスを使ったアレンジも、それまで聞いた私にとってのフォークのイメージを一新させた。

「伽草子」という、拓郎の全楽曲の中でも指折りの名曲を含むこのアルバムは、私の音楽生活をすっかり変えてしまった。作詞家・岡本おさみとのコンビにおいてもベスト、というべき一枚だった。岡本おさみの書いた「子どものように笑えないけど　なにも考えず　駆けて　叫んで　それから飛んで」(「暑中見舞」)といった詩句が、拓郎の曲に乗って、私のあばら骨のどこかにいつまでも引っかかっている。

あわてて自分でも「伽草子」を、遡って「元気です。」「人間なんて」を買い込み、逆流を全力で泳ぐように、それまでの拓郎不在体験を埋めていくことになった。ライブ版の「ともだち」は、曲と曲のあいだに挟まるMCまでコピーし、拓郎熱を伝染させた友人と二人、学校から駅までの帰り道、そのセリフを暗唱してみせるほどの蕩尽ぶりだった。私が、一九九〇年に上京し、その後「高円寺」に住むことになるのは、それが拓郎の住んだ町であり、アルバム「元気です。」所収の「高円寺」という曲の影響である。

それにしても「元気です。」というアルバムタイトルはすごい。同アルバムにそんな曲はなく、ただ加川良作詞による「加川良の手紙」に「おかげでぼくは元気です」という箇所があり、そこから取ったのだろうと思われるが、それでも「元気です。」と、最後に句点を持ってくるセンスがなんともいい。いまでは、「モーニング娘。」『クビ論。』など、アイドル名や本のタイトルに句点をつけるのは、珍しくもなんともないが、私の知るかぎり、それを最初にやったのがこの拓郎の「元気です。」だった。

しかも「加川良の手紙」は、加川良が恋人に送った（あるいは送るつもりだった）手紙にそのままメロディをつけたと言われている。手紙を歌にしたのは、岡林信康「手紙」という前例があるが、「拝啓」でいきなり始まるところが、「加川良の手紙」はよりリアルなのだ。

高校入学の際に、千林の質屋で買ってもらったフォーク・ギターは、それまで岡林信康に代表される関西フォーク、あるいは歌謡曲を歌うのに使われてきたが、たちまち拓郎専用に早変わりした。コードをじゃかじゃかと鳴らすだけなので、父親は「せっかくギターを買うてやったのに、うまくならん」とボヤいていたが、どうやら「禁じられた遊び」みたいな曲を弾くと思っていたらしい。

拓郎の歌の特徴は、大量の言葉数をコード進行の狭間に暴力的にねじこむところにあり、その勢いこそが快感だった。「制服」など、わずか一小節に二十字近くも言葉が押し込められている。それまでの歌謡曲や、既成のポピュラーソングは、たいてい五文字、七文字が精一杯だったから、いかに拓郎の楽曲における言葉数が多かったかがわかる。

しかし、ギターを弾きながら歌うとなるとこれは難しい。「高円寺」「こっちを向いてくれ」「旅の宿」「制服」「ペニーレーンでバーボン」などは、弾き語りするには、リズムと歌詞を合わせるのに苦労したが、完全コピーすることで切り抜けた。「イメージの詩」なんて長い曲も、この頃は難なくソラで歌えたものだった。思えば、あの時君は若かった。

来る日も来る日も、ギターをかきならし拓郎を声までそっくりにコピーしていると、その歌唱法以外では歌が歌えなくなり、何を歌っても拓郎になる、という現象が起きる。高校の卒業式の予行練習で、校歌を歌った時も、「古き文化のあとどころ」という、わが守口高校の校歌の歌い出しが、「ふるーきぃ、ぶううんかぁのあとぉ、どーーころぉ」となってしまい、隣りにいた同級生に、「岡崎、おまえ、変やぞ」と注意されたりした。仕方ない、あの時君は若かった、のだから。

拓郎はじつは希代のメロディメーカー

当時、拓郎と人気を二分したのが井上陽水で、「氷の世界」で初のアルバム百万枚を突破し、高い音楽性が評価されていた。その高踏的な詩の世界は、のちに文芸評論家の竹田青嗣が、キルケゴールやボードリヤールまで引っ張り出して『陽水の快楽　井上陽水論』（河出書房新社・一九八六年）という一冊の本を書いたほどだ。インテリが褒めやすい音楽と言ってもいいかもしれない。いや、もちろん陽水は素晴らしいが……。中島みゆきも、仏文学者・詩人で宮沢賢治研究で知られる天沢退二郎による『《中島みゆき》を求めて』（創樹社・一九八六年）という、これまた難解な研究書がある。拓郎の場合、このようなインテリの接近はない。それは幸福なことだった、と私は思う。ボードリヤールと拓郎はあまりに似合わないからである。

とにかく、拓郎と陽水は、周囲からライバル関係にある、と思われていた。阪神・巨人、志ん生・文楽のように、二人は対極に置かれ、ファンもまた拓郎派、陽水派とに分れたのである。ちなみに拓郎は志ん生、陽水は文楽タイプ、といっていい。もう少し言えば、陽水を好きな女の子には容姿が芳しからざるタイプが多かった。これ、ほんと。

陽水派に言わせれば、「拓郎はどれを聞いても同じ。メロディなんてなくて、ただ早口でどなっているだけ」と批判があったが、これこそわかっていないの見本のような例だった。アメリカンポップス、R&B、日本の歌謡曲(城卓矢「骨まで愛して」が愛唱曲)、ボブ・ディランなど、多様な音楽を吸収した拓郎の曲は、じつは多彩でメロディアスなのである。後年、由紀さおり「ルームライト」を始め、森進一「襟裳岬」、かまやつひろし「わが良き友よ」、キャンディーズ「アン・ドゥ・トロワ」など、ほかの歌手に曲を提供しヒットを飛ばすが、さまざまなジャンルの歌手が拓郎の曲を歌って我がものにしたことでそれは証明されている。仔細に検討すれば、カントリーウエスタン風あり(「結婚しようよ」)、ボサノヴァ風あり(「雪」)、バッハのメヌエット風あり(「加川良の手紙」)、ギンギンのロックンロール風あり(「君が好き」)、R&B風あり(「たどりついたらいつも雨降り」和田アキ子に歌わせたい!」)、童謡風あり(「夏休み」)と、多種多様なタイプの曲を書いている。拓郎はじつは希代のメロディメーカーなのである。あれは鈴木茂だったか。拓郎の曲をアレンジすると、すごく面白くて、勉強になるとどこかで話していたのも、その証左だろう。

拓郎メロディで特筆すべきは、ツーコードによる進行の曲が多いことだ。「なんとかならないか女の娘」が、サビにいたるまで2カポでEmとG。「襟裳岬」が、これもサビにいたるまで、Bmを挟むが、基本的に3カポでGとEm。「ペニーレインでバーボン」もしばらく1カポでGとEmが交互に入れ替わりながら疾走する。名曲「高円寺」にいたっては、とうとう最後までEmとA7の繰り返し。3コード、4コード覚えれば、フォークのたいていの曲は弾ける、なんて言われたが、拓郎はGとEmさえあれば十分だ、と思えるほど、ツーコード進行が多い。それでいて単調にならない。二つの和音にまたがる空間を、自在に音を氾濫させることで、新しいメロディを紡ぎ出したのである。歌ってみればわかるが、このツーコードの往環上でシャウトすることは、たまらなく快感だ。

私が拓郎を歌う教則本として使ったのは、最初「新譜ジャーナル別冊」の「よしだたくろうの世界」(現在、古書価高し)。のちにドレミ楽譜出版から出た、「明日に向かって走れ」までを収めた全楽譜集は、楽譜と別に、歌詞にコードだけをふったページがあり、これは重宝した。どうせ楽譜は読めないのだ。これはまさに青春の座右の書。あんまり酷使し、ページがはずれ、背が割れたのを接着剤とガムテープで補修したりして、ボロボロになったのをいまだに大事に持っている。

「走る」拓郎

拓郎の歌をざっと見渡す時、「走る」イメージの歌が多いように思う。実際に「走る」という言葉が使われている、ということ以外に、前述した「大量の言葉数をコード進行の狭間に暴力的にねじこむ」ことからくる「疾走感」にも表れている。それは生き方を含めて、つねに走っている拓郎、というイメージを増強させることになった。二〇〇七年十月十日発行の雑誌「Extime」(光文社)は、「70年代ヒットパレード大特集　あのとき僕らの言葉が歌になった!」と題し、吉田拓郎を大きく取り上げている。そのタイトルは「駆け抜けた節操なき10年!」。リードには「拓郎ほど、自分の欲するままに生き、エネルギッシュに70年代を疾走した人はいないのではないだろうか」と書いている。

陽水が「爪が伸びている　親指がとくに」(「爪」)、「踏切りを電車が駆抜けていく」(「あかずの踏切り」)など、一カ所に立ち止って、冷静に観察するタイプの曲が多いのと、これまた対照的なのである。

「明日に向って走れ」は、一九七六年にリリースされた同名タイトルアルバムの第一発目の曲。前年九月の「オールナイト・ニッポン」で四角佳子との離婚を発表している。それ以後に発表された、フォーライフから最初のアルバムとなるこの一枚に、ファンは過剰な思い入れを持って聴くことになった。

「流れる雲を追いかけながら　本当のことを話してみたい」という一行は、離婚にいたる心境の告白のように思えたし、「だから明日に向って走れ　言葉をつくろう前に」と言われれば、これからの活動に対する決意表明と受け取った。ファンとはありがたいものである。とにかく、前に走ること。これが、日本のフォークにおける先駆者的役割を担わされた拓郎の、究極の命題であった。

あるいは、拓郎のベスト1かもしれない「春だったね」（詞・田口淑子）は、曲はまったくのボブ・ディラン「ハッティー・キャロルの淋しい死」のパクリ（本人が認めている）であるものの、「振り返りながら走った」という素晴らしい詩句を、疾走感あふれるメロディに乗せ、つんのめりながら春の土手を駆けていく絵が思い浮かぶ。

しかし、その疾走感にやがて陰りが見え始める。

一九七五年、拓郎は別々のレコード会社にいた小室等、井上陽水、泉谷しげるとともに、四人で新しいレコード会社「フォーライフ」を設立する。初代社長は小室等。七七年には小室に代わって、拓郎が二代目社長に就任する。同じ年、まだ二十一歳だったアイドルの浅田美代子と再婚。それに後述する「つま恋」での歴史的コンサートがあった。しかし、この年に発売されたアルバム「大いなる人」は、「大いなる人生　手助け無用」というような歌詞を含む、それこそ大味の作品集で、以後、新しいアルバムを買いはするが、私の拓郎熱は少し冷めていく。

「つま恋」をピークに、拓郎から疾走感が失われ、一九七九年大晦日に行われた日本青年館のコンサートでは、「これからはもう過去の歌は歌わない」と宣言し、ファンを驚かせる（その宣言はのち撤回されるが）。過去を振り向かないというのは、なるほど拓郎らしいが、それまでの作品の質量に比する仕事を、その後、成し遂げているとは思えなかった。「走る」拓郎が、いつのまにか「歩き」、そして「立ち止っている」ように見えた。

そのことは拓郎自身が気づいている。「宝島」（一九八三年七月号）で、同誌名物のロングインタビューに吉田拓郎が登場（聞き手は萩原健太）。ちょうどこの時、「マラソン」という新アルバムを発表している。ここで拓郎は、次のように話している。

「最近ね、ディレクターと称するヤカラがぼくに言うわけ。最近の拓郎の音楽は面白くないって。何が面白くないんだって訊いたら、スピード感がないって。ぼくがデビューしたころってのは、うまいとかヘタとか、演奏がいいとか悪いとか、そんなこと抜きにしてスピード感があった、と。そう言うわけ。確かにそうかもしれないって思うんだ。で、今や、ぼくにとってスピード感っていうのが大テーマになってしまったんですよ、自分の中で」

拓郎が「スピード感」を失ったことを自覚している時代、私は大学を出て、高校での講師生活を送っていたが、ギターでは拓郎の過去の歌をうたっていたものの、そのうち新しいアルバムをあわてて買うこともなくなり、音楽の興味はジャズに移っていた。八〇年代から九〇年代にかけて、拓郎体験の空白期が続く。

拓郎に疾走感が戻るのは、皮肉にも二〇〇〇年代に入って、「ファイト」「永遠の嘘をついてくれ」と、中島みゆき作詞作曲の作品を歌ったときだった。ここに、拓郎がすでに失った「スピード」があった。近親のディレクターも、拓郎が歌う「ファイト」を聞いて感動し、「拓郎、こういう曲を作れよ」と言ったと拓郎自身が話していた。

そして、つま恋

一九七五年八月、静岡県掛川市つま恋という、それまで聞いたこともなかった場所で、五万人の観衆を集めて「吉田拓郎・かぐや姫コンサートインつま恋」が挙行された。大規模野外コンサートの先駆けともなる伝説のイベントだ。朝焼けの中「人間なんて」を枯れた声で仁王像のように立ち尽くして歌う拓郎もまた伝説となるが、これに私は参加していない。「つま恋」を体験していない拓郎ファンというのはみじめなもので、それは私の長年の負い目となった。それどころか、七九年「篠島」、八五年再び「つま恋」も、フィルムやライブ盤でしか知らない。

その後、知り合った人が拓郎ファンで意気投合したことは何度かあったが、互いにどれだけ好きかを競った時、相手が「七五年につま恋で……」と口に出した途端、さっさと白旗を上げざるをえなかった。

二〇〇六年九月、三十一年ぶりに復活した「拓郎・かぐや姫」によるつま恋コンサートは、A席という最前のエリアで観るという僥倖を得た。三十一年後の「つま恋」の仇討ちだ。それは、体内の血液が全部入れ替わるぐらいの感動だった。コンサートを収録したDVDにも、「落陽」その他で熱にうかれた私の姿が数回映し出されている。後日、そのつま恋を収録、取材した放送を見て再び反省した。コンサート会場にいた男性は、三十一年前、まだ十代半ば。未成年は会場に入れず、チケットもなかった。それでどうしたか。彼はとりあえず、会場まで出かけて、外から風に乗って聞こえる拓郎を聞いたというのだ。私はそれを聞いて恥じた。ファンというのはそういうものだろう。後先を考えず、とりあえず現場へ行く。触れることができなければ、せめて熱を感じる。二十歳の私にはその勇気がなかった。

二〇〇六年「つま恋」は、かぐや姫ファンには悪いが、やはり吉田拓郎の存在感を示すイベントだったと思う。かぐや姫の歌う「神田川」や「なごり雪」が懐メロ化してしまっているのに対し、拓郎の歌には、「いま」を強く感じた。それはあながち、私が拓郎のファン、というだけではなかったように思う。

いまでも、仕事の合間に、ギター（ヤマハ・N500）を片手に拓郎の曲はよく歌う。「襟裳岬」の「日々の暮らしはいやでもやってくるけど　静かに笑ってしまおう」なんて歌詞は、五十を超えたいま、違った意味で身に沁みてくる。「自分の曲はストレスになるから歌わない。今年はダウンタウンズ（広島時代に組んでいたアマチュアバンド）とR&Bばかりを歌うコンサートをする」と、「オールナイト」で告知していたが、それならそれでいい。何をやっても拓郎は拓郎だ、という存在感にファンとしてついていくつもりだ。

岡崎武志「吉田拓郎」二十選（順不同）

これまで聞いて来た拓郎の曲のなかから、お気に入りの二十曲を選びました。

1 どうしてこんなに悲しいんだろう
2 春だったね
3 高円寺
4 制服
5 風邪
6 ペニーレインでバーボン
7 シンシア
8 贈り物
9 いつか街で会ったなら
10 赤い燈台
11 今日までそして明日から
12 落陽
13 祭りのあと
14 淋しき街
15 全部抱きしめて
16 ともだち
17 旧友再会・フォーエバー・ヤング
18 ビートルズが教えてくれた
19 都万の秋
20 襟裳岬

団塊燃ゆ

吉田拓郎&かぐや姫Concert in つま恋2006

「今夜、この場所にいられたことを誇りに思うし、これから生きていく上で、大きな支えになると思う。おれは、あそこにいたんや、とずっと言えるからね」

拓郎ファンの友人二人と、大阪市から駆けつけた白石裕幸さん（49）の言葉が印象に残った。この日「吉田拓郎&かぐや姫Concert in つま恋2006」にいた三万五千人の気持ちを代弁する言葉だと思う。

一九七五年八月二日から三日、静岡県掛川市つま恋多目的広場（現・ヤマハリゾートつま恋）に、五万人を集めた吉田拓郎とかぐや姫のオールナイトコンサートはいまや伝説となっている。オールナイトの野外コンサートは日本初。平均二十一歳の若者が長髪と痩せた身体で熱狂した。まだ携帯もパソコンもなく、音楽はレコードで聴いた。七五年はベトナム戦争終結の年。混沌とした時代に、つま恋ライブは「若者の時代」を象徴するイベントだった。

それが吉田拓郎の呼びかけで再び開催された。朗報は全国のファンを沸き立たせ、一枚一万五千円のチケット三万五千枚は即日完売。みんなこの日が来ることを待っていた。

三十一年前との違いは、年齢を考慮してオールナイトではなく、午後一時から九時（実際は九時四〇

分ごろ終了）に短縮、会場もエリアごとに区切られ、入退場も徹底管理されたことだ。そして、当然ながら出演者も観客も等分に三十一年という歳月がつけ加わっていた。

かぐや姫とともに歌う「旧友再会フォーエバーヤング」を皮切りに、「ひらひら」「イメージの詩」「外は白い雪の夜」など、三ステージ三十五曲を歌った拓郎は、

「三十一年前は客席が怖かった。『結婚しようよ』を歌うとぶんなぐられそうな気持ちだった。時代が変わってみんなおだやかになった。丸くなってよかったね」

とMCで語る。そんなフォーク界のカリスマも今年還暦。二〇〇三年に肺がんの手術を受け、ファンを心配させた。しかしこの日、あの野太い声と全身でシャウトする姿は健在、という印象を受けた。

拓郎をずっと聴き続けているという後藤大二郎さん（48）は、藤枝市在住。三十一年前もここに来た。高校三年生だった。

「拓郎の歌は、昔の歌でもいまに通じる」

と、熱っぽく語るとき、白い頭の向こうに、十八歳の顔が覗《のぞ》く。

一部では瀬尾一三指揮によるバックをつけて歌ったかぐや姫は、第二部では三人だけで演奏した。「僕の胸でおやすみ」「赤ちょうちん」「今はちがう季節」など往年の名曲が、昔と変わらぬアコースティックな音で、虫の声が聞こえ始めた夕闇に響く。まさにかぐや姫の世界だ。

中学時代からのファンという永井雅輝さん(46)は、「永遠の少年」のイメージをかぐや姫に見る。

「そのときだけ、こっちも仕事のことなど忘れてるんだね」

と言いながら、声を合わせていた。

圧巻は最後の拓郎のステージ。中島みゆき作詞作曲「永遠の嘘をついてくれ」の時、何の前触れもなく、中島みゆきが登場。その驚愕と歓喜は津波のように三万五千人をなぎ倒していくようだった。ラスト近くに歌った「落陽」では会場すべてが総立ちで合唱。それに合わせて夜空に花火が何発も打ち上げられ夢の一夜を飾る。また明日からは元の四十代、五十代の太った中高年に戻っていく。しかしこの日だけは、誰もが三十一年前の痩せた若者になっていた。

じつは、このとき強い勢力の台風十四号が関東の南東海上を北上中で、前日まで雨が危ぶまれた。しかし高気圧が張り出し、台風は逸《そ》れた。三万五千人の熱い思いが高気圧となり、台風を遠ざけたにちがいない。

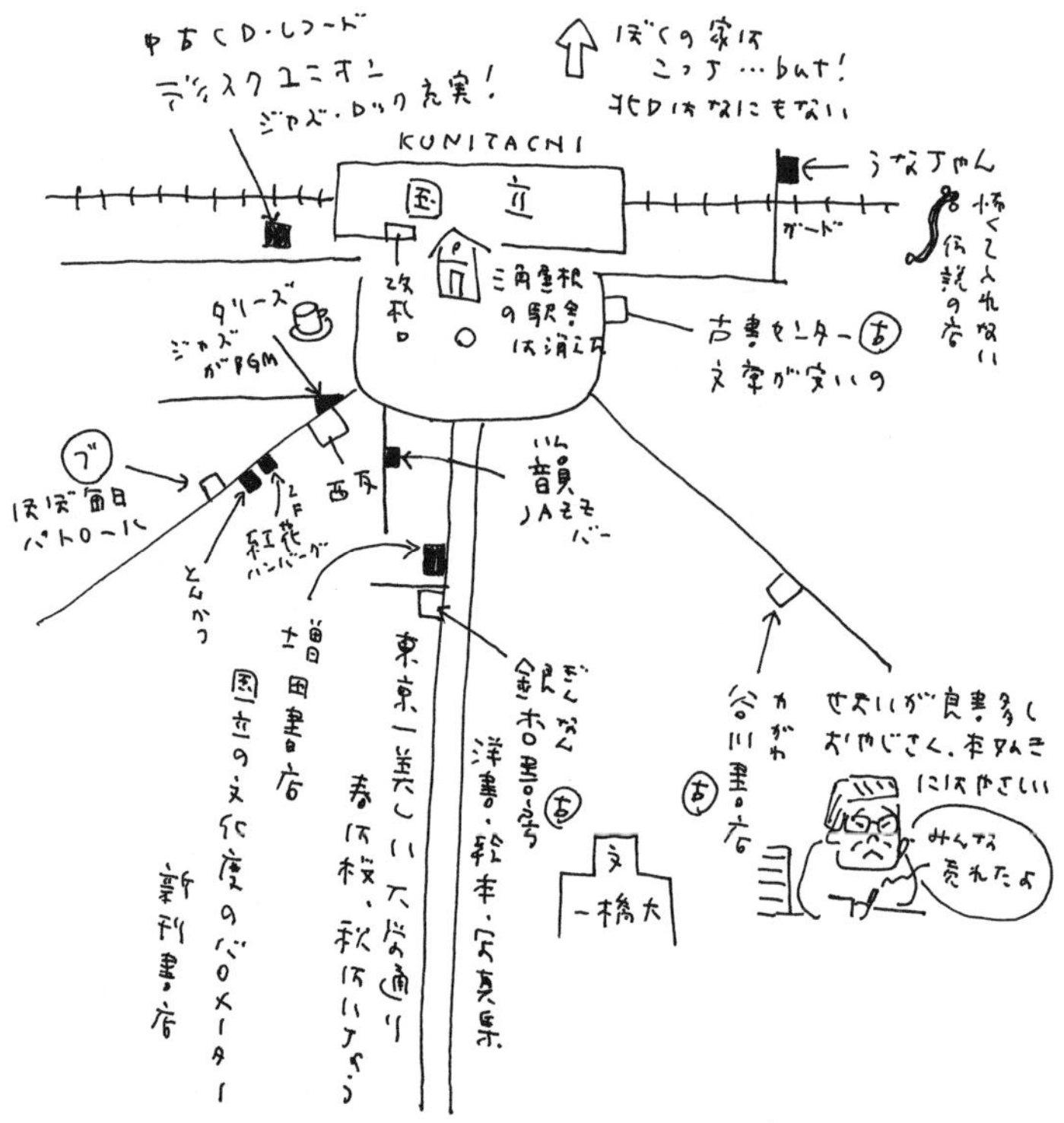

ぼくがうろつく街「国立《くにたち》」

人生いたるところ古本屋あり

坪内祐三と

岡崎　ぼくの連載（「彷書月刊」）は、一九九八年一月号からマル八年になるんですけど、その連載のきっかけをつくってくださったのが、なにを隠そう、坪内さんなんですね。きっかけのきっかけとしては、大宅文庫で邂逅するというのが、二人の歴史の一ページ（笑）。この間の「コクテイル」のイベントのときには、九七年の八月十二日と、私は思ってたんですけど……いきなり違うんですね？

坪内　「論座」で詳しく書きましたけど（『四百字十一枚』みすず書房、に収録された「十年前に私は、タヌキの置き物の飾ってある定食屋で岡崎武志と昼食を共にした」）、九六年の三月の初めぐらいだったと思います。というのもちょうど、九六年四月一日発売の「正論」五月号に、ぼく、パチンコのこと書いているんですが（『ストリート・ワイズ』晶文社所収）、四月一日発売ってことは三月十五日ぐらいが締切だから、大宅文庫に行ったのは、その一週間前ぐらいだと思う。コクテイルではどういう話をされたんですか。

岡崎　も一回、やりましょうか。「ARE」という同人誌で、文庫特集をやったときですね。九六年というと、坪内さんもまだそんなに有名じゃないころ。でも、ぼくらは注目してたんですよ。「月刊Asahi」や「ノーサイド」などで活躍しているエライ本に詳しいやつがいる。しかも、ほぼ同年代ちゃうかな、ということを書いたのかな、それを送ったんですよね。

坪内　山本（善行）さんとの対談でした。

岡崎　本文中の「祐」の字が「裕」と間違ってたらしいんですけど（笑）。

坪内　間違ってましたね（笑）。

岡崎　そういうことが前提にあって、ある日、ぼくは「アエラ」の原稿のことで大宅文庫に行って調べ物をしていた。一階で資料の検索と申請をして、二階に上がって雑誌が揃うのを待つ。揃うと「岡崎さーん」と名前を呼ばれる。そのとき隣りにいた青年が、「坪内さーん」って呼ばれてカウンターに行って、戻ってくる。あれ？　坪内祐三ちゃうか、と。「ノーサイド」には、写真が載ってたんですけどね。たしか座談会の。

坪内　出久根達郎さんと井上ひさしさんと。

岡崎　だけど、（声をかけるには）勇気がいったんですよ。知らん、と言われたらどうしようかなと、しばらくためらってたんですけど、勇気を持って「坪内さんですか」と、言ったわけですよ。そしたらガタガタガタっと大きく揺れてですね。

坪内　ハハッ。

岡崎　ぼく、じつは「ARE」という雑誌を送らしてもらった岡崎です、と。ここは合ってますか？

坪内　ちょっと違う（笑）。ぼく、パチンコ関係の記事が載っている雑誌のバックナンバーを幾つか見ていて、「週刊宝石」をめくっていたんです。しかも、パチンコに関する記事にいきあたる前に、ぼくが好きな「あの人はいま？」的なグラビアを見ていたときで。

岡崎　あります、あります。

坪内　だけど、その号に載っていたのは「あのAV女優はいま？」みたいので、それを舐めるように見ているところに声をかけられて、それで、動揺したわけですね（笑）。

岡崎　そうか、名前、呼ばれたからじゃないわけだ。じゃ、なんでぼく、坪内さんってわかったのかな。顔だけで判断して？　あ、だいぶ間違ってますわ（笑）。さぁ、そこでですね。二人して食事に行くわけです。京王線の八幡山って駅の先の、道路を渡って……。

坪内　甲州街道。

岡崎　そ、街道沿いの汚ぁい大衆食堂。なにを食べたかは覚えてないけど……

坪内　えっとね、岡崎さんはCランチですね。

岡崎　えぇーっ、ホント？　このへんがスゴイ（笑）。そのときに、ぼくは、坪内さんのような人が本を出してくれると、ぼくらも出しやすくなると、こんな不遜な、いま考えると恐ろしいようなことを言ったらしい（笑）。これはぼくの『文庫本雑学ノート』の出版記念会のときに、坪内さんから聞いた話なんですけど、間違いない？

坪内　間違いないです（笑）。ちょうど来年ぐらいにはぼくの本が出ますよ、という話をしたら、あぁ、そうするとぼくらも楽なんです、みたいなね。いや、心強いお言葉でしたよ。

岡崎　ぼくなんか特に、ホントの雑ライターでしたし、本をバンと出すような看板がなかったんですね。坪内さんはもちろん、文芸の世界ですでにいい仕事をされてましたけども、だからといって、すぐに本が出せるような状況ではなかったですもんね。

坪内　僕らのような新人が本についての雑文のようなものだけで一冊の単行本を出せることって、当時はなかなか、なかった。

岡崎　空白期っていうのかなぁ。前後して唐沢（俊一）さんのような同年代の、一九五七、八、九年生まれの人の本が出るまで。

坪内　あのころが出始めですよね。

岡崎　松沢呉一さん、永江（朗）さんとか、沼田元氣さんとかね。その世代に本とか古いものが好きな人間が集まったというのには、なにかあると思います？

坪内　それは唐沢さんが書いてますね。貸本も知っていて、ビデオなんかも日常的になった。古いものも新しいものも、両方知っているというね。かつて、新人類ブームがあって、ぼくらも上の人たちから誤解を受けていたけど、新人類って一九六〇年以降生まれなんですよ。だからぼくらは旧人類。しかも最後の旧人類なんです。そうした人たちが、当時そろそろ出てきて、いままた「ＡＬＷＡＹＳ・三丁目の夕日」がヒットしたりと、最後の旧人類にスポットが当たりはじめている。
岡崎　「最後の旧人類」はいいね。
坪内　天才タイプで、若さにものをいわせてなにかをポンと書くというタイプは少なかった。ためこんだわけですよね、ぼくら世代はみんな。
岡崎　『わたしの体を通り過ぎていった雑誌たち』（新潮社）に書かれてますけど、雑誌が次々と創刊されたり、七〇年代の活字文化は、わりと元気よかったですよね。冬樹社、晶文社の存在も含めて。
坪内　それに工作舎ね。勢いがありました。本を読まない若者たちなんて批判もされましたけど、教養主義的なメイン・カルチャーが解体していなかったということは、一方でサブ・カルチャーといわれるものも存在していたということ。いまは崩壊しちゃったけど。
岡崎　そういう影響のなかで、あれやね、新刊本をちょっと安く買うために、古本屋に出入りするという、そういう出発ですかね。
坪内　そうですね。あのころの新刊本屋というのは、いまの大学生たちに伝えにくい。当時は新刊本屋にも十年、二十年前の本が。
岡崎　あった。置いてあった。
坪内　新刊本屋でも買えるんだけど、それをさらに安く買うために古本屋に行くわけですよ。で、古本屋でも絶版扱いじゃないから。
岡崎　プレミアがついてないから安い。七〇年代の純文学の居並ぶ人たちの本は、いま古本屋の均一で見つけたらすぐ買ってしまうけど、たいてい増刷されてるんですね。
坪内　されてますね。あのころ高かった人は、いま軒並み安いですね。小川国夫とか。
岡崎　で、逆に後藤明生さんとか、小島信夫さんに値段がついてきている。
坪内　田中小実昌さんとか。
岡崎　殿山泰司、ね。
坪内　いま狙い目は野坂昭如さんの本でしょう。まだそんなに高くないから。
岡崎　（値を）つけてるとこは少ないですよね。均一でもまだちょっと見るって感じかな。

そうそう、ぼくも坪内さんと同じく、「COM」との出会いは小学校の五、六年なんです。近くに廃品回収の大きな倉庫がありましてね。そこに古雑誌が山のようにあって、そこからパチって、関西弁で盗むってことですけど、部屋に隠し持っていた。中学生ぐらいになって、その欠番を古本屋へ探しに行くようになるんです。

坪内　じつはぼくはどっちかというと、「ガロ」派だったんですよ。「COM」は小学五、六年のときにリアルタイムで買っていた。高校生になってまた読みたくなったころ、ちょうどぼくが高校に入った七四年にはじまったBIGBOXの古本まつりで、五月か六月に、一冊三百円ぐらいで「COM」が出て、それを買ったというわけです。ところがその年の十一月にはもう一冊二千円ぐらいになっていたのね。

岡崎　うんうん。七三年、七四年あたりに、なにかそういう変動があったと。

坪内　いわゆるオタクじゃないけど、第一次オタク世代のぼくたちが昔読んでいたマンガを古本で買い戻そうとした時期なんでしょう。そして、手塚治虫の初版本のようにそれまでも高かったもの以外にも値段をつけはじめたのが、なないろさん（田村治芳さん店主の古書店「なないろ文庫ふしぎ堂」）たちなんです。

岡崎　なないろさん、喇嘛舎《らましゃ》さんたちの世代ですね。

坪内　中学校のころに、関西では「COM」を置いているような古本屋がありましたか？

岡崎　一軒だけ、つまりひとかたまりで買ったのを、チョビチョビ出してたんだと思う。

坪内　ぼくの行動範囲で言うと、なくなっちゃいましたけど、三軒茶屋の太雅堂（書店）にはけっこうありました。あのころはマンガそのものを古本屋では見つけられなかったですね。マンガを置く古本屋がボツボツ出てくるのって、高校生になったころだから、やっぱり七三、四年なのかな。特に雑誌。マンガ雑誌はですね。

岡崎　そうそう、雑誌といえば高田宏さんがやっていた「エナジー対話」。

坪内　エッソが名編集者の高田宏さんに、自由につくってくださいという形のPR誌。

岡崎　谷川俊太郎と大岡信とか、何日もかけた長い対談で一冊つくってしまう。じつはぼく大学時代、就職願いを書いたことあるの。こんなに「エナジー対話」を愛しているから入れてくださいって手紙書いたの、高田宏に。

坪内　へぇ。それで。

岡崎　ダメですって（笑）。いや、「ありがとうございます。予算がこれだけで一人でやってて、だから難しいです」という非常に丁寧な返事をもらいまして、何年か前、高田さんに取材したときにそのことをお話ししたんですけど、覚えてなかったですね（笑）。そして坪内さんも知らないぼくの秘密をもうひとつ。ぼく東京に出てきて、最初の仕事をいただいたのが瀬戸川猛資さんなんですよ。

坪内　トパーズ・プレスですか？

岡崎　そう。瀬戸川さんは当時、産経新聞の無署名の書評欄の人選を任されていたんです。そのうちの一本をぼくにくれた。あのころぼくは戸田公園に住んでいて、四谷の事務所まで電車で往復するとなくなるようなギャラだったんですが（笑）。岡崎くん、ここはもうちょっと引用を入れたほうがいいよ、とか原稿の書き方まで教わったんですね。そのあとも、結婚して子供ができた時に、瀬戸川さんに泣きついて、紹介されたのが「ジャパン・アベニュー」だったんですよ。この雑誌についてどう言えばいいかなぁ。結局、雑誌が休刊になり、話はポシャったんですが。

坪内　ちょっとバブリーな、年収が三千万以上の会員向け雑誌で、会長が坪内嘉雄さん。そのあたりの少し危ない話はまたの機会にね。

岡崎　帰り道の路地裏でもいいですよ。突然ですが、ここで『気まぐれ古書店紀行』にひとこと、祝辞を（笑）。

坪内　来月号の「論座」でちゃんと書いてますから（笑）。いえ、ロングセラーになるんじゃないですか。ありそうでなかった古本ガイド。この本に二十代のころに出会っていたら、さらに興奮しただろうな。とにかくぼくが読みたかったんですよ。

岡崎　さっき途中になりましたけど、「彷書月刊」

で先に坪内さんが連載されていて、そのあと誰か書き手はいないかというときに、推薦していただいたのが坪内さんなんです。

坪内 推薦だけじゃなく、こういう企画を、と提案したのもぼくなんですよ（笑）。

岡崎 「がっちり買いまショー」で、安い本ばっかり買ってくるから、ぼくは均一小僧なんですと、ポロッと言ったひと言を、坪内さんがポンと拾い出して、タイトルをつけてくれたんですね。

坪内 人文書院のアンドレ・ブルトン全集の端本を買ったときです。

岡崎 よっく覚えとるなぁ。ナントカ小僧ってちょっと古くさい言い方ですけどね。ぼくね、大学時代に西友の家庭雑貨コーナーでアルバイトしてたんです。そこで一緒だった学生に、なんかあるとすぐ「小僧」をつけたがる子がいたのよ。遅刻すると遅刻小僧、昼飯にカツ丼食うてるとカツ丼小僧や、って。それが妙におかしくって、それがなんか、アタマにあったんやね。ちなみに坪内さんは、ナニ小僧でした？

坪内 編集小僧、でした。いまも企画考えたりするの好きですよ。その分、編集者にも厳しい（笑）。ですがね、この『気まぐれ古書店紀行』、岡崎さんが思っている以上に歴史的価値がある本ですよ。

岡崎 ありがとうございます。三百数十店の古書店を紹介したんですけど、その後やめられたりネットに移行したりと、二割近くが書いたときの状態では現存していないんです。ですが、本文では直さなかった。そういう意味では、この八年間の古書業界の、変転と言いますか、消沈は記録されていると思います。

坪内 十年後、二十年後には、もっと貴重な資料になりますよ。民俗学的にもね（笑）。そう、写真も貴重です。

岡崎 ぼくが撮っておいたことで、形として残る古本屋さんもあると思います。だけど、連載が始まった当初は、けっこう古本屋さんから抗議があったらしいんですよ。百円の本ばっかり買うヤツに来られてももうけにならんがなって。コレ、わかりますよねぇ（笑）。

坪内　でも、安い本ばかりだからおもしろいと思うんですよ。ときどき二千円の本なんか買っちゃうと、岡崎さん、ちょっと違うんじゃないかって。小山清の『犬の生活』を七百三十五円、会津若松（勉強堂書店）でしたっけ。あれは仰天しましたね。新小金井（翔節堂書店）で百円で買った、十返肇『スター見本市』も見事だった。

岡崎　あ、そうか、なぁ。自分で言うのもなんですが、拾うセンス、それといろいろな好奇心ですかねぇ。好奇心とセンスがないまま均一棚に向かっても、なんやこら？　ってなことになってしまうんでしょうね。

坪内　この連載を続けていくだけでも、どんどん広がっていくでしょう。例えば、正月早々に古本屋に行きたいなと書いたら、それを読んだぎやまん堂さん（埼玉・坂井ぎやまん堂。ご店主逝去のため閉店）から、ウチは正月もやってますよと手紙がきたりする。そのあたりが連載の醍醐味ですよね。

岡崎　そうなんですね。月々書いていることへの反応にこちらも返す、キャッチボールというんですか。ただ、読みかえして思ったのは、ぼくが、いかに熱しやすく冷めやすいか。山の本、ヤマヤマーって騒いでいたけど、いまはぜんっぜん買ってませんから（笑）。

坪内　連載ものはだんだん続けて行く内に、自分の一種の「住まい」になってきて、遊べる部分も出てきます。そうすると単なる古本屋紹介だけではなく、エッセイとしておもしろくなる。『気まぐれ』にもときどき岡崎さんの心象風景が出てきますよね。早くに亡くされたお父さんの話、なんてなかなか、ね。

岡崎　狙ってるんです、よ。このへんでちょっとナミダいれようかなとか、あるいは笑いもとか。関西の人間ですよね。笑いと涙の二本立て。毎回毎回、古本屋さんのことだけでは埋まらないんですよね。なんやかや、そのとき興味のあることや、卑怯な手ですけど家族、娘のこと書いたり受けるんじゃないかとか。こんど猫も増えましたから……

坪内　うーん。猫を使う人、多いですからね。

岡崎　出さんほうがいい？

坪内　安易。ぼくは、猫を使いはじめたらもの書きとしては堕落だと思います（笑）。
岡崎　わかりました。却下します。カメは？　カメもおんねんけど。アカン？
坪内　いやいや、吉田健一がときどき行ったという旅館の話。古本屋はほとんど登場しないけど、あれは見事なエッセイでしたよ。
岡崎　八高線の児玉という駅にあった旅館に、毛ぬき寿司と日本酒のビンを持って泊まりにいって、ただ酒を飲んで帰ってくるという、これがまたすばらしいエッセイなんですよ。
坪内　いまはわりと旅行記が多いじゃない。でも、すごく無理してる感じがするんですね。無理してなにかを食べながら歩いているような。だけどその点、岡崎さんにとっての古本はリアリティがある。道具と言ってはなんですけど、その分旅行記としてもおもしろいものになる。自分の得意分野があると、それをひとつの立ち位置として町に入れるでしょう。
岡崎　そう。その意味で古本屋さんのいいところは、いわゆる文化のバロメーターというんですかね。土地土地のエッセンスを吸い取ったようなところがありましてね。だからぼくにとっては、神社仏閣で手を合わせるよりも、古本屋さんに行く道すがらの雰囲気、店のたたずまいのほうが、よっぽどその土地のイメージが濃縮されているといいますか。
坪内　古本屋の棚に土地柄を見られる、岡崎さんの感受性。そこが重要だと思う。
岡崎　そのわりには買わないんですけど（笑）。
坪内　単行本の書き込みでね、ぎやまん堂のご主人が亡くなられて、いまは店を閉じてしまっている、詳しいことはまたのちほど、と書いてあったんで、一所懸命探したんだけど出てこないんですよ。
岡崎　ええ、たぶん、書いてて忘れたんでしょう（笑）。あとで書くぞぉと思いながら他の締切やなにかで、すっかり忘れてるんでしょうね。
坪内　増刷のあかつきにはぜひ増補を。
岡崎　書き込みが増えるから、みなさん、二刷も買わなくちゃいけない（笑）。書き込みのある本というのは初めてじゃないんですが、ここまで徹底して著者が遊んだというのは初めてだと思うんです。この書き込みの発想が、やっぱり古本なんですね。感想が書いてあったり、漢字の練習してあったりしますよね。そういうこと込みに古本を買うおもしろさというのがあると思うんです。この本の場合はそれを初めっから著者がしてしまう。そこにみなさんが書き込めば、二人だけの本ができるという、なんや、気持ち悪いな（笑）。じつは書き込みの誤植がたくさんあるんです。これでも国語の先生かいな、というほど。

坪内　岡崎さんは現役で古本屋さんを回ってらっしゃるけど、じつはぼく自身は、古本屋そのものへの興味が薄れてきているんです。東京堂の棚の補充のためだけに回っているような感じで（笑）。だからこの本を読んでいるほうが楽しいですね。これを読んでいるほうが、古本屋に行っている気分になれる。

岡崎　いや、一番のほめ言葉です。ぼくもこういうことがなければ行かないというケースもありますけど。じつはまだまだ穴がいっぱいあるんです。四国には行ってなかったり。ですから全国の古本屋さん、来てくださいというところがあれば行きますんで。連載のほうはもうすぐ百回なんですが、まだ続けていきますから。

坪内　連載百回で、なんかごほうびないのかな。「がっちり買いまショー」百万円コースとか。

岡崎　百万！　買い切れへん（笑）。

（於　東京・ジュンク堂書店池袋本店　構成／皆川秀）

「新しい」古本の楽しみ方、買い方

角田光代と

岡崎　先日、渋谷パルコで開催された古本のイベントに角田さんも参加されていましたよね。

角田　そうなんです。オンライン古書店の方が集まって、古書を販売するイベントで、私は新作の朗読会をしました。

岡崎　角田さんのような方に古本関係のイベントに参加していただくというのは、古本組合になりかわってお礼を言いたいくらいで（笑）。いつまでも「古本」というと白髪まじりのおじいさんが出てくるというのでは、ね。角田さん、大学は早稲田ですよね。あそこにはいい古本屋街がありますね。

角田　最初は拒否されているような気がして、なかなか入れなかったんです（笑）。本に薄紙がかかっていて、触るなって言われている気がして。でも、古い大層な本だけじゃないと気づいてからは、足しげく通っていました。

岡崎　僕は、京都で大学生活を送っていた頃から、古本武者修行と題して、年に一度は上京して、早稲田の古本屋街にも必ず行っていました。こんなところが近くにあったら大学にたどり着かないだろうなって（笑）。

角田　京都にはあまりないんですか？

岡崎　ああいうミニ神保町という感じの古本屋街はないんですよ。

角田　そもそも古本を好きになったきっかけは？

岡崎　遡ると、幼稚園とか小学生の頃、古本屋の店先で出会った月遅れの少年雑誌の付録漫画ですね。当時、小遣いが一日十円で、新刊の漫画は高くて子どもにはおいそれとは買えない。それが三冊十円ですから。駄菓子を買う気持ちと同じでした（笑）。それが、今や一冊一万円くらいの値がついている。あれをまだ持っていれば……。普通は、学生時代に、新刊で買うと高いので、古本屋に出るのを待つというのが、古本との出会いでしょうね。そのうち、見ていた本の隣に知らない本があって、自然と手が伸びると、ステップアップですね（笑）。

角田　ふと、目に入った本を買ってのめり込むこと、あります。梅崎春生や永井龍男にはそうして出会いました。

岡崎　それはシブいですね（笑）。

角田　いまでは新刊で手に入りにくい作家だから、古本屋さんがなければ、たぶん出会えなかったと思います。

岡崎　「作家を発見する」ことをはじめると、やみつきになりますね。

角田　河上進さんってご存知ですか。同級生なんですが、先日、高円寺にすごく面白いところがあるからと「古書会館」に連れていっていただいて。

岡崎　古書の即売会ですね。普段は業者の人たちが市場を開いていて、週末だけ一般向けに本を持ち寄って売っている。

角田　ものすごい数の男の人たちが、古本を山ほど抱えて。入るなり、河上さんもどこかに消えてしまって戻ってこないので、私も見ようとしたら、みんな座りこんで本を読んでいるから棚が遠くて、探すのが大変（笑）。それでも、金子光晴の聞いたこともなかったエッセイ集『這えば立て』（大和書房、一九七五）が出てきたりして、面白かったです。

岡崎　そこにはまるとちょっと危ないんですよ。もう、帰って来れない（笑）。

角田　河上さんもたくさん抱えて戻ってきて、七〇年代の年賀状のカット集とか。なんでそんなものをと思うんですけど、見ているとだんだん、いいなあ、欲しいなあと。

岡崎 それはかなり危ない。

角田 危ないですか？（笑）。

岡崎 僕なんかは、街を歩いていて古本屋があると絶対に目に入ってくる。たまに「古本工務店」なんて看板があるとドキッとする（笑）。ここは古本屋じゃなくて、古本《ふるもと》さんがやっている工務店だと思っても、まだドキドキしてしまう。これは病気ですね。即売会の面白さは、新刊で売られていなかったようなものも隠れているところです。例えばこれは（と、取り出す）、連載小説の挿絵のスクラップブック。おそらく昔の女学生が一生懸命切り抜いて作ったんじゃないかな。世界にたった一冊の本ですからね。

角田 こういうものも売っているんですか？

岡崎 売っているんです。個人の日記帳なんかもあります。これは、（と、再び取り出す）昭和初年にある主婦が書いた日記。夫の帰りが遅いとか、出張でさみしいとか、達筆で赤裸々に綴られている。ついには、途中で妊娠する（笑）。

角田 読んだんですね（笑）。どうしてこういうものが出回るんでしょう？

岡崎 古本屋には、「家中の本を一切合切買い取ってください」という依頼がよくあるんです。その中に混じっている。カタログやガリ版刷りの私家本なんかも紛れこんでいる。こういうものを僕は「駄菓子本」と呼んで、子どものころ三冊十円で買ったのと同じ感覚で買っています。見つけるとほっておけなくなって、「よしよしおじちゃんが拾ってやる」という感じで買っていくんですよ（笑）。こういうのが山をなして家を占領しはじめる。

角田 おうちがとても心配です。

岡崎 今は本を全て地下室に置いているんですが、家族には、一冊でもそこから持って上がってはアカンと言われています（笑）。それから、「天才バカ本」と名付けた分野の本も集めています。たとえば、これは、福田定一という人が書いた『サラリーマン』という新書。百円の均一台に並んでいそうでしょう？　ところが、実はこれ、司馬遼太郎が昭和三十年、産経新聞の記者時代に本名で書いたはじめての本なんです。

角田　すごい！

岡崎　その後、司馬遼太郎名では復刻されていないので、帯までついていれば、古書価は二万円くらいします。でも、僕は百円で買っている（笑）。そして、これは昭和三十二年に出た遠藤周作のフランス語会話の本、『タカシのフランス一周』（笑）。

角田　均一台で見つけたらびっくりしますね。

岡崎　神保町で一万円も出せば買えるんです。でも、それではつまらない。百円で見つけるところに古本探しの面白さがある。最後に、もう一冊、石原慎太郎の『真実の性教育』（笑）。

角田　どんなことを教えてくれるんだろう？

岡崎　知りたくなりますよね。これまで、古本の買い方は知識が必要でした。この本は何年に刊行されて、その後再版されたけど、最初の帯のついていない版が貴重だ……とか。でも、僕の買い方は、古本屋に入って出合い頭で面白ければいい、と。そんな楽しみ方もできるかなと思うんです。僕らが学校で教わってきたのは、あらかじめ整理整頓された知識なんですね。古本屋ではそこから抜け落ちたものと出会える。

角田　確かに、古本を見ていて、ある時代の恥ずかしい一面や可愛らしい一面を見つけることがあります。六〇年代、七〇年代の本でも、今、歴史からはこぼれ落ちて、みんな知らんぷりしているけど、こんなにばかなこととかハレンチなこともあったんだって（笑）。

角田　私はあまり都内を移動しないので、家の近くの荻窪や西荻窪の古本屋さんに行くことが多いんです。岩森書店とかささま書店、それから古本カフェ・ハートランド。ここは店内でビールも飲める（笑）。

岡崎　中央線沿線は今、一番面白いエリアだと思います。三〇代くらいの若い人たちが、次々に店を出している。絵本をたくさん扱っている古書興居島屋《ごごしまや》やハートランドもそうですね。ここ数年、古本屋が大きく様変わりしてきているなと感じます。以前はいわば稀覯書・初版本がずらりと並ぶ「老舗」と婦人雑誌や漫画、文庫本を売っている「街の古本屋さん」しかなかった。それが、最近は「セレクトショップ」のような店が増えてきたな、と。これまでの古本屋が作ってきた価値体系とは関係なく、自分たちが面白いんだと思った本を選んで並べていて。

角田　店主の個性や好みが見える店ですね。

岡崎　自分の部屋の延長のように、楽しんで作った店。中央線にそんな店が多いのは、あのなんともたそがれたぬくぬくした空気がそれをうまく受け入れてくれているのかもしれませんね。まだ喫茶店も多く残っていて。

角田　猫も多いです。

岡崎　猫が悠々と歩けるような街でないと古本屋もやっていけない。中央線沿線以外の面白い店といえば、早稲田の「古本茶屋岩狸」。店内にコタツや七輪まで置いてある（笑）。それから、角田さんにおすすめなのが、南青山の日月堂。以前パルコにいた佐藤真砂さんという女性がはじめた店で、フランスから買い付けてきた本なんかを並べています。オンライン専業の店も増えてきました。

角田　ネットの古本屋さんってどういう感じなんですか？

岡崎　玉石混淆です。ただ、その中から面白い店も出てきている。たとえば、海月《くらげ》書林。やはり二〇代の女性がはじめた店で、それまで古本屋が見向きもしなかったような本に値をつけて、「オンナコドモの本」という新しい分野を開拓しています。たとえば、七〇年代ごろに出ていた宇野亜喜良がデザインを手掛けた「フォア・レディース」という新書館のシリーズ。これも、今までは古書価もつかなかった。でも、彼女は、そこに可愛さを見い出したんですね。そして、花森安治が編集を手掛けていたころの「暮しの手帖」。イラストレーターの柳原良平が装丁した開高健や山口瞳の本も「可愛い」と、山口瞳がなんたるか知らない人も買っているというんです（笑）。本は読むものだけど、その前に「もの」として可愛くなければだめだ、と。これは新しい感覚ですね。

角田　ものがほしくて買って、読まないなんてことは……（笑）。

角田　二年ほど前にはじめて自分の本『まどろむ夜のＵＦＯ』を古本屋さんで見つけて、同業の友だちに自慢したらなんか感触が違って（笑）。みんな自分の本が古本屋にあると嫌な気持ちになるらしいんですが、私は逆ですごく嬉しい。誰かが読んで、それを売ったということで、また、別の人に読まれるかもしれない。

岡崎　分かります。めったにありませんが、僕も自分の本を見つけた時は嬉しかったですね。古本屋は「今、世の中にこの本は必要だ」もしくは「自分が店に置いておきたい」という選別作業をしているわけですから。そして、そこから角田さんが永井龍男を発見する（笑）。

角田　そうして、一冊の本が何人もの人の手を渡り歩くんですね。図書館で借りた本でも赤線が引いてあったり、書き込みがしてあったりすると、わくわくします。

岡崎　僕が持っている本でも、恋人同士が貸し借りしていたんだなっていう本がある。余白に感想なんかがいっぱい書いてあって（笑）。古本にはいろんなものが挟まってもいます。レシートとか定期券とか（笑）。古本屋にあるのは、同じ本であっても、一冊一冊全部違うんですね。

角田　昭和二十年とか三十年代に出た本がいまその形で読めるというのも嬉しいですよね。子どものころ、三島由紀夫の『豊饒の海』の箱入りの単行本が母の本棚にあって、なぜだか、読むなと禁じられていたんです。私はずっといやらしい本だからだ！と思っていたんですが（笑）、大人になって読んでみたら、とても面白くて。ただ、全四巻のうち、第三巻しかなかった。ほかの三冊を文庫で読む気にはならないんです。それで、古本屋で単行本を探して読みました。同じ作家でも単行本で読むのと文庫で読むのとではずいぶん感じが違うものですね。

岡崎　本には時代をパッケージする力があると思うんです。ある時代独特の活字の組み方や装丁、それがそのまま現代に届く。逆に文庫で読んでその本の存在を知った人が、古本屋で単行本を手に取ったとき、ほしいと思うこともあるんじゃないかな。角田さんの『これからはあるくのだ。』も文庫になりましたが、はじめの単行本も残っていくだろうなと思いました。造本にすごく工夫があって。

角田　装丁していただいた池田進吾さんは、いつも文章をちゃんと読んで作ってくださるんです。きっと本が好きな方なんだろうな。

岡崎　そういう思いのこもった本というのは、何十年経っても、次の世代に何かを発信するんですよね。電子ブックが登場したころ、ＣＤがＬＰを駆逐したように、誰も紙の本なんて買わなくなると言われました。でも本はなくならないんじゃないか、と。

角田　私も全くの同意見です。本を読んでいるときの紙の感触がとても好きなんです。本はすたれないと信じたいですね。もし遠い未来に、全ての本が電子ブック仕様になる時代が来るとしたら、私はその前に消えてなくなりたい（笑）。

岡崎　最後にこれから古本を楽しみたい人にこの分野を狙うといいという提言をしましょう。まずは「ほるぷ社の復刻本」。これは、内田百閒の『繪入お伽噺　王様の背中』なんですが、昔の本をそのまま復刻しているから、谷中安規の挿画も入っている。

角田　かわいい！

岡崎　元の本はなかなか手が届きませんが、復刻版なら一冊五百円以下で買えるんです。それから、「昔の文学全集の端本」も安く手に入るのでおすすめです。これは作家の組み合わせがいいでしょう。内田百閒に稲垣足穂に牧野信一。しかも三島由紀夫が選んで編集していて、そのこだわりについての澁澤龍彦との対談も月報で収録されている。これが数百円。よく神保町の均一台でおじいちゃんが、全集の端本を片手にじっと佇んでいる光景を見かけます。おじいちゃん、今さらそんな小さな活字で、森鷗外は読まないだろう、と（笑）。でもその気持ちは、分かるんです。好きな人はほっておけないんですよ。なにしろ文庫で買うより安いくらいですから。

角田　私も文学全集はバラでよく買います。三人の作家のうち一人しか知らなくても、他の作家も読んでみたらすごく面白かったということもありますよね。

岡崎　そうなんです。いいことおっしゃいますね

（笑）。たとえば、井伏鱒二なら井伏鱒二と、一人の作家の全集を読み比べてみるのも楽しいですよ。それぞれ、一緒に入っている作家や解説が違う。口絵の写真がたくさん入っているとか、ね。

角田　今日は、知らなかったことをずいぶん知って、今度古本屋さんに行くときは、また違った気持ちになれそうです。それから、何かあったときは真っ先に日記を処分しようと思いました（笑）。

新書を語る

立川談四楼と

岡崎　きょうは新書の話ですが、新書という名がついたときに、「新」という字が相当インパクトがあったのかなと思うんですね。
立川　これは岩波がつくった言葉ですね。
岡崎　昭和十三年の創刊です。結局、新派、新劇とか、つまり新しい動きが出てきたときに必ず「新」という字がついたんですね。
立川　そこに跳びつく人が当然いたはずですよね。
岡崎　ええ。「新」という文字がキャッチーだった。
立川　円朝の噺で『真景累ヶ淵』というのがありますが、明治になって医学用語で初めて「神経」という言葉が出てきた。神経痛とか。要するに新鮮だったわけですよ。「それは神経から来てんだよ」って言うと、一発で。それまでは気の病ということでしたが、にわかに説得力を持って、この言葉がものすごく流行したらしいのね。
岡崎　ああ、そうですか。式場隆三郎に『随筆妄談神經』という本がありますが、これが昭和の初めの本で、この頃までその余波があったんでしょうね。
立川　円朝は、神経をそのまま使ったんじゃ芸がないというんで、『真景累ヶ淵』としたら、大当たりをとった。恐らく新書というのも新しい書物ということで。
岡崎　ネーミングのインパクトというのがあったん

だと思います。

立川　しかし、今はものすごい点数が書店に並んでいますね。

岡崎　そうなんですよ。新書の数というのは、二〇〇四年の時点で三十三社。ずっと岩波、中公、講談社現代新書という一応御三家みたいなのがあって、もちろんそのほかにもあったんだけども、何となくこの三つが新書というイメージをつくってきたようなところがあります。

立川　私は中間小説誌と文庫で育ってきた。ちょっと長くなりますが、昭和四十五年の入門で、高校生の頃までは大して本なんか読みませんよ。落語に夢中になって、談志の追っかけやってたときですから。談志の弟子になって鞄持ちになります。

岡崎　何年ですか。

立川　昭和四十五年です。大阪万博の年で、その秋に三島が割腹をするという。あの年に私、入門したんです。

岡崎　すごい年ですね。

立川　すごい年なんです。たまたまそうだったんですが。鞄持ちで酒場へくっついて行きますと、談志の行きつけのところに田辺茂一さんがいるわけですよ。こりゃこりゃなんてやっておられる(笑)。じゃ河岸変えようかっていうと、談志が田辺先生の鞄持ちをするわけですね。で、私が談志の鞄を持つという(笑)。

岡崎　それはおもしろい話です。談志さんは『酔人・田辺茂一伝』という本を書いておられますね。

立川　いつも酒場巡りの途中まで行くと、ここで消えななんて。坊やはもう失せろとか言われて帰されていたんですが、一度だけ談志が一人のときに、「姫」ですよ、今思い出すと。山口洋子さんの、あの文壇バーに各界の人が集まっていて、そこでいつも帰されるのに、なぜか「おまえに思い出つくってやる。水割り一杯だけ飲んでけ」って言ったんですよ。それでカウンターにいたら、談志はなんとボックス席の吉行淳之介と山口瞳の間に座るの、対等に(笑)。奥見たら近藤啓太郎。こっちは十八だよ。ウワッ、すげえッて。文士を目の当たりに十八で見て、そういうふうに私は最初に作家を見ちゃったんですね。それで、しょっちゅう会うものだから、少しは勉強してないとヨイショにならないもので。

岡崎　それで読み始めた。

立川　そう。だから作家にまず会って、そこから読書に入るんです。

岡崎　普通と逆ですね。

立川　そういう人達のものというのは、中間小説の月刊誌で、「オール讀物」であり、「小説現代」であり、「小説新潮」という。それでも前座にとっては高いんですよ、新刊は。ちょっと待つと、すぐ古本屋に八十円とか。それが五十円になるまで待つわけです（笑）。それを読んで、会うと言えるじゃないですか。「先生、この間のお作、拝読しました」。「すごい。君なかなか勉強しているじゃないか」。それを聞いた談志も、おお、感心なということで（笑）。そういう、つまりヨイショということで、スキルとして始まって。単行本はなかなか手が出ないですね。ただ、そのからくりがわかるわけですよ。こうやって連載されたりドンと発表されたものが、いずれ単行本になっていくと。あと、私は文庫ですね、やっぱり。中間小説誌と文庫本で育ってるんで、新書になかなか目が行かないんですよ。

岡崎　昭和四十年に立川談志さんが有名な『現代落語論』を出す。やっぱりこれですか（と手元に本を取り出す）。

立川　そうです。芸もですが、本にグッときました。これも新書サイズですね。二十九歳で書いた本ですよ。これにだまされて（笑）。

岡崎　これで落語家になった人、いっぱいいるんですよね。これぐらい影響力があった落語の本というのはないですね、後にも先にも。新書というと、どうしても学者が書く教養的なものというイメージがあるから、そこへ落語家さんが落語について、しかも自らの手で書くということが相当新鮮でインパクトがあったんじゃないかなと思う。それまでの落語家の本は、聞き書きか、ゴーストライターの手によるものでしたから。

立川　新書って、あんまりおもしろくないというイメージが僕らにあるでしょう。何か硬いような。

岡崎　それが、カッパ・ブックスと昭和三十年前後に伊藤整さんの書いた『女性に関する十二章』のあたりで、ちょっと軟らかめの随筆とかが入るようになって。でも、その流れは消えちゃったんですよね。
立川　劇的に兆してくるというか、これは売れるかもという状況は、やっぱり永六輔さんの『大往生』とか、ああいうあたりからでしょうかね。
岡崎　あれで百万部突破して。
立川　いわゆるメガヒットみたいな感じで。
岡崎　そうですね。新書はそれまでロングセラー、長くかかって何十万部という世界だったのですから。
立川　その世界を知りたいけれども、専門書はちょっと億劫だと。そういう人のためにかみ砕いて、奥深いことは書いてないけど、とりあえず表面的なことはわかるみたいな。
岡崎　そうですね。
立川　だから今でも、世の中の流れなんかを見ようというと、書店の新書コーナーへ行くとわかりますね。
岡崎　大体の分野はありますもんね。私も、未知の分野について、とりあえず大まかな知識を得たいとき、新書で探します。
立川　九・一一以降のイスラムの世界とか、あの辺のこと。昨今だと靖国問題。それから拉致問題からくる北朝鮮はどうなっているんだとか。あすこを見ていくと、大体世の中がわかる。だから僕らは、ネタとしては重宝するんですね。
岡崎　このところの動きを見てると、教養的なものを供給するという新書の役目が、教養とまでいかなくて、ちょっとした向上心をくすぐるというタイプの本が多いかなと思うんです。例えば去年から今年にかけてベストセラーになった樋口裕一著『頭がいい人、悪い人の話し方』なんていうのもそうです。これは教養までいかないんですよね。
立川　読んでみると、知ってるよ、これっていう。かなり初歩的なことを繰り返して言うというものですね。
岡崎　だからあまり小難しいことを書かれると、やっぱり取っつきにくいから。読めば一応なるほどなと感心するようなことが、わかりやすく書いてある。
立川　感動はさせないけど、関心は引いてる感じ。

岡崎　それは、うまい言い方ですよね。だから基本的によく言われるのは、新幹線の東京から大阪へ行く間に一冊読み終えられるというのが新書の一つのポイントなんですよ。

立川　私が最初なじんだ中間小説の月刊誌は昔の旅とか、大阪へ行くのにちょうどいいんですね。

岡崎　そうなんですよ、あれは。小説、エッセイ、対談、それにゴシップも、みんな入ってますもんね。

立川　今は空の旅、あるいは新幹線で二時間台で着いてしまうわけでしょう。そうすると、そこはやっぱり新書が出てくるんですね。旅の短縮というんですか、移動の短縮と本というのはつながりがあると思うんです。

岡崎　大いにありますね。だからページ数が少なくなっているんですよ。二〇〇〇年のページ数と比べた数字があるんですけども、平均的厚さが、二〇〇〇年は十三・〇ミリで、二〇〇四年は十一・五ミリに減っているんですね。薄くなっている。これは新幹線がはやくなったせいだと僕は思ってるんです。

立川　薄くして、活字を大きくして（笑）。

岡崎　僕がおもしろいなと思うのは、最近の新書の流れで言うと、重箱の隅をつつくような、トリビアなものが割とふえてると思うんです。例えば今年出た中で言うと、食の本というと、今までは紅茶のいれ方とか、フランス料理がどうとかいうことが多かった。今年は食で珍しいものが幾つか出てまして、一つは、上原善広さんの『被差別の食卓』（新潮新書）というのは、世界中の被差別民の食べてるものを紹介している。もう一つは、山内昶さんの『ヒトはなぜペットを食べないか』。これは文春新書です。

立川　今でも養犬所のある国がありますからね。犬・猫というのは、でも食べる民族もありますよね。

岡崎　はい。あと、醍醐麻沙夫さんの『アマゾン河の食物誌』（集英社新書）。著者は開高健さんの案内役でアマゾンに行った方ですね。だからピラニアが出てくる。割と正統的な食の本は出尽くして、新しく食の本に参入するのは難しいんで、ちょっと重箱の隅をつつき出したなという感じがする。でも逆に、新書で食の本というのは、わりと当たり前の雰囲気があったのを打ち壊すというんですかね、正統を打ち壊す。異端ですよね。それで新書が活気づいてる面もあると思うんですよ。それから従来は、新書は書き下ろしという原則があったんですけども、それもちょっと崩れつつあるかなという感じが最近してるんですね。

立川 講演録とか対談録とかありますよね。

岡崎 多いです、多いです。

立川 そういうものは、明治の頃の落語の速記本に似たようなことだと思うんですよ。

岡崎 『バカの壁』がそうだったんです。

立川 ある作家先生の講演を聞きたいんだけど、そうやる人じゃないし。それが本でひょいと出てくれば、実際活字のほうが編集の手が入っている分だけいいと思いますよ。作家先生の講演なんて下手な人いますよ、ボソボソ言ってて何だかわからない。当人、つかみはオッケーなんて思ってるけど（笑）。

岡崎 あと、連載ものを新書化するケースも結構あるんですね。椎名誠さんの『活字のサーカス』というのは「図書」に連載されていた。関川夏央の『本の虫干し』も「図書」です。最近では中公新書が養老孟司さんの『まともな人』。これも「中央公論」の連載なんですよ。あと、池内紀さんの『ひとり旅は楽し』も「中央公論」の連載。普通なら単行本にするようなものも、今は新書にしてしまったほうがいいっていうんですかね。

立川 そうそう。作家からしても、そのほうが売れる。つまり作家は広く読んでもらいたい。これが基本ですよね。その欲望のある人がなってるわけだから。だから私なんかでも、あっ、新書にすればよかったっていう場合ありますよ。

岡崎 もう一つはタイトルなんですね。タイトルが勝負となってきてる。とにかく数がものすごくたくさん出てますから。しかも装丁が一緒ですから、装丁で勝負するわけにいかない。

立川 新書って似てますよね。

岡崎 ええ。だからタイトルのつけ方をいかに工夫するかということがかなり勝負になってきて、最近売れてる本はタイトルに凝ったものが多い。例えば『さおだけ屋はなぜ潰れないのか?』もそうなんですね。これは本来は会計学の本なんですけども、

「会計学入門」なんてしちゃったら、ちょっと店頭に並びませんよね。

立川　だから、居酒屋談義で飛び出したギャグのようなものをタイトルにしている。

岡崎　でも、カッパ・ブックスからこんなものが出てるんですよ。田所太郎『出版の先駆者』、これは名著でね。旺文社、光文社、平凡出版……いまのマガジンハウスですね、その他、日本の出版社を興した人たちの列伝なんです。これが一九六九年の刊。だから過去には売れるもの、派手なものを出しながら、こういうものをちゃんとつくってるんだなって。

立川　ロングセラーがあるというのは救いですよね。つまり新書とか文庫で長生きしたいという作家の願望がありますので、絶版というのが一番困る。

岡崎　談四楼さんが新書をもし書くとしたら、こういうことを書きたいということはございますか。

立川　もう一度、落語をかみ砕いて。まだ敷居が高いということで。それはマニアとか業界からは不評の嵐でしょう。何、これ、わかり切ったことをと。実はわかってないんですよ。それを一年大学で講義やったとき、しみじみわかりました。「なんで着物でやるんですか」なんて質問があるくらいですから。あ、これタイトルにいいかも（笑）。

岡崎　「なんで落語は着物でやるのか？」……売れそうです（笑）。僕は、ぜひ談四楼さんには、談志師匠について一冊、新書で。

立川　存命中はまずいでしょう（笑）。

岡崎　ガンの手術をされたり、何か、もうだめかなと思うと……。何であんなに丈夫なんですかね。

立川　今年俺は死ぬんだと言って約十年です（笑）。詐欺みたいですね。面と向かっては言わないですけども（笑）。私が談志でびっくりしたのは、入門したとき三十四、五ですよ。その頃、一流作家に伍して、要するに芸人対作家じゃないですよ。お互い表現者として、全然卑屈なところがない。だから、すげえと思って、入門当初から。その秋には三島が死んだ。私は池袋の演芸場で呼び込みやってるときに号外を見た。その晩、談志のところへ寄ると、みごとにやりやがった、さあ困ったと談志は言ってるわけです。俺はどうやって死んだらいいんだと。つまりライバル意識を持ってた。

岡崎　僕は、実は読書について書き下ろしでと光文社新書からずっと言われているのに、怠けてて半分ぐらいしか書けてないんです（二〇〇七年、『読書の腕前』というタイトルで無事刊行された）。何かこれまでに書かれてないような読書のことを書きたいなと、ちょっと考え過ぎてるんでしょうね、きっと。もっとスラッと書けばいいんだろうけど。まだそれはうまくいってないんですよね。

立川　ほとんど考えもなしにスラスラと書いちゃって、売れてる本がありますよ。

岡崎　多分そのほうがいいのかもしれません、新書というものはね。

立川　そうそう、そうだと思いますよ。思い入れなんか持たないほうがいいのかもしれないですね。欲しがっている情報をかみ砕いて、リフレインですよ。これ、同じことだなと。言い方変えてるだけで、繰り返し、繰り返し。それがスッと入るみたいに。

4 私設おおさかお笑い図書館

1 チャンバラトリオの巻

そういうわけで、小誌にて毎回一冊、大阪のお笑いに関する本を取り上げていきます。東京に関しては、落語、喜劇、テレビのバラエティショーなど、広義の笑芸に関する本が無数に出ている。書き手の方も、小林信彦を始めとして、吉川潮、高田文夫、西条昇といった現役がわんさかいる。

大阪を捨てて九年、いまさらどのツラ下げて因縁つけさらすんじゃ、と言われそうだが、こと笑芸本というメディアでは、大阪の劣勢はあきらかである。また、それらが紹介される機会も東京に比べ少ない。メディアの数と規模が違うからしょうがないのだが……。

よっしゃ、もう、こうなったらワシしかおらんがな。

吉本新喜劇のテーマソングで産湯に浸かり、♪雲といっしょにあの山こおーえーて〜、♪とれとれピチピチカニ料理〜と幼稚園の行き帰りに口ずさみ、笑いをとるためにズッコケのリアクションをし

すぎていつもズボンをボロボロにして、若井はんじ・けんじのはんじの長い間が最高何秒続くかを研究調査し、小学校の夏休みの宿題に提出した（先生に「お前はエライ！　しかしアホや」と言われた）ほどの人間が、やりまっせ！　見といてくんなはれやぁ、コイさん。

四人でトリオとはこれいかに

今度こそ……そういうわけで、最初に出す札が山根伸介『私を斬った１００人』（レオ企画・一九八一）。最初からえらい濃いぃなあ。著者は言うまでもなく、チャンバラトリオのリーダーである。いつも舞台で血圧を一人で上げ、こめかみがいつ切れるか、いつ切れてピューと血が噴き出すか、心配させる熱血漢である。

ただし、ここで言うチャンバラトリオは、かつてのカシラ南方英二、リーダー山根伸介、養子伊吹太郎、テツ結城哲也による四人のことで、メンバーの変わった現・チャンバラトリオのことではない（一九九四年に、養子とテツが抜け、前田竹千代と志茂山高也が入った）。新メンバーによる舞台もテレビで一回見たぐらいなのでなんとも言えないのだが、前の方がおもしろかったんちゃうかなあ（言うとるやないか）。テツ一人が一時期、事情があって（暴力団との黒い交際）抜けたことがあったが、この四人はビートルズに匹敵する鉄壁のアンサンブルに見えただけに惜しいことである。

ところで、関西在住の人には、富士山の高さを問うような自明の知識なのだが、なぜ四人であるのに「トリオ」なのか？　大阪にある中学での英語の試験では、「ＴＲＩＯ」の訳を出題するときは、必ず教師が問題の後に（ただし、チャンバラトリオは除外）と補足することになっている。そうしないと四人と書く奴が続出するからだ。

そのあたりから、『私を斬った100人』の紹介に入ろう。同書によれば、東映の時代劇で斬られ役専門だった南方英二、山根伸介、伊吹太郎が撮影所を辞め、昭和四十年に結成したのが剣劇漫才のチャンバラトリオだった。つまり、最初はその名のとおり三人だったのだ。ところが四十二年に、カシラすなわち南方が病気で倒れ、一人足りなくなる。その穴埋めに抜擢されたのが、同じ斬られ役仲間の結城哲也である。

ここからが、チャンバラトリオらしい話なのだが、やがて退院してきた南方を、そのまま迎えて四人でトリオを続けるようになったという次第である。クレイジーキャッツにおける石橋エータローと桜井センリのケースと同様であることを、お笑い通はチェックするように。

それにしても、チャンバラトリオはおかしかった。強面で殺陣も名人のくせに、突然「あんたなんか知らん、つーん！」と子供のように拗ねる南方、いつも歯を食いしばって憤っている山根、ヘラヘラ笑いながら張り扇の餌食となる伊吹、一人蚊帳の外で奇妙な格好をしてダラダラ芝居をする結城。その存在感の強さが、四人にしてトリオという矛盾を吹き飛ばしていた。

マンスリーよしもと編『吉本興業商品カタログ』（データハウス・一九八五）の中で、楽屋裏でのチャンバラトリオの様子を西川のりおが証言している。のりおに言わせれば、〈はっきり言うて、チャンバラトリオみたいにバラバラなん、珍しいですわ。四人ともバラバラ〉。

テレビ局の打ち合わせ、台本を書くのは山根の役目。

〈一生懸命書いて、その書き方かて、武士みたいでっせ。肩こる人やから、汗タラタラかいて。それで、「そうそう、よかったら、みなさん、ケイコしましょうか」ゆわはるんです。「ケイコしようか」ゆうんではないんですわ〉。ところがほかの三人とも台本をちゃんと見ない。〈ヤクザの話ばっかりしてる〉結城などは、「オレ、台本見んほうが、おもろいねん」という始末。

ある時、最終の飛行機でイレブンPMに出演する予定だったのが、カシラの南方がパックの牛乳を買いに行ってる間に大阪に取り残された。空港に着いてから、南方のいないことに気づいて連絡を取ると、「しゃあないなあ、テレビで見とくわ」「がんばってくれ三人で」と言ったというのだ。それでちゃんとテレビの仕事を務めたというから、大したものだ。

チャンバラトリオの良き理解者で、彼らがまだ東京では無名時代に、「チャントリを東京で観る会」をプロデュースした高平哲郎は、彼らの舞台をこう評する。

〈スピーディーで華麗な立ち廻り。おもいきった、張り扇の雨に加えて、「聞きたくない、聞きたくない」「あんたなんか知らん、ツーン」等、アクション入りの言葉のギャグに、速いテンポの持続した笑いをさそう。

そこには、忘れられたアチャラカの芝居が満載されていた。〉(『星にスイングすれば』晶文社・一九八三)

ちなみにこのときの東京の会は、〈応援に駆けつけた山城新伍さんは、チャントリの東京での大盛況に涙を流してくれた。千数百人の観客の笑いは、何年振りかで聞けた大爆笑の渦だった〉と大成功を収めた。

熱狂的ジャイアンツファンの山根も、そのお膝下でさぞや得意満面な顔をしていたことだろう。

（補注）

『上方笑芸の世界』（白水社・一九八四）のチャンバラトリオの項（林信夫執筆）によると、高平哲郎が当時編集長をしていた雑誌「宝島」に、何度もチャンバラトリオを登場させ、一九七四年九月号では、「図解チャンバラトリオ」（四人のメンバーのそれぞれの体のギャグを四枚組の写真で図解）という企画で、香川登枝緒がチャンバラトリオ論を書いているという。じつはこれまで香川はチャントリについてあまり文章を書いていない、という記憶があったので、これは探さねば……。

ウワッハッハ右太衛門

しかし本書は、映画で自分を斬った輝かしいスターたちの横顔と、殺陣に関する独自の考察を加えた回想記で、じつは直接チャンバラトリオについて書いてあるのは、最後の章、約十ページほどでしかない。それでも、チャンバラ映画全盛時代のスターというものが、どれほど威光があり、どれほどの大人物であったかが、山根が紹介する数々のエピソードからうかがえる。

いったい、山根伸介はどんなスターに斬り殺されたか。

市川右太衛門、片岡千恵蔵、大友柳太朗、大河内伝次郎、萬屋錦之介（当時、中村錦之助）、大川橋蔵、東千代之介、近衛十四郎、勝新太郎、山城新伍、高倉健、里見浩太郎、美空ひばり等々、たとえ斬られ役としてとはいえ、これだけの大看板と仕事をしたという事実がすごい。

例えば、御大・市川右太衛門は役柄どおりの豪快な人だった。

〈どこへ行くにも、御大は、金というものを一銭も持たずに出かけて行く。行きつけの店と限らず、どの店に入るにも、

「やあ、ご機嫌さん、ウワッハッハ」

帰りは帰りで、

「やあ、どうもどうもごくろうさん、ウワッハッハ」

勘定はすべて、後でお宅のほうへ回るのだそうである。〉

これはもう旗本退屈男そのままである。あるとき、電話をかける用事があったが、そこで初めてお金が必要であることを知り、しかも十円銅貨の存在を知らなかったという話もある。おなじみの「パッ」と息を吐けば、その迫力で電話ぐらい通じそうな気もするが。

そして、同書の真骨頂を示すのは、鋭い殺陣論。

右太衛門をものまねするとき、よく「天下御免の向こう傷、パッ」とやるが、山根に言わせれば、あれは「パッ」じゃなくて「クァッ」だというのだ。

〈御大の場合、「クァッ」と口で吐く息が、すべてのきっかけになるのだ。

殺陣に関して言えば、御大が「クァッ」と口で調子を取ったとき、斬られ役は「エイッ」と斬りこむことになっている。

続いて、「ウワッ」と斬られる、さらにその後、御大が再び「クァッ」とやるのである。

要するに、「クァッ」は、せりふの調子の合の手になるし、立廻りのきっかけになるし、すべて芝居の間継ぎになっている。これは実に大きな特徴と言える。〉

こういった細かな、殺陣の技術批評があちこちで見られる。すべてが至近から体験した、貴重な指摘ばかりである。〈ときに、顔面を割られ、血だるまになって病院にかつぎこまれる斬られ役〉なればこその、生きた批評がそこにある。殺陣に関しては、相当の自信を持っているようだ。だから、世に言う時代劇評論家と呼ばれる人たちの批評にも、しばしば異議を唱える。

N先生なる人物が「右太衛門の殺陣は、多分に日本舞踊の形が含まれており、迫力に欠ける」の評に対し、「私にはそうは思えない。むしろ、日本舞踊の下地があるからこそ、と思う。刀の一振り一振りに寸分の狂いとてなく、おまけに、あの大きな眼をむいて迫ってくるのだから凄い迫力がある」と弁護する。

そうかと思えば、「立廻りのうまさで、この人がナンバーワン」と評論家が推奨する近衛十四郎を、「やや柔軟性の欠ける堅い動き」と難じる。まるで宮本武蔵の口伝書を読むような感じだ。

笑いは着てても心の殺陣

この人は、チャンバラトリオの舞台ではお笑いもやっているが、その身を一心にかけて取り組んでいるのは、やはり殺陣のシーンなのだなということがわかる。いつも青筋たてて、殺意を感じる目をしているのも、あれは数々のスターと刀を交えた経験がもたらした誇りから来るものだ。だからこそ、ヘラヘラ笑う伊吹、不真面目を装う結城との対照がくっきり出て笑いにつながった。本書でも、チャンバラトリオに転じてからも、昔のスターから殺陣のからみの声がかかれば、大急ぎで馳せ参じる姿が描かれている。それはちょうど、歌謡曲に転じても、クラシック音楽のえんび服姿、直立不動で歌い続けた東海林太郎の姿勢と似ているかもしれない。

『私を斬った100人』のチャンバラトリオの章から、最後に話題をいくつか拾っておく。

まずカシラ南方英二をモデルにした、池波正太郎の文章がある、というのはどうだろう。昭和三十七年に、東京明治座の東映歌舞伎座旗上げ公演で、カシラの立廻りが評判になり、それを見ていた池波正太郎も魅了された。そこで、池波は雑誌「家の光」のグラビアページに、カシラを登場させ、〈殺陣にかける一心激情の美学と哲学〉を綴った。

伊吹太郎は大友柳太朗の弟子。当時のニックネーム「アチャやん」は、時間待ちのセットの隅で花菱アチャコの物まねをしていたところからついた。あるとき、本家のアチャコと伊吹が同じセットに居合わせる機会があった。助監督が「アチャやん、今日はいらん、あがりです」と伊吹に言うと、本物の方が「へい、さよか、おおきに」とすたすた帰りかかったというのだ。

結城哲也が高倉健の付き人をしていて、ずいぶん可愛がられた、というのも本書で初めて知った。

2 笑福亭仁鶴の巻

仁鶴について語るのに、わたしの中でどうしてもそこを避けて通れない、忘れ難いひとつの光景がある。それは、仁鶴の人気の全盛時、昭和四十年代にまでさかのぼる。ただし、年ははっきりしない。テレビで「こんばんは仁鶴です」という、仁鶴をホストにした対談番組があった。毎回、ゲストを迎えて仁鶴がインタビューする番組で、たいていはなごやかに、笑いがもれながら話は進む。

しかし、その回だけは違っていた。スタジオはしわぶきひとつ聞こえない。最初から最後まで、凍りついたような時間が流れた。ゲストは、森繁久弥。仁鶴にとって芸能界の大先輩で、当時すでにその芸歴は燦然たるものであった。同番組の中でも、もっともビッグなゲストだといえよう。

なにしろ三十年近くも前のこと、そのとき二人の間に交わされた話の内容についてはまったく記憶にない。ただ、覚えているのは、仁鶴の問いかけに対し、徹頭徹尾、森繁がしかめっつらのままだんまりを押し通したことだ。それは異様な光景であった。押せども引けども、森繁は仁鶴の顔さえ見ようとしない。あいづちらしきものは打つ、「ああ」とか「ふん」とか「別に」とか……。ただ、仁鶴が訊ねたことに対する答えは、三十分という放送の間、とうとう聞くことができなかった。

ブラウン管のこちらで見る者には、いったいスタジオで何があったかはわからない。わかるのは、困惑しきって、それでも問いかけることを止めようとしない、いや止められない、脂汗を流しながら硬直する仁鶴の表情だけだった。

「これだけ仁鶴が困ってんのに、モリシゲのオッサン、何か言うたったらええのに……」

中学生だった私は、わがことのように、その緊迫する空気に伝染して、心臓をドキドキさせながらその場面を見守った。

森繁が非情な態度を取った原因がわかったのは、翌週か、それとも何週かあとの同じ番組でだった。ゲストの藤本義一が、森繁が出演した回の放送のことを「見たよ、森繁さんの回」と話題にしたのだ。これも詳細は忘れてしまったが、要するに、当時多忙を極めた仁鶴が何かの事情で収録に遅れた。森繁はスタジオで待たされた。それを芸界の大重鎮は許さなかった。その報復が、三十分のだんまりとなったという事情がそのときわかった。

「いやあ、あのときは参りましたわ」と、そのときの仁鶴には笑う余裕があったが、森繁が出演した回の三十分は、時が二十四時間にも感じられただろう。

「フンフン」「そうか」「そうやったんか」とひとあたり話をきいた藤本は、仁鶴にこう告げた。

「たしかに仁鶴くん、いま君は忙しいということで非難もされるやろ。だけど、これ、普通の人がキミと同じことやってみぃ、たぶんほとんどの人は死ぬで。普通の人なら死んでしまうようなことを、キミは今やっとんのや。ええがな、誰に何言われても……」

その言葉を聞いて、仁鶴は初めて救われたように「ありがとうございます」と礼を言いながら藤本に頭を下げた。この一件がある限り、わたしは藤本義一を評価する。よく言ってやってくれたと思う。見当違いの慰めや、また逆に重ねて諌めることは何の効果ももたらさない。あの場面で、仁鶴が救われるとすれば、その一点しかない、止めの急所を藤本はみごとに押さえたのである。

落語がおもしろいことを教えてくれた人

しょうふくてい・にかく。本名、岡本武士（私は岡崎武志。何だか親近感が）。昭和十二年大阪市生まれ。三十七年（三十六年とする記録もある）に笑福亭松鶴に一番弟子として入門。ラジオの深夜放送から人気の火がつく。以後、「仁鶴とあそぼう」「ヤングおーおー！」などテレビにも飛び火、一躍関西お笑い界のトップランナーとなる。

昭和四十年代の仁鶴の人気を、いまどんなことに例えればうまく伝わるか見当もつかない。例えばこんな証言がある。

〈仁鶴の忙しさを経験した吉本のマネージャーたちはそれ以降、芸人の少々のオーバーワークに出会っても「まだまだ大丈夫、仁鶴はもっと大変やった」と言う。そんな安心感をくれた人だ。〉
（竹中功『わらわしたい』河出書房新社・一九九二）

汚染の極まった道頓堀の川面に浮かぶ油を見て、「見ろ、油が浮いとる。ここに油田があるに違いない。ヒマな芸人使うて、この川底掘り起こせ」と命じた伝説を持つ、泣く子も黙る吉本興業会長・林正之助も、吉本における仁鶴の功績を人一倍認め、扱いをつねに気遣ったという。

なによりも、上方落語を現代的な笑芸として、老若男女に再認識させたことは大きい。というのも、われわれ昭和三十年代大阪生まれのテレビ世代にとって、当時、すでに落語は古臭く感じるジャンルであった。常磐津、浄瑠璃、講談、浪曲などと肩を並べる、老人だけが愛好する芸だと思っていたのだ。なんといっても、大阪の笑芸は「漫才」に尽きた。

ダイ・ラケ、いとし・こいし、上方柳次・柳太、はんじ・けんじ、お浜・小浜、幸朗・幸子、伸・ハワイ、日佐丸・ラッパ、太平トリオといったベテラン勢に、やすし・きよしを筆頭とする新しい漫才群が台頭しつつあった濃縮された黄金期。和服を着て座布団に座って、悠長な語りで前近代的世界を語る芸がそこに入る余地はなかった。

その点、仁鶴の落語は、爆笑王・初代春団治の芸風を下敷きに、思いっきり登場人物をカリカチュアさせ、「〜なんてことをね」「〜ちゃんちゃこ」「ヘモグロビン」など、キテレツな表現をそこに加味することで、落語という芸を知らない我々を大爆笑させた。「無いもん買い」「初天神」「くっしゃみ講釈」「崇徳院」「道具屋」……それらの代表的な上方ネタを、わたしは仁鶴の落語で初めて知った。

特に、落語世界なればこその愛すべき人物……ただボーッと突っ立ってるような頭の少しぬくい男、こまっしゃくれた丁稚を、野太い張りのある大きな声でチャーミングに現出させるとき、仁鶴は、旧世界から新世界へ大きなアーチをかける存在となった。

ハナで袖口テカテカ光らせて

『仁鶴の落語』は、そんな仁鶴の得意ネタから十本を選び、活字に起こした記録本である。各演題ごとに、仁鶴の解説を加え、巻末に狛林利男（現・ワッハ上方館館長）と、笑芸作家の故・三田純市の対談を付す。この対談を読み返すと、狛林が、今わたしが語ったのと同じようなことを言っている。

〈三田さんにしてもぼくにしても、やっぱり漫才コンプレックスみたいなのがあるわけですよ。大阪は漫才はおもしろい、落語はしんきくさいという世代ですわ、はっきりいって。そういう先入観をもたない落語ファンというのが突如として現れた。春団治が活躍した昭和初期のおもしろさを、再現するような人種が出てきた。〉

さて、仁鶴の落語とはどんなものであったか。「初天神」のマクラなどは、特にわたしの印象に強く残っている。

〈子供さんでも、むかしにくらべたら、だいぶちがいます。わたしらが小さい時分の子供というのは小倅《こせがれ》という感じでね、そらきたなかったですなァ。もうボロボロでね。〃ボロは着てても心は錦〟ちゅうが、わたしらのはカラダが見えてる部分の方が多かったからネェ。

なんかおでこのへんにコブぶらさげて歩いてるような子供があって、ハナたらしてましてねェ。胎毒で耳のうしろ切れてねェ。みな臭っぱちで、そりゃきたない子で「おい、トラ公遊ぼか」――こんな子ばっかりですね。ええそりゃアー。この頃は小学校へ行ったらハナたらしてる子なんか見かけんからねエ。あれはやっぱり食べ物の関係ですかねェ。〉

本書では記録されていないが、この「昔の子供」ネタでは、たいていこのあと、「ハナなんかみんな紙でかむもんなんかいませんでした。みんな袖口で、カーッと拭いてね。もう、なんべんも拭くもんやから、この袖口がハナでテカテカになってね。ピカーッと光ってましたわな」というフレーズがくっついていたように記憶する。

狛林・三田対談でも指摘されているが、そのほか、出版物という遠慮があったか、本書では先述の仁鶴独特の言い回し、ギャグは省略されているようだ。それでも、仁鶴らしい話芸のニュアンスはあちこちに散見できる。同じく「初天神」から、初天神へ連れていかないという父親に、息子・トラが泣いて（泣くふり）抗議する場面。

「お前は連れて行けへんわい」

「ウアーンウアーンウアーン、もうええわい、もう。その代わりこないだの晩のこと、向いへ行ってみな云うてきたんねん」

「何でも云うてこんかい」

「云うてきたらア。向いのおっさん」

「おお、トラやんか、こっち上り。どないしてんや泣べそかいて。どうしたんや」

「おっさん、おもろい話云うたろか」

「おっさん今退屈でボーッとしてんねや。お前の話いつもおもろいねや。おっさん楽しみにしてんのや。今日はどんな話や」

「こないだの晩なア。わいとお母はんと寝ててんで……。ほなお父っつあん遅うに酔うて帰ってきよったんや。かなわんなア、また酒飲みながらグズグズ云いよんのかいなアと思たら、その晩コソコソと寝間へ入ってきよんねん。珍しいこともあるなア、今夜はおとなしい寝よるねんなアと思てたら、しばらくしたらお母はんがなア〝ちょっとあんた、どこさわんなはんねんな、コソバイがな、トラちゃんが起きてまんがな。あとにしなはれちゅうねん。オコシ引っぱって何をするねん、破れる……寒いがな。アアこの人、あとにしなはれて……〟」

「ちょっとあの子呼びなはれや。向いへ行って何云うやわかれしまへんで」

仁鶴沈没す

少しエロがかった内容も、思春期の少年にとってたまらない魅力だったのだ。文句なしにオモシロイ落語が、寄席へも客を大量に引き寄せた。吉本直営の劇場「花月」に仁鶴の看板が上がると、客席はつねに満杯となり、笑いが劇場内を二重三重にうねるように響き渡ったという。
しかし、殺人的なスケジュールは仁鶴をつぶした。睡眠不足で食事が喉を通らなくなり、重なる過労で黄疸にかかる。ある朝、起きられなくなって会社へ連絡すると、八田竹男が医者を伴って駆けつけた。簡単に診察を受け注射を打たれるのを待ち、八田が言った。「さあ、(仕事へ)行こうか」(難波利三『小説吉本興業』文藝春秋・一九八八)。〈仁鶴さんは、吉本の屋台骨作った人と違いますか? まあ正味の話。今、一般の人は『仁鶴さん、あんまり出はらへんな』とかいう声あると思いますけど、出すぎたんですよ。出すぎたし、ピッチャーでゆうたら、酷使されすぎましたね。〉(西川のりおの発言『吉本興業商品カタログ』データハウス・一九八五)
こうして仁鶴は話芸の要となる喉をつぶしてしまった。それでも仕事を休めない。十数回も声帯手術を受けることになる。〈〃やあどうもこっちへお入り〃、この一声が出んようになったんです。今までずっと、この声だけで勝負してきたのが、そのトーンが出んようになると、そら地獄や。〉(新野新『ぼくが書いてきたタレント全部(下)』(青心社・一九八一)
いつごろからか、仁鶴の姿をテレビから見かけなくなった。たまに落語会で高座を見ることがあっても、往年の、あのサビの利いた野太い声を聞くことはできなくなった。仁鶴はダメになってしまったのか……そういう疑いが生まれ始めた。
仁鶴という存在が頭の中から薄れ始めたある日、もう十年も前になるだろうか。ラジオの演芸番組の公開録音を聞く機会があった。そこで、本当に久しぶりに仁鶴の落語を生で聞いた。
すっかり落ちついて、上方落語界でも幹部クラスになった仁鶴は、その日の聴衆をすっかり手中に収め、ためいきの出るようなすばらしい話芸の世界へ魅きこんだ。何を喋ったかまったく覚えていないが、世間話のような長い長いマクラで、急がずあわてず、聴衆の表情や息遣いを掌握し、押しては引き、引いては押しながら、たっぷりと心地よい笑いの渦中に巻き込んでいく。

なんということだろう。わたしは客席にいて驚きあきれた。あの仁鶴が、怪力無双の声のボリュームを失いながら、まったく違うかたちで、芸の神髄を見せようとしている。そうか、こういうやりかたもあるのか。わたしは、仁鶴の予想だにしなかった復活に安心し、堂々たる円熟の話芸に身を浸しながら、腹の底から笑った。

3 桂枝雀の巻

前回、笑福亭仁鶴を取り上げたときから、次回は桂枝雀をやらねばなるまいと思っていた。仁鶴が昭和十二年生まれ、枝雀が十四年生まれと枝雀が二歳若いが、入門は同じ三十六年。仁鶴の人気絶頂期を昭和四十年代とするなら、枝雀は、仁鶴の病気その他による沈静期にあたる昭和五十年代に、「爆笑王」のバトンを受け継ぐように人気者になっていった。

もちろん、小米時代からクロウト筋では、上方落語の将来を背負う存在としてその芸は高く評価されていた。わたしは、不明にして小米時代の枝雀の高座は見ていないのだが、昔からの落語通の知人に言わせると、「いまの枝雀は崩し過ぎ。あれはマンガ。小米時代は、正統派でありながらばつぐんに面白く、知的で、ときおり狂気を感じさせる、すごい落語家だった」ということらしかった。『らくごDE枝雀』(ちくま文庫)の解説で、小米時代の肖像を上岡龍太郎がスケッチしている。漫画トリオを解散してピンになった上岡は、一時、本気で桂米朝に弟子入りしようと思ったという。それをあき

らめさせたのが誰あろう小米。神戸大学入学（中退）という学歴を持つ若い落語家だった。

〈若くしてすでに名人的な口調があって「ああ、あの弟子うまいなあ」と人に言わせるような芸でした。本当にどの話であれ、自家薬籠中のものにしていましたね。〉

〈高座を見たとき「これはあかん、僕では勝てん。米朝師匠の弟子にこんな人がいるんやったら僕はもう入ることはない」と思って、そこであきらめたんですよ。だから枝雀さんが入ってなかったら、代わりに僕がいまごろ桂枝雀になっていたかもしれません。〉

高座を見ていないので、これらの証言について何も言えないのだが、ただ、昭和四十年ごろだったか、テレビの演芸番組の一コーナーで、桂米朝司会による上方の芸人が出ている大喜利があり、桂文紅、文我（当時、我太呂）、吾妻ひな子などと一緒に、末席に座っていたのが小米だった。大喜利の意味がわからない人は、「笑点」の形式を思い浮かべてもらえればいい。小米は「なぞかけ」でわざと出題とつながらない解答をしては、くどくどとその言い訳をして、米朝に墨を塗られていた。そのときの小米の面目ないような照れくさいような笑顔がじつにチャーミングだった。まだそのころは頭髪があったが、あの省略の多い面積の広い顔は、墨の塗りがいのある顔といってもよかった。小学校低学年だった私が覚えている小米は、吾妻ひな子の横で、墨を塗られてにこにこ笑っている姿である。

革新的な「まくら」

次に枝雀を見るのは昭和五十年代。朝日放送「枝雀寄席」というテレビ番組の公開録画がＡＢＣホールであり、大学生だったわたしはそれに通いつめたのだ。はがきで応募し、抽選で招待券が送られてくるのだったが、当たる確率は高かったように思う。わたしがもっとも多く、生で高座を見た落語家はまちがいなく枝雀ということになる。

師匠である桂米朝も言っていたが、枝雀落語の一番革新的だったのは、何といってもまくら（落語の物語に入る前の導入部）である。例えばもっとも有名なのが「お天気」についてのまくら。

〈お天気と申しますものは、なかなか当たらないものやそうでございます。これはもう、戦後すぐも、色々科学技術を使っております今日もほぼその適中率というものは変わりがないものやそうでして、ほぼ六割やそうでございますねェ。これおかしゅうございます、少うしは。お天気というものは、大別いたしますと「晴」か「雨」でございますから、毎日「晴」「晴」「晴」「晴」「晴」……言うてましても、五割は当たる勘定でございます。ですから、それをでございますねェ、「晴やァ」「雨やァ」「ちょっと曇りやァ」……てなことを言いながら、じょうずにはずしているわけでございます。〉（「雨乞い源兵衛」のまくら『らくごDE枝雀』）

この調子で、なぜ天気予報があたらないかを、地球の誕生から人類の発生までを語り、その人類の歴史より「天気」の歴史の方がずっと長いから当たるわけがないと説明をする。これがいかに意表をついたまくらであったか……。

この枝雀のまくらを早くに評価している人に山本益博がいる。山本は、〈マクラ〉が長く使いまわされるうちに紋切り型となり、廓噺をするときに「昔は、吉原ってえと、遊女三千人、御免の場所ってんで……」と、若い落語家が言うと〈まるで説得力がなかった〉と断りながらこう言う。

〈そこへ自分の言葉でマクラをはなす噺家が現われたのだから、昔風の落語に飽きたらない若い落語ファンが、この噺家をこぞって拍手で迎えた。また、本題と何ら関係のないマクラを振っても、一向に差し支えないことを、枝雀の高座から教えられた若い噺家たちは、その後、つきものが落ちたように、いっせいに自分の言葉でマクラをはなすようになった。〉（山本益博『名人芸［現在」を生きる』レオ企画）

その点、枝雀のまくらは、それまでの誰にも似ていない、まったく独自の発想と話法による一種のエッセイと呼ぶべき独立した味わいがあった。山本は、〈枝雀の高座から教えられた若い噺家〉の代表として春風亭小朝を挙げている。

ファンはすべて枝雀教の信者

まくらだけではない、枝雀落語の本質を見抜き、よく理解し、ていねいに解きほぐして分析しているのが、枝雀の座付き作者でもある小佐田定雄。『上方落語米朝一門おさだまり噺』（弘文出版）の中の第一章「わが上方落語――桂枝雀を中心に」は、小米時代から注目していた著者が、枝雀落語の全貌を書き尽くした、現在のところ枝雀論の定本である。

〈枝雀は「古典」と呼ばれている噺を、「むかしばなし」としてではなく、現代の話としてよみがえらせようとしている。「現代の話」といっても、目新しい風俗を追いかけることに終始する小手先の現代化ではない。古い時代を借りて、時代を超えた普遍的な心の動きをピックアップしていく。だから、噺の世界は古くとも、枝雀の噺は他の新作派を標榜する連中よりも、常に今日的であり、鮮度を失わないのである。〉

たしかに、「寝床」にしろ「宿替え」にしろ「壺算」にしろ、枝雀の十八番を聞くとき、聞き手は特にそれを古典として意識していなかったはずだ。米朝事務所に移行してから、大阪の常寄席に出演することはなくなった枝雀は、独演会や一門の会以外で落語をすることは止め、つまりファンだけを相手にすることになった。そのファンとは、枝雀のレコード、テープをひごろから聞き、「枝雀寄席」「笑いころげてたっぷり枝雀」等のテレビ番組も欠かさずチェックするマニアといってもさしつかえない人々だった。「枝雀寄席」の公開録画を見にくる人たちも、いわゆる落語を聞きに行くのではなく、枝雀を実感しにいくという雰囲気であった。おそらく、ふだんは落語など聞きもしない層がほとんどであったはずだ。だから枝雀が、番組最初のMCを語るために満面の笑みを浮かべて登場するとき（最後をいつも「～というような今日このごろです」で締める）、ざわざわしていた観客が一瞬緊張したのち、枝雀を全身で受け止めるような歓声と拍手で出迎える。それは落語の聴衆というより教祖の出を待つ信者に近かった。

小佐田も前著の中で言っている。

〈この笑顔に惹かれてファンになった人たちは、ある種、宗教の信者に似ている。いつも笑顔の「枝雀仏」を見て、心の安定を得るわけである。いっそのこと、米朝事務所を宗教法人化して入場料ではなく、お布施を納めてもらうようにすれば節税にもなるだろうに。〉

何をどうやっても、間違いなく自分を受け入れてくれる人たちばかりを相手にする。しかしそこに陥穽もあった。一時期はそれでもいいだろうが、あまりに長引くと、本来の芸人が持つべき水準器のようなものに狂いは生じないだろうか。枝雀が結局、周囲の期待を背負いつつ、それを裏切るような結末、つまり自殺を選んだことはそのことと無縁でないような気がする。

枝雀落語が落ちた陥穽

わたしは、枝雀が熱心だった英語落語をまったく認めていない。いや、海外でする分にはかまわないと思う。英語圏で暮らす人々が、枝雀の英語を通して、落語という日本の話芸に触れる。そのことの価値を認めないわけではない。しかし、枝雀はそれを日本の客相手にも披露をした。これはどう理屈をつけてもおかしな振る舞いであるというしかない。日本人を相手に、日本人の枝雀が、日本語で演ずればなんでもないことを、英語で演ずる。そこに、何をやっても許される、信者を相手にしてきた教祖の甘えがなかったか。

さらに言う。この十年ほど、それはわたしが東京へ移住してからの年月とも相当するが、枝雀の落語はつまらなくなっていたのではないか。特に、東京で独演会、米朝との親子会を聞く機会があったが、なぜか大阪で聞いていたほど枝雀の落語に笑えなかった。身ぶりの大きさ、顔の歪め方、奇声、そのどれもが過剰に見えて、聞いていて息苦しい思いをした。最初は、東京で阪神タイガースを応援するような、風土との差異かと思っていたが、やがてそうではないと確信した。言い間違いを繕うのに、それを利用して笑いを取ろうとする姿勢が見えたとき、「枝雀は危ない」と思った。ミスを犯したのち、にやにや笑いながら「もう、おそらくみなさんはお気付きだと思いますが」と間違いをわざわざ確認し、そのことを引っ張って笑いにつなげようとするとき、はっきり客への甘えが見えた。野試合ならそこで一撃のもとに切り倒されている。それが緊張感を無くした芸人の弛緩であることははっきりとしている。

東京では、九九年四月二十二日の夕刊各紙で、枝雀死去の一報が掲載された。その一年ほど前から「枝雀がまたおかしくなった。今度は重症だ」と聞かされていたから、さほどの驚きはなかった。ああ、やっぱりか、というのが正直な感想だった。それより、すぐに思ったのは枝雀の一番弟子である桂南光のことだった。わたしのなかでは、前の名前である「べかこ」のままの、南光のことを考えるとやりきれない気持ちだった。

南光は小米時代の枝雀に弟子入り志願をしたとき、まだ高校生で、学校を卒業してから正式な入門ということになった。枝雀夫人よりつきあいは長い。その南光が、弟子入りのときのことをいつかテレビで話していた。記憶によると、南光はこんなふうに話した。

「ぼくは落語が好きというわけではなかったんです。ただ師匠のことが好きで、この人の元におりたいということで弟子入りしたんです。だから、もし、師匠がまんじゅう屋をやっていたら、ぼくは今まんじゅうを作ってると思います」

そこまで弟子に思われる、枝雀のまたなんと素敵なことか。

仮面は仮面でしかなかった

枝雀は以前にも一度、ひどいうつ病にかかっている。「死にたい病」と名付け、始終死を考える毎日が続いた。そのときも、南光は仏教書を読み、枝雀と一緒に苦しんだ。

弟子入りの際のエピソードをもう一つ。楽屋口で弟子入りを申し出て、近くの喫茶店で話をした。枝雀はトマトジュースを注文した。そのとき南光は「ああ、この人はコーヒーは飲まん人やなあ」と思った。一度、家の方に遊びに来なさいということになり、その家までの道順を説明するのに、枝雀は目の前のコップの水をテーブルにこぼして、その水を使って指を筆代わりにして書いたという。「なんちゅう人やと思いました」と南光。さて、枝雀の家を訪れるとき、南光はお土産に「トマトジュース好きやなあ、と思ったから、デルモンテのこんな大きな缶を六つも袋に入れて持っていったんです」と、昨日のことのように、うれしそうに話していたのを思い出す。

まことに愛すべき話であり、それはとりもなおさず、枝雀と南光の師弟を超えた密接な関係をよく表している。枝雀自殺の報を聞いたとき、だからわたしは、親しんだ名前で言えば「べかちゃん」が可哀想でならなかった。自殺などという手段を選ぶべきではなかった。この言い方が傲慢であることは十分承知している。自殺という形で生を終えた落語家はじつに多い。なにも分かっていない部外者が何ぬかす、と、もし南光がこれを読めば強く憤ることと思うが、自殺を選んだことで枝雀が落語で伝えようとしていたことの一切が無になってしまったような気がするのだ。

「笑っていれば、最初は仮面であっても、いつかそれが本当の顔になる」

「なにがどないならんならんことはない(この世に、どうあらねばならないということはない)」

「究極の高座は、出てきて、座ぶとんに座って、一言も喋らずに、ただにこにこ笑っているだけで、お客さんもほがらかな気持ちになることだ」

生前の枝雀がよく言っていた言葉だ。

死んでも、枝雀の落語はいつまでも僕らの心に生き続けている……というような、おざなりな、甘ったれたことを言う気持ちにどうしてもなれない。

それら、枝雀の言葉、枝雀の落語が、自殺という手段で幕を引いたことですべて色褪せて見える。

4 西川のりおの巻

見事な芸人評

私の所持する『吉本興業商品カタログ』（データハウス・一九八五）には、パラフィン紙が巻いてある。パラフィン巻くような本か！　そうおっしゃる方もありましょうが、いえいえどうして、なにをおっしゃる。吉本芸人を商品に見立てて、その商品価値を網羅した、じつに濃い本です。

特に西川のりおが、約六十ページにわたって、吉本の主だった芸人すべてについて、芸風から人となりを語り尽くした「のりおの吉本芸人たたき売り口上」は、読みごたえ十分の上に、のりおの芸人評がいかに正確かがわかる好読み物となっている。

私はこの連載で、すでにチャンバラトリオ、笑福亭仁鶴の回に、右の「のりお評」を引用している。せざるをえないのだ。吉本芸人を語るとき、まずこのページに当たってみる。のりおがその芸人をど

う見ているか、それが評価の大きな手掛かりとなるのだ。しかも私生活のエピソードが抜群におもしろい。

一例を挙げる。コメディNo.1の前田五郎。彼が、芸人の新聞記事を徹底的にスクラップしている事は有名だ。しかし、次の話は初耳だった。

〈それと、ビッグコミック創刊号以来もっておって、山積みになって上の柱まで届いてます。ビッグコミックのお便り欄あるでしょ。素人といっしょに「始めまして、コメディNo.1の、前田五郎です。私は、ビッグコミック創刊号から今まで、ずっともってます。譲ってほしい方がいらっしゃいませんか」って、載せよったんです。それを、勝枝（現・きん枝）さんが見つけよった。「これ芸人ちゃうで」。坂田さんも「そやろ、うちの相方、個性きついやろ」〉

たちまち爆笑である。芸人評の方で拾えば、「小づえ・みどりの漫才は一級品」の項。のりおは、小づえ・みどりを劇場芸人と定義し、舞台で非常に客に受けると評価する。〈でも、テレビでレギュラーもつ芸人ではないと思いますわ。（中略）例えば、司会したり、ラジオのDJもってやると、逆にこの人らしんどいと思いますよ〉と、見極めが的を射ている。

芸人にも二通りある。一つは、舞台に立ったときに芸人としてのパワーを発揮して、いったん舞台を降りるとまったく素に戻り芸人らしさがなくなってしまう人。ほかの芸人のことなどまったく興味を示さない。推測だが、中田カフスなどは、このタイプではないか。

もう一つは、元々芸人の世界、楽屋の空気が好きで、自分が芸人でありながら、ほかの芸人のことを一種素人のように、つぶさに観察し喜ぶタイプ。だから芸人の噂が大好き。

のりおが後者であることはあきらかだ。ぼん・はやとの「はやと」もこのタイプで、舞台より楽屋で芸人仲間の噂話をしている方がおもしろいと言われている。

「のりおの吉本芸人たたき売り口上」を読んでいて抱く感想は、「しかし、のりおは芸人が〈好き〉やなあ」というものだ。まるで昆虫採集をするように、次々と吉本の先輩後輩をピンセットでつまみ、針で留めながら、どういう種類の芸人であるかを滔々と述べる。百組以上のサンプルを語って飽きることがない。これは相当なものである。

西川のりお、本名北村紀夫は一九五一年奈良県生まれ。育ったのは大阪市内片町。最初に弟子入り志願をしたのは中学のとき、相手は植木等というのが意外である。西川きよしに弟子入りするのは高校卒業後、七〇年のことだ。のりお・よしおの前に、淀公一、横中バックの芸名で、二組の漫才コンビを経験している。上方よしおと組むのは七六年のことだ。

どうしても、のりおというと、よしおと組んだ八〇年代の漫才ブームの印象があるが、芸歴は意外に古いことがわかる。一緒に出てきたように見える紳助・竜介やサブロー・シローたちより、じつは芸歴で四、五年は古い。この四、五年の差は大きいのではないか。

正確に調べずに書くのだが、ダイマル・ラケット、はんじ・けんじ、(旧)三人奴、柳次・柳太、お浜・小浜などといった、のりおが言うところの「劇場芸人」型の漫才師たちが現役バリバリで客席を沸かせていた時代に、七〇年(昭和四十五年)に芸界入りしたのりおなら、ぎりぎりに間に合う。いわば旧派の芸人と同じ舞台に立ち、その楽屋の空気を吸ったことは、芸人のりおに少なからぬ影響を与えているはずだ。

共に漫才ブームの波に乗った、紳助・竜介、ザ・ぼんち、サブロー・シロー、やすこ・けいこ等はいずれも漫才コンビを解消している（ザ・ぼんちはのちにコンビを復活）。のりお・よしおも一旦は解散するが、その後、再びコンビを組んで舞台に戻っている。こじつけかもしれないが、のりおが舞台の漫才にこだわったのは、この「四、五年の差」ではないだろうか。

豪華きわまる制作スタッフ

そんなのりおが、漫才ブームの余勢をかって出した本が『まかせなさい　西川のりお主義』だ。しかしこの本は、あまたある漫才師が出した本とはまったく違う。クオリティがばかに高いのだ。それはひとえに、企画・構成をあの「チャンネルゼロ」が請け負ったことによっている。「チャンネルゼロ」は、懐かしき関西の情報誌「プレイガイド・ジャーナル」を制作していた残党のメンバー、村上知彦と峯正澄が中心となる編集集団。だから、『まかせなさい』に関わったメンバーがすごい。

本文イラストが森英二郎、いしいひさいち、高橋秀夫、ひさうちみちお。このうち一人たりとて、ふつうタレント本に起用されるような人ではないことがわかるだろう。それを四人も起用する。この後もいちいち説明しないけど、ついてきてね。とにかく、うなるような役者が揃っている。すごいんだ、本当に。

装丁とデザインを日下潤一、レタリングを土橋とし子。写真を糸川耀一。

まさに「プガジャ」！

だから、中のページを親指の腹でパラパラめくって、版面を眺めるだけで、おっ、これはちょっと違うぞとわかるのである。本文の組み方、イラストの位置、ノンブルや柱の指定など、隅々まで制作者の神経が行き届いている。

版面が非常に整理されてきれい。それに読みやすい。各ノンブル横に置かれた、いしいひさいち描くのりおの似顔絵が一枚一枚すべて違う。パラパラ漫画になっているのだ。なんというぜいたく。これはしかるべき古書価がつけられるべき本だ。

中身はもちろん、のりおの語りをライターがまとめたもの。むしろ、それでのりおの持ち味がはっきり押し出されている。本というのは、本人が書けばいいというものではないのだ。

のりおが番組でワニの歯型を取った話、大阪芸人のおもしろエピソード、タレント・芸人評、西川のりお主義、のりお・よしおの漫才採録、岩国学によるのりお密着観察レポートなどからなっている。また、のりおが父親について語った部分は、袋閉じ企画（ペーパーナイフで切る）だ。芸が細かいねえ。

中でも、イラストレーターの森英二郎と一緒に、岩国学が、のりおの東京行きにびくびくしながら密着するレポートが、素の彼、すなわち北村紀夫をみごとに写して面白い。

しかし、じつは私が本書で一番収穫だったのが、弟子の伊藤はじめによる「あとがきにかえて」だった。

極度の興奮と緊張

伊藤の文章は、「お笑いネットワーク」の収録が終わって、楽屋へもどったときに、「天井がまわる」と言ってのりおがたおれるところから始まる。伊藤によれば、これは〈持病の、極度の興奮と緊張から起こる突発性の発作〉であり、彼が弟子入りしてからも、すでに二、三回の発作を起こしていた。またその場所が〈東京のあるテレビ番組の弁論大会で、ぼんち兄さんの悪口をいいすぎ興奮してたおれたのを最初に、他人にはいえない風俗営業の店で二回、歓楽街、大阪はキタの新地のどまんなかで一回、たおれている〉というではないか。

発作を起こして倒れるほどの〈極度の興奮と緊張〉。これがのりおの生理にあるとしたら、私は芸人としてののりお観を少し修正しなければならないかもしれない。

粗雑、危険、横柄、乱暴、傍若無人……。おそらくのりおを評するときに挙がるだろう特徴は、基本的には正しいのだろう。しかし、それらは根っからののりおの特性であるというより、彼が舞台やテレビで自分を露出させる際に、自分を〈極度の興奮と緊張〉に高めていって、臨界点を越えたときに生ずるものであるということだ。だからたしかに「危険」な芸ではあるのだ。

先の岩国学による密着ルポで、のりおと共に飛行機に乗る場面がある。

〈スチュアーデスに「お茶くれ」といったあと、「あっ、それから水もな」というところなど、スチュアーデスもへったくれもありません。

テレビで見ていると、のりおさんは大変な女好きに見えるのに、あまり愛想をしないのは意外です。ぼくは、あのスチュアーデス、そんなにブスでもないのになあと思いました。女であればだれでもいいというわけでもないようですが、以前、のりおさんがスチュアーデスに電話番号を聞いたという話もあるので、なんかキツネにつままれたみたいな感じです。〉

このときののりおは、東京での仕事に向けて、〈極度の興奮と緊張〉状態へ自分を高めていく前の準備段階だったのかもしれない。

今年のいつだったか、テレビで久しぶりにのりおの姿を見た。深夜、鶴瓶と今田・東野がホストとなって、笑芸人や役者を迎えるトークショー「いろもん」（このとき、初めて見た番組だった）に、のりおがゲストとなって出演。顔見知りの関西芸人が相手ということもあってか、その晩、のりおが乗っているように見えた。弟子入りのときのこと、晩年のやすしと路上でばったり出くわしたときのことなどを、うれしそうに、臨場感たっぷりに生き生きと語っていた。

終わり近く、自分で自分の話に収拾がつかなくなって、鶴瓶始め後輩に突っ込まれているときも、なんだかひどく満足そうだった。

私は漫才、落語など本芸のほか、芸人の印象や、自分のエピソードを語るときに、その芸人の話芸の力が出ると考えているが、このときののりおは、久々に芸人らしい芸人を見る思いだった。

一度、ちゃんと舞台で、のりお・よしおの漫才を見てみたいものだ。

5 花登筐の巻

三月二十二日（二〇〇一年）の朝刊に、新珠《あらたま》三千代の死亡記事が出ているのを見て驚いた。この連載で次に花登《はなと》筐《こばこ》を取り上げようと思い、自伝的回想記『私の裏切り裏切られ史』（朝日新聞社・一九八三）を読み返している最中だったからだ。朝日の死亡記事の見出しは、〈ドラマ「細うで繁盛記」／新珠三千代さん死去〉。言うまでもなく、昭和四十五年から二年半放送され大ヒットしたドラマ「細うで繁盛記」は花登の作である。しかし、死亡記事にはそのことは触れられていない。

翌日の二十三日夕刊には、「白鳥として逝った名女優」と題する、演出家・小泉勲の追悼文が掲載され、そこでやっと花登の名前が出てくる。小泉は「細うで繁盛記」の演出家だった。

〈故花登筐氏の原作脚本では「銭の花」というタイトルだった。テレビ用に「細うで繁盛記」に改名したのだが、当時、テレビのタイトルに「ン」の字を入れると当たるという風評があった。〉

（注／原作となった小説『銭の花』は講談社から全三巻で昭和四十五年に刊行されている）

花登は昭和五十八（一九八三）年に亡くなっているが、近年その名が活字になったり、人の口の端に上ることはほとんどなくなっていた。自分の書いたドラマの主演女優の死で、久々に名前が思い出されるとはなんたる皮肉か。しかし、「やりくりアパート」「番頭はんと丁稚どん」を代表とするテレビ草創期の上方コメディー、「土性っ骨」「細うで繁盛記」「どてらい男」など一連の根性ドラマで果した花登の役割は忘れられてよいものではない。一本の評伝がすでに書かれておかしくない存在だが、寡聞にしてそのようなものは見たことがない。

そういう意味で『私の裏切り裏切られ史』（以下『裏切り』と表記）は貴重な本だ。死を前に、本人がこれを書き残さずに終わっていたら、花登についてはほとんど何もわからず仕舞いになるところだった。

大阪蔑視の水源

私が東京へ移り住むようになってすぐに感じたのは、東京人の大阪ないし大阪人への蔑視である。いわく……うるさい、がめつい（金に汚い）、下品、厚かましい、羞恥心がない、言葉の頭に「ド」をつける等々。丸谷才一を筆頭に、山口瞳や土屋耕一などは、かなり辛らつな表現で、はっきり「大阪嫌い」を著作の中で言明している。私は彼らの書く文章のファンだから、これはかなりつらいことだった。

東京人による大阪人批判を検討すると、たしかに当たっている面もあり、彼らの言い分を一〇〇％否定するわけにはいかないが、ほとんどは大阪ないし大阪人を類型化したための誤解である。簡単な話が、いまどき、「ドあほ」などという言葉を使う大阪人は少ないし、大阪人にも無口でシャイな人間はたくさんいる。

よくよく考えてみると、どうもその誤解のもとになっているのは花登が作った世界のようなのだ。よく大阪と言えば漫才と吉本新喜劇が挙がるが、花登の描いたシャイロック的な大阪商人のイメージにくらべれば、漫才や吉本はソフィスティケイトされていると言ってもいい（そら、言い過ぎやで）。

花登筐、本名・花登善之助。筆名はイギリスの劇作家「バーナード・ショウ」をもじったものだ（音読みすれば「はなと・しょう」）、とは永六輔の著作で読んだ。昭和三年滋賀県大津市生まれ。同志社大学卒業後、大阪船場の綿糸問屋に二年勤めている。のちに花登が好んで描いた船場周辺の商家の風景は、このときの経験がもとになっている。つまり花登の描く大阪人は、近江商人との混血で、その分過剰に泥臭く描かれているといってもいい。いま全国区で活躍する関西弁を使うタレントが、明石家さんま（奈良）、島田紳助（京都）、ダウンタウン（兵庫）など、じつは大阪周辺の出身者であることも含めて一考に値いする課題だ。

その後、善之助は二十代で肺結核で死の宣告をされて、どうせ死ぬなら好きなことをやろうと勤めを辞め劇作家に転じたという。花登筐誕生である。作家生活三十年に残した作品は、テレビドラマ六千本、芝居五百本と言われる。まさに怪物。

読売新聞大阪本社文化部編『上方放送お笑い史』（読売新聞社・一九九九）で、その仕事量の凄さを藤本義一が証言している。

「私は頑張って月に原稿用紙五百枚。ところが彼は千五百枚書いていた。僕は今までに十九万枚ぐらい書いたけど、彼は二十代から三十代後半にかけて三十万枚ですよ。もう人間業やなかったな」

『裏切り』にも、週に十二本のレギュラーを抱え、一日の睡眠時間は二、三時間という絶頂期のことを書いている。東京〜大阪移動の飛行機（プロペラ機）の中でも原稿を書いていたとき、〈飛行機の中でエアポケットに落ち、一瞬目の前が真っ暗になり、電燈がつくと、原稿用紙が散乱していたこともあった。「三年で死ぬ」と言われて死ねなかった私も、それを拾いながら「いっそ落ちてくれたら、苦痛から逃れられるのに」と思ったことである〉というから、並み大抵ではない。

辟易しながら止められない奇書

ところで、この『上方放送お笑い史』の第二章「神風タレントと動く原稿用紙」は、記述の少ない（『大衆文化事典』弘文社、に項目がない！）花登の笑演芸における業績についてくわしく書いた貴重な文献になっている。『裏切り』が、あまりにハイカロリーで独善的な記述に終始しているため、こういう冷めた第三者からの視点がぜひ必要なのだ。

実際『裏切り』は、花登が生涯を振り返りながら、私生活を含めて、自分にかかわった人物すべての行動をしつように検証し、「裏切り」か「裏切りでない」かの判決をくだしていくのである。なにしろめったに自宅へ帰らない花登を、たまに帰るといっせいに吠えたてる犬に〈「裏切り者め！」私はいつも、そう怒鳴った〉とある。犬にまで！

自分自身にさえ矛盾はあり、しょせん他人同士のかかわり合いだから、人間関係にはドロドロした部分はぬぐい去れない。二分法で割り切れるものではないのに、功なり名を遂げた花登が生涯を振り返るについて、「裏切り裏切られ」という物差を使った負のエネルギーとは何なのか。

『上方放送お笑い史』から再び藤本義一の証言を。

〈「大胆、傲慢にして繊細。その矛盾した性格が極端に表に出た男でした」と分析する。底知れない野望家だった。誰かれかまわずに〝ライバル〟視する。〉

弟子を持たず、胸の底を打ち明ける友人もいない。子飼いといっていい、大村崑、芦屋雁之助などもいつしか関係がまずくなり離れていく。そのことへの怨嗟のパワーが死を前に一挙に噴き出したのが『裏切り』である。

例えば、脚本料の安さについても何度もくり返す。

視聴率五〇％を超えたお化け番組「やりくりアパート」（大阪テレビ／昭和三十三年放送開始）の、佐々と大村コンビによる、例の「ミゼット」連呼CM秘話。生放送の時代、CMを担当したアナウンサーが「ダイハツ提供」と言うべきところを、間違って「マツダ提供」と言ってしまった。生放送だからすぐさまスポンサーの抗議があり、最後の生CMを急きょ、出演者の二人にまかせることになった。

ためらう二人に、花登は「何でもいいからミゼットだけ言え！」と命じた（花登の『漫才師』という小説にこのエピソードは援用されている）。

こうして、あの「ミゼット」ＣＭは生まれ、二人は爆発的な人気をえることとなった。と、ここまではいい。しかし花登の筆はこれで収まらない。

〈確か私の脚本料が一本五千円で、佐々君の出演料が四千円、大村崑君が三千円であったと記憶している。〉それに二人には別にＣＭ料として各二千円が支払われた。花登はＣＭのアイデアを出したのは自分なのに、子飼いの大村とギャラが同額であるのがおもしろくない。

しかし、そこまでふつう書くか、というレベルの話ではある。第一、「何でもいいからミゼットだけ言え！」という破れかぶれの指示を「アイデア」と呼べるかどうか。

そのあまりにもの細かさ、しつこさにはまったく読みながら辟易させられる。後味ははなはだよくない。何だか人間のイヤな面を見てしまったな、という感じである。しかし、先を読みすすめずにおれないのである。この印象、何かに似ているなと考えたら、何のことはない、ほかならぬ花登の書いたドラマだった。

上方芸能史の貴重な資料

本書にはさまざまな人物が登場するが、花登が育てた喜劇人として、大村崑、芦屋雁之助・小雁兄弟、佐々十郎、茶川一郎など花登組に加えて、中山千夏の名や、花紀京の名前が挙がっているのが意外だった。たしかに、エンタツの息子、本名・石田京三の芸名には「花紀」と「花」の字が入っている。花登自身のことに止まらず、上方芸能史の一資料として、これはぜひとも人名索引をつけなければならない。

今では考えられないすごいテレビ界の秘話もある。

西郷輝彦主演で大ヒットした「どてらい男」は、関西テレビの角倉プロデューサーが制作にあたったが、企画をスポンサーに蹴られたにも拘わらず番組収録を始めた。「角倉さん、一体どこの時間帯でやりますのや?」という花登の質問に、角倉は、「売れるまで作っといたらよろしいんと違いまっか」と応えた。1クールたっても放送が決まらないまま番組収録が続いた、というから角倉の方がよほど「どてらい男」だ。

渋谷天外に頼まれ、松竹新喜劇のために舞台脚本を書き、〈多い時は、一晩で二本書き上げたこともあった。つまり昼夜四作品、すべて私が書き、そのうちの二本は館直志（渋谷天外のペンネーム）作として、上演されたのである〉というのも知られていないだろう。

差し障りが多すぎて、文庫化もかなわないかもしれないような本だが、中身はぎっしり詰まっていて、持てばその重みによろけそうな本だ。

6 レツゴー三匹の巻

ラサール石井の神技で再評価

レツゴー三匹という漫才トリオを、それほど強く意識して見ていた記憶はない。見れば必ず面白いし、楽器を持たないトリオという形式はそれなりに新鮮だったが、なんといっても上方笑芸の層は厚く、次々と目新しい見るべきコンビやグループが現れる。時代は七九〜八〇年になって未曾有の漫才ブームを迎えると、私の目も主軸となって活躍したB&B、紳助・竜介、ザ・ぼんち、サブロー・シローなどにどうしても向く。そんな中でレツゴー三匹は、迫力はあって安定はしているが、他を圧する強さはなく、やや古い芸人の範疇に分類していたように思う（ちなみにレツゴー三匹は「吉本」ではない。「松竹芸能」所属）。

おかしな話だが、レツゴー三匹を再認識したのは、当人たちの舞台ではなく、「おれたちひょうき

ん族」の一コーナーで披露されたものまねであった。私は「ひょうきん族」を数回しか見ていない。その冷淡さがそのまま八〇年代に、テレビバラエティの金字塔となったこの番組への私の評価となるのだが、たまたま見た回で、正児にラサール石井、じゅんに片岡鶴太郎が扮して、レッツゴー三匹の漫才を再現していた。これがひっくりかえるほど面白かったのである（長作だけが、誰が扮していたのかいまだに思い出せない。それがまた、いかにも長作らしいありかたである）。

ラサール石井は背格好も、声も、眼鏡をかければ風貌も、ほぼ正児に生き写しで（こら、正児は生きとるちゅうに）、本人もそのことを自覚しているらしく、いきいきと中央で采配をふるっていた。これはほとんど神技だったと思う。

まずこのあまりのそっくりぶりがたまらなくおかしい。じゅんに扮した鶴太郎も、その石井のあまりの相似ぶりがおかしくてたまらないらしく、ほとんど石井の方を向いたままで楽しそうに左翼のチャームポイントを守衛していた。レッツゴー三匹という特異なアンサンブルの個性と実力が、石井と鶴太郎のやや誇張された模倣で如実に示されたかっこうとなった。そのときつくづく思ったものだ。

——ああ、レッツゴー三匹はやっぱり、大変な漫才ユニットだな。

たぶん、「ひょうきん族」のスタジオ内で転げながら笑っているに違いないさんまや紳助の姿を思いながら、遅蒔きながらこのトリオを再評価することになったのだ。

レッツゴー三匹のリーダー・正児の自伝『三角あたまのにぎりめし』（以下『三角あたま』）は、珍しく芸人が自分の手で書いたという貴重な著作だ。おまけにあまりうまくないカットまで〈自家製〉。

また、正児ならそれはありえるだろうと思わせるのだ。

ルーキー新一の弟という刻印

レッゴー正児。本名・直井正三。昭和十五年八月十一日、香川県琴平町生まれ。四人兄弟の上から三番目の次男で、五番目の弟を早くに亡くしている。〈私の子どものころの頭の良さは抜群で、現在の私を知る者ではとうてい考えられないだろう。クラスの学級委員、昔の級長をしなかった学年はなかった〉という神童ぶりで、一人で絵や詩を書いたりするのが好きな少年だった(『三角あたま』に尻がかゆくなるポエムあり)。将来は医者になりたかったという。

レッゴー三匹の台本も、すべて正児の作である。本を書く話が来たとき、ゴーストライターを使わなかったこともこれでわかるだろう。どの分野に進んでも才覚を表しそうな、目端のきいた優秀な少年だったようだ。

しかし、長兄がのちのルーキー新一であったことは、直井正三ことレッゴー正児の運命を狂わせる。ルーキー新一というコメディアンについて、いま、その名を挙げて語られることはまずない。一世を風靡しながら忘れ去られた芸人という以上に、度重なる仲間への借金、恐喝事件のスキャンダルなどの不祥事が、彼の名を出すことをタブー化させ、葬り去るのを加速させた。

ルーキー新一の人物像と一連の不祥事について一番くわしいのは、澤田隆治『上方芸能列伝』(文藝春秋・一九九三/現在、文春文庫)所収の一章「不運なり! ルーキー新一」かと思われる。そこで澤田は〈ルーキー新一は天才的なコメディアンだった〉と断言する。新一は、あの横山やすし、桂枝雀を生んだ「漫才教室」の出身者で、正児も同じくこの教室から出ている。

有名になったのは胸の乳首のあたりを両手でつまんで横に振る「イヤーン、イヤーン」（実物を知らない人にはおそらくさっぱり見当もつかないだろう）というギャグ。幼児性を売り物にしていた。その人気のすごささを、澤田はこう証言する。

〈それにしてもルーキー新一の売れ方はすごかった。一気に爆発したかのような売れ方だった。コメディアンはひとたびおもしろくなると、なにをしてもおもしろくなるものだが、ルーキー新一の場合も、「ハアーア」と溜め息をつくだけで客は笑うし、胸を両手でつまむだけで、客が先に「イヤーン、イヤーン」と言ってしまう。ルーキー新一はその声の方をにらんで「イヤーン」で大爆笑。〉

「イヤーン、イヤーン」は、私も幼いころやった覚えがある。「これはえらいことですよ、これは」というのもあった。ぽっちゃり系の短軀に、幼児性のあるバイタリティは、古来、成功するコメディアンの一典型である。芸人としての資質は、おそらく正児よりずっと上だろう。

『三角あたま』によると、ルーキー新一は少年のころから商才があり、大阪の問屋街（注／正児が小学三年のとき、一家は大阪へ移住）で粗悪品の日用雑貨を仕入れ、正児や近所の友人を使って、「学生アルバイト」と称して、家々を訪問販売させて荒稼ぎしていた。自分は働かずに、だ。父親が倒れ、家計を助けるためという名目があったが、このとき若くして新一の金銭感覚に歪みが生じたか。

病気ともいうべき、くり返される泣き落としによる仲間からの借金がふくらみ、人間関係を次々と御破算にして、ルーキー新一は頂点から滑り落ちていく。特に、昭和四十三年に起こした恐喝事件は、山口組系の元組員がかかわったことが致命的で、〈ルーキー新一はすっかり叩き甲斐のあるタレントになってしまったのだ。〉(『上方芸能列伝』)
そのあおりを食ったのが、ルーキー劇団を退団し、本格的に漫才トリオ・レッツゴー三匹として再出発した正児だった。ルーキー新一の弟ということで、楽屋でも肩身の狭い思いをし、それは仕事の妨げともなったのだ。『三角あたま』でも、出演交渉がことごとく断られ、その理由を聞いたところ、「ルーキー新一の弟でしょう、だめです。吉本からおふれが回ってきているんですよ」と言われたと書いている。のちには親身に彼らの面倒をみることになる澤田も、売り込みにきた正児に「ルーキー新一の弟というのは、正直言ってかなわんのや」と告げたほどだった(『上方芸能列伝』)。「ルーキー新一の弟」という刻印が、正児の行く手をことごとく阻む格好となった。
なお『上方芸能列伝』で、澤田が〈ルーキー劇団が解散して行き場のない若い劇団員で結成したのが、正児・じゅん・長作のレッツゴー三匹〉という記述は、誤解を招く書き方で、『三角あたま』によれば、長作はあとから入ってきたメンバーで、最初は「一修」という男だった。劇団は地方巡業が多く、舞台にバラエティをつける意味で、劇団員による三組の漫才コンビが作られた。その一つがレッツゴー三匹というわけだ。長作は元「あひる艦隊」のメンバー。「レッツゴー三匹」の芸名は、初代メンバーがよく通った名古屋の居酒屋「三匹」から取ったという。

お笑いのPL学園「市岡商業」

正児は市岡商業高校に入学している。この市岡商業という高校が、後述するが、上方芸能史上、重要なトポスとなるのだ。正児は、せっかく入学した市岡商業を、母が倒れたため、経済的な事情でたった三カ月でやめることになる。昼は父親の工場で働き、夜はソロバン塾で教える生活を二年続ける。家計が安定したところで高校に再入学。このため、次のようなことが起きる。

〈同じ市岡商業の卒業生である落語家の桂春蝶は昭和十六年生まれであるから、レッツゴー正児よりも一年後輩であるが、卒業したのは逆に春蝶の方が一年だけ先である。また昭和十八年生まれの桂三枝も同じ高校であるが、本来なら三年あいているはずが、実際には一学年だけの差という関係になった。〉（古川嘉一郎『少年の日を越えて』大阪書籍・一九八六）

なんと、わずか三年の間に、桂春蝶、桂三枝、レッツゴー正児と三人の人気芸人を生んでいる。桑田と清原がいたころのPL学園なみである。笑いの偏差値が高いおそるべき高校といえよう。そのお笑いの名門（？）を、勉強ができて、健康で、まじめでありながら二年を棒にふり、二学年下の後輩と同じ机を並べねばならない正児の屈辱を、教師経験のある私には、少しはわかるつもりである。しかし正児は生徒会長、演劇部の部長をつとめることで〈この市商時代が私のもっとも華やかで、有意義で、楽しく感慨深い時期だった〉と言わしめている。この部分を突っ込んで正児が書くと、立派な教育書になるはずだ。

また、この市商時代に、演劇部でいっしょだった田中弘と組み、文化祭で漫才をしている。この舞台に、当時一年後輩にいた河村静也こと桂三枝は影響を受け、同級生と組み、正児と田中のコンビと同じく「漫才教室」に出演することになる。このあたりは「漫才教室の卒業生たち」と副題のついた『少年の日を越えて』にくわしい。

「漫才教室」は、昭和三十二年から三十六年まで続いた素人参加によるラジオ演芸番組で、ここから巣立った芸人に、レッツゴー正児、桂三枝、桂枝雀、横山やすしなどがいる。なお、正児が芸界へ入ってすぐ、この横山やすしと「やすし・たかし」という漫才コンビを組んでいたことは、上方芸能クイズの十点問題にしかならない常識だ。

トリオという形式

レッツゴー三匹というトリオを考えるとき、じゅんの動きが見逃せない。正児は立ち位置が中央で、かつ左右に指示を出す司令塔的役目を果すため、あまり動けない。右の長作は、御存じの通り、ぬぼっと突っ立っているのが持ち味。そうなると、左のじゅんの動きが重要になってくる。

トリオは、もともと制約の多い形式である。対話の基本が二人であるために、どうしても残る一人の扱いが難しくなる。トリオのほとんどが楽器を持って登場するのは理由があってのことである。楽器を持てばなんとなく舞台で収まりがつくし、合間に演奏することで動きが出る。楽器による掛け合いが可能だ。その点、喋りだけのトリオは、頭数が多い分、逆に不自由で制約を受けるのである。

なぜ正児は、トリオという形式を選んだのか？

ひとつには、横山やすしとコンビ別れしてから一年間、スリージョークスというトリオ（リーダーは二代目・日佐丸）に参加し、ここで三人による漫才を十分に勉強した経験があったからだ。そこで正児は自分がメンバーを組むなら三人でやろうと決める。

三人でする漫才のメリットとは、正児の分析によればこうだ。

1　一対二の対決
2　二の中の一人が裏切って一のほうへつく、寝返りのおもしろさ
3　ひとりひとり別々で対決する、三つどもえのややこしさ
4　三人が順番にぐるぐる回ってやっていく交代の変わり身
5　三人いっしょに一つのことに取り組む団体芸

〈いちばん切りつめたうえでの最大のおもしろさを出せるのは三人だ。三人こそエキスだ。〉

きわめて冷静な分析であり、トリオ論としてはただしい。しかし、正児「トリオ」理論が、レツゴー三匹の舞台にそのまま生かされているかというと、それは疑わしい。端的に言って、トリオの中での長作の扱いが、正児の言うようにはうまく機能していないという気がする。

かつて「漫画トリオ」の一員だった上岡龍太郎は『上岡龍太郎かく語りき』（筑摩書房・一九九五／現在、ちくま文庫）の中で、トリオという形式をこう説明している。

〈たとえばボクシングしても二人やと選手同士ですが、三人やとレフリーという存在が出てくる。観光バスも運転手と車掌と客と、三人のバランスでいけると。喫茶店も三人やとアベックの客とボーイさんと。こういう取り合わせでできるだけ三人でしかできないものをやろうということで。

たとえばレッツゴー三匹なんかもトリオでやってますけど、あそこは二人でできることを、正児とじゅんでやって横に長作がいてるという形で、誰か一人が浮いてしまう役の設定になってる。あれがもったいない。三人でしかできないもんをやらないけませんね。〉

私も上岡の意見にほぼ同感である。『上方笑芸の世界』（白水社・一九八四）で、レッツゴー三匹の項を担当した松原利己は、〈長作は壁のような存在。いつ自分のトコロへ話がとんできてもそれをガッチリ受けとめる。これが話の進行上の潤滑油ともなっていく。一番地味な存在の長作こそがレッツゴーをレッツゴーたらしめているとさえも思える〉と書いている。本当だろうか？

私は、レッツゴーがフレッシュさを失わぬ秘密は、じゅんにあると思っている。動けない二人を脇に、ともすると、風貌や演説調の喋りかたから空気を硬くしがちな正児を、受け止めてソフト化するのがじゅんの第一の役目である。正児がテーマを振っている最中のじゅんの目の動き、上半身の使い方にぜひ注目してほしい。正児の話をまるで聞いていないかのように、勝手に客席に目線を送り、にやにや笑う。あの客との間《ま》の計り方はあなどれない。

「おい、ひとの話を聞いとんのか」と正児に頬を張られた後の切なげな表情のリアクション。髪の毛が薄いこともいい方に作用したベビーフェイスと軟体動物のようなアクションが、ピーターパンの回りを光を振りまきながら飛ぶティンカーベルのような役目を果している。まさに逸材。

このじゅんの資質と扱いを熟知しているのが正児だ。ライオンと調教師の関係といってもいい。正児は自分にない「チャーミングさ」をじゅんが持っていることをよく知っている。

〈舞台でのじゅんのボケはまさに天才的。実にいいものを持っている。私が舞台でアドリブを飛ばして課題を与えると、彼は彼なりに即座に処理して反応を示す。その反応に対応して最適の言葉で突っ込んで、もっとも多くの笑いをとるのが私の役目だ。いかにして、じゅんのおもしろさを舞台で引き出すか？　これがリーダーとしての私のつとめなのである。オーバーなようだが、勝つか負けるか、じゅんとは舞台で真剣勝負をしているのである。これは長作にはできないことだ。〉（『三角あたま』）

正児には、ぜひ芸界へ入ってからの、いろんな芸人の横顔を描いた回想記を書いてもらいたい。この観察力、記憶力、筆力をもってすれば、相当いいものができそうだ。

7 上岡龍太郎の巻

二〇〇〇年三月二十日、かねてからの宣言どおり、上岡龍太郎は芸能界を引退した。芸能生活四十周年目のことだった。小佐田定雄が聞き書きし、名義は上岡の著書となっている『上岡龍太郎かく語りき 私の上方芸能史』（筑摩書房・一九九五／現在ちくま文庫に収録、以下『かく語りき』）の「おわりに」で、上岡はすでにこんなことを書いている。

〈五十五歳になったら芸能界をリタイアしようと思ってました。京都の北のほうに土地を求めて庵を建てましてね、庵の名前も決めてたんです。都を離れた美しい庵と書いて、「都離美庵（とれびあん）」。まわりの野原も都離美野と名付けまして、「晴走雨読」、雨が降ったら庵の中で本を読み、晴れたら朝一時間ほど走るという生活もええなあと思いましてね。〉

上岡龍太郎は評価しにくい

なんとも人を喰った宣言である。人気がなくなり自然に引退と同じ状態に追い込まれる例はあっても、レギュラーを何本も抱え、絶好調にあるとき自ら幕を下ろす例は芸人では珍しい。キザといえばキザな行動で、従来、上方ではこの手の芸人はあまり好かれなかった。私も、大阪にいながら、長らく上岡龍太郎という存在はほとんど視野の外にあった。

じっさい、上岡がこれほどまでの人気を得るようになったのは、それほど昔の話ではない。ひとつは笑福亭鶴瓶と組んだ「パペポTV」が大きい。台本もない、打ち合わせもなく、ただ口達者な二人の芸人が、まるで立ち話するようにカメラに向かって喋る。このスリリングなトークショーは上岡龍太郎という新しい芸人を発見した。少なくとも、この番組がなければ、上岡の東京進出はなかったかもしれない。

というのも、「パペポTV」はのちに関東エリアでも放送されるようになったが、最初は関西だけで、ほとんど口コミでそのおもしろさが関東へ伝播していった。お笑い好きのニューミュージック歌手・甲斐よしひろが、ずっと関西の友人にビデオを取ってもらってこの番組を東京で見ていたと、どこかで喋っていたのを覚えている。「好き」というのはこういうことを言うのである。

私はあまり「パペポTV」を熱心に見ていなかった。たぶん、まだ上岡という芸人の技量を計りかねていたのだと思う。上岡自身も『かく語りき』の中で「ぼくや浜村さん（注／浜村淳）というのは何もない。アナウンサーでもないし、落語家でもない。まあ、無理して言うのなら漫談家になるんでしょうがね」と、ジャンルの中での位置付けがはっきりしないことを自覚している。上岡がかつて桂米朝に弟子入り志願したり、旭堂南陵について講談を習ったり、藤山寛美に近付いて座長芝居の興業を打ったりしたのも、これすべて、芸のこやしにしたいという思いプラス、どこかではっきりしたジャンルとつながりたいという渇望があったからだろう。

そういうわけで、上岡龍太郎のようなタイプはまことに評価しにくい芸人なのである。

分析「癖」が今に残す芸人たちの姿

上岡龍太郎。一九四二年京都生まれ。父親・上岡為太郎は苦学して京都帝大法学部を卒業した弁護士。ただし、強きをくじき、弱きを助けるといった熱血の貧乏弁護士だったようである。ここでややこしいのは、上岡龍太郎の本名が小林龍太郎であることだ。

『かく語りき』の説明によれば「うちはね、系図でいいますと、まずぼくの実の母親が喜多好之助の長女として生まれた。名前をタマといいます。そして喜多好之助が小林家から養子に来てたもんで、生まれた子は男女にかかわらず養子で戻すという話があって、母が小林家へ養子で戻った。そこへ、上岡家からうちの親父が養子に行ったんです」となる。つまり、上岡龍太郎が生まれたときは小林龍太郎だった。

母・タマは宮崎県の生糸問屋の一人娘、ただし「強度の近眼で行き遅れている」。父・為太郎は

「顔はいかついけど弁護士」で、貧乏には懲りて金持ちの娘をもらいたいと考えていた。「優越感と劣等感がない混ぜになったもん同士が結婚すると、どういう子どもができるか？　そこへできたんが玉のような男の子」つまり自分のことである。

私がおもしろいと思うのは、上岡による、常なるこの冷静な分析能力である。それは分析「癖」といってもいい。『かく語りき』は、上岡の語りによる自伝であるとともに、「私の上方芸能史」と副題がつけられたごとく、戦後の上方芸能史でもある。昭和三十五年にロカビリーの司会者として、十代で芸能界入りした上岡が、漫画トリオ結成、ノックの参議院入りによる一人立ちから現在にいたるまで、見聞きし、直接一緒に仕事をしてきた芸人たちのことが、あらいざらい語られている。特筆すべきは、単なる交友記というのではなく、きわめて鋭利な芸評となっていることだ。

上岡の分析「癖」が、芸人としてプラスになっているかどうかは別問題として、ここに登場する芸人たちの特質が、上岡の目を通して描かれることではっきりする箇所はいくつもある。これは文句なくすばらしい能力である。

例えば、千歳家今次・今若という、私の知らない漫才師について。

〈あれはええ漫才でしたね。片方の人が頭が禿げてるんです。高座へ出るなり、相方が禿げてる頭のほうは全く見ないで、頭を火鉢に見立てて手をあぶりながら、

「ああ、寒くなりました」

と言う。なんともいえんあの芸が好きでした。型があった。漫才に動きというか歌舞伎のよう

な所作、目線の決まりがあったんですね。〉

そう言われると、もう忘れられた二人の漫才を、なんだか見たくなる。まだテレビより映画、舞台が娯楽の中心だった昭和三十年代半ばに、十八という若さで楽屋へ出入りし始めた者の強みで、ひと世代前の人間でないと知り得ない芸界の空気を上岡は知っている。後に、花紀京から、こんなことを言われたという。

「こないだも花月の楽屋でな、お前の話出てな。なんや古うからおるで。でも年は若いはずや、龍太郎は年いくつやねんということになったんや」

「子どものころからお笑いは好きでした」という上岡だったから、楽屋で先輩芸人を見る目は芸能好きの素人の乗りだったはずだ。長く芸界に浸かった者にはルーティーンに見えるものが、十八歳の少年の目にはいちいち新鮮に見えたことは想像がつく。

「漫画トリオ」のネタ再現

上岡の記憶力にはいつも驚かされるし、『かく語りき』にもいかんなく発揮されているが、単に頭がいいという話ではなく、好奇心や興味の一番強いときに、一番自分の好きなものに出合えた運も大きいだろう。漫画トリオのネタについても、上岡はつい今さっき舞台を終えたみたいに、ただちに再現できる。三人の喋り、動き、タイミングを、一人で鮮やかにやってみせるのだ。

ノ「じゃあ君たちジャンプを教えよう。ジャンプ競技いうのは、こういう風に板を、膝を抱えて（当時は膝を抱えて滑ってたんですね）ジャンプ台を滑ってくる。するとここに踏切がある」

フ「カンカンカン、ただ今上り南海電車……」

ノ「誰が南海電車の踏切いうた。ちがうがな、ジャンプ台の踏切やがな。はい、こういう具合に思い切って手を前に出して（当時は手を前に出して飛んでたんですね）、ジャンプ！」

パ「ヨーイ、ドン！」

（ノック、フックが泳ぎ出す）

パ「いよいよ男子千五百メートル自由型の決勝であります。第五コースを泳ぐのは日本。さあ、アメリカが勝つか日本が勝つか……」

ノ「（ふっと気がついてパンチに）何をやっとんのや。お前（以下略）」

思い出しますねえ、漫画トリオ。これを上岡は何も見ずにたった一人で再現する。漫画トリオの芸を記録するまとまったビデオは残っていないはずで（一部レコードに録音されている）、モダニズムともいうべき、あのスピーディーで音楽的な漫才を再現できるのは、上岡龍太郎ただ一人ということになる。

私は、上岡と島田紳助が司会をした「ＥＸテレビ」の数回分をビデオテープに録画して保存している。今回、この稿を書くために、「上岡龍太郎芸能生活三十周年記念」として、漫画トリオを振り返る回（九〇年十一月八日放送）を見直してみた。なんと、横山ノック、二代目フック（青芝フック）とともに、初代フック（轟盛次）が出演している。

轟一蝶・美代子という漫才師がいて、初代フック・盛次は一蝶の子ども。上岡とはロカビリー仲間だった。ノックはOスケ・Kスケ、ノック・アウトと漫才コンビを二度も失敗し、起死回生を計り、自分より若いコンビを探していた。白羽の矢が立ったのが龍太郎。ノックは龍太郎の出演しているナンバ一番という当時隆盛を誇ったジャズ喫茶へ向かって歩き出す。その途中、何という運命か盛次と出会う。声をかけて話をすると、盛次は龍太郎をよく知っているから案内するという。

最初はノックと龍太郎で漫才を練習し始めたが、いかんせん龍太郎は素人。うまくいかない。二人でだめなら三人で、とそのとき浮上したのが轟盛次……といった細かな事情を、上岡は『かく語りき』でも書いているし、「EXテレビ」でも喋っている。ところが、当のノックは「ああー、そやったかなあ」とはっきりと覚えていない。

初代フックから二代目に変わった事情は、『かく語りき』にもくわしく書かれてある。要するに、轟盛次はお笑い芸人には向いていなかった。「EXテレビ」に出演した、初代フックは、テレビ出演は初めてで、ノックと上岡とも二十五年ぶりの対面だと言っていた。こう言っては何だが、輪郭のぼやけた、およそ華も毒も感じられない一般人で、おそらく同じメンバーでトリオを続けていたら、漫画トリオの栄光はなかったのではないか。

パンパカパーン秘話

この「ＥＸテレビ」のビデオを十年ぶりに見てから、『かく語りき』を再読して驚いたのは、「初代フックさんも亡くなりはりました。なんでも機械のメンテナンスをやってはったんですが、仕事中に墜落死したらしいんですよ」と書かれていたことだ。いつ亡くなったかは定かではないが、『かく語りき』の元版が出たのが九五年。「ＥＸテレビ」の収録が九〇年。初代漫画トリオが再び顔をあわすには、まさにぎりぎりだった。このタイミングのみごとさ、天の配剤にうなってしまうのだ。『かく語りき』をもっと紹介するつもりだったが、これは本だから買えば読める。同書には書かれていない、「ＥＸテレビ」での上岡の記憶力の見事さをもう少し紹介しておく。

〈ＧＳブームの最中、タイガースと同じ舞台に、漫画トリオが同じ格好で出たことがある。昭和四十二年、たしかピーが当時、給料九万円というたの覚えてます。最初の登場は漫画トリオで、ただし逆光の中、後ろ姿で出てくる。客はタイガースと思ってるからキャーッ！　正面向いて「なーんや」（笑）。帰り、出口からは出れなんだ。タイガースのファンが押し寄せて。我々がおとりになって出る。その隙にタイガースが別のところから出る。我々はつまりファン対策やった（笑）。（「おぼえてないなあ」と二代目フック）。〉

なお、漫画トリオのキャッチフレーズ「パンパカパーン」は初代フックが考えた。ノックは最初これがなかなか言えず、しばらく「パッパラパー」と言っていたと、これも上岡が証言している。

8 藤田まことの巻（上）

時次郎と珍念が再会

ちゃんとしたデータをとっておかなかったことが、いまさらながら悔やまれる。数年前（ということはたいてい四、五年は経っているものだが）、テレビのバラエティショーのゲストとして藤田まことが出演していた。どういう番組だったか、さっぱり思い出せないのだが、その中で思いがけず感動的な場面に遭遇したのだった。

藤田まことの芸能人生を振り返る、という内容だったと思う。途中、久々の御対面というかたちで、白木みのるがスタジオに現れたのだ。そのことを藤田は知らされていなかったらしく、驚きと戸惑いが入り交じったような表情で、「てなもんや三度笠」の盟友を迎え入れた。

あの「あんかけの時次郎」と「珍念」が！　スタジオにいた若いタレントには、その意味がわから

なかったようだが、そんなことどうでもいい。それまではビールを飲みながら、ぼんやりブラウン管を眺めてた私の目が、以後釘付けになった。

「あにぃ、しばらくやったなあ……」

そう声をもらしながら、白木もまた、照れと感動が半ばするような複雑な表情で藤田に近寄っていった。「あにぃ」は、珍念の時次郎に対する呼び方だ。まるで、一緒に銀行強盗をして散り散りに逃げた共犯者が、別々につかまり、留置所で顔を合わせたという雰囲気だった。いまのテレビが置かれている状況にはなじまない、ちぐはぐな空気がそのとき流れたのだ。まさか「てなもんや」以来ということはないにしても、二十年ぶりといった懸隔があったようだ。このあと、二人は抱き合って、涙したか。そんなことはしない。「ほんま、ひさしぶり」と藤田が白木と握手したあと、少し表情がなごむ、ということではなかったか。意外にあっさりした再会が、二人の間に流れた時間の重さを感じさせた。いろんなことがあったのだ。

それでも私は感動したし、いいものを見せてもらったと思った。同じ芸能界にいて、しかも現役でいる二人が顔を合わせることに何の不思議があろうか、と訝る人もいるだろう。しかし、シリーズ化された「てなもんや」の終了以来、同じ芸能界と言いながら、二人はまったく別の道を歩いてきたのだ。

特に白木の場合。肉体的成長が停まるという病を持ち、身長や声は小学生のまま、顔は老いていくため、いつ頃からか顔を大写しにするテレビの出演は辞めてしまっていた。この国では、テレビの仕事がなくなると、即「落ち目」のレッテルが貼られる。私が関東に住むようになって、こちらで白木みのるの名を出したとき、すでに亡くなっているという誤認をしている人が多いことに驚いた。じつは、関西では舞台や、例えば北島三郎ショーの芝居の部で、名バイプレイヤーとして重宝されていたのだが。

そして藤田まこと。私にとっては、「てなもんや三度笠」のあんかけの時次郎だが、彼にはほかにいくつかの顔がある。シリーズ化された「てなもんや」終了後、遠藤周作原作による映画『日本の青春』に主演するため、一年半というもの、テレビの仕事から離れている。「大切な『充電期』だった」と『必殺　男の切れ味』では書いているが、一時期、藤田は忘れ去られた存在になりかけていた。しかし、一九七二年から始まった「必殺シリーズ」の中村主水役が最初は脇だったが、徐々に人気を得て、やがて主役へ。再びスターの座に返り咲く。そして八〇年代から現在に至る「はぐれ刑事シリーズ」がある。

「てなもんや」「必殺」「はぐれ刑事」……四十年近い時代の変遷の中で、ほぼ十年間隔で三つも大きなシリーズを当てている。しかも、そこで演ずる主役としてのタイプはかなり違う。役者人生の中で、世代によって認識される別の顔を三つも持っている人はそうはいない。一つ持てればいい方。たいていはそれも持てずに消えていく。そこに藤田まことの言いしれぬ底力を感じるのだ。

そんな藤田と白木が「てなもんや三度笠」で出会う。さらに演出の澤田隆治、脚本の香川登枝緒との出会い。それがいかに革命的であったかを本稿は見ていく。

藤田まことと井伏鱒二

『必殺　男の切れ味』（潮出版・一九八三）という野暮きわまるタイトルの本には、「熟年の魅力をどうつくるか」というこれまた恐ろし気な副題がついている。しかし、この時点で、出版社が藤田まことの本を作るとした場合、譲れぬラインだということもよくわかる。第一部が『『必殺』よもやまばなし」、第二部が「まこと涙、涙の半生記」、第三部が「ぼくのたわごと、ひとりごと」となっている。これも順当な構成だろう。私としては、生い立ちから「てなもんや」にまつわる話が出てくる第二部がありがたい。

藤田まこと、本名・原田真は昭和八年四月十三日に東京・池袋で生まれる。関西に移ったのは小学二年のときだったという。幼少期に、短期間とはいえ東京に住んでいたことは、その後の藤田まことの役者生活を考えるとき、無視できないことのように思う。

父親は無声映画時代の二枚目俳優・藤間林太郎で、「ぼくがもの心ついたときは、おやじの全盛時代はすぎ、落ち目になっていた」という。母親は堀江新地の芸者で、林太郎が大都映画へ移ったころに亡くなっている。この「大都映画」については、ちょうど読了したばかりだった、内藤誠の『昭和映画史ノート』（平凡社新書）に一章を割いて紹介されており、興味深かった。藤間林太郎の名も、昭和十四年製作、吉村操監督『地平線』に、考古学者・鳥居龍蔵博士役として出てくる。

同書によれば、大都映画は、昭和二年に創立された河合映画を前身とし、昭和十七年に大映と戦時合同されるまで、河合＝大都で合わせて一三二五本もの作品を作っている。これはその時期、松竹、日活より多い本数だった。

藤田まことは少年時代、池袋の「おんぼろ映画館」で、父の出演した『孫悟空』を見ている。林太郎は三蔵法師でいい役どころだが、まこと少年の目には「うちの父ちゃん、どうしてこんな汚い映画館にしか出ないんだろう。もっときれいな映画館がたくさんあるのに……」と思っていたという。「大都映画は三流の映画会社」ともはっきり書いている。

はなやかな時期の父親を知らないまことは、俳優という仕事を「何とくだらない商売だろうと思っていた」。「芸能界に入るについても、親の七光とか何とか、そんなものは一切なかった」とも書いている。それはその通りだろうと思う。『必殺　男の切れ味』の第二章で一番驚いたのはじつは次の箇所。

「おやじはまた井伏鱒二の愛読者で、井伏鱒二の本は家にぜんぶそろっていた。／ぼくも若いころ、片っぱしからよんだ」というのだ。藤田まことと井伏鱒二というのが、なんというかじつに意外であった。しかし、「あのひょうひょうとした文体、ムリをしない自然体のなかで人生の機微を見つめる目」という評は的確であり、たしかに、藤田の芸風の中にこの井伏の特色はそのまま流れこんでいる。

ちびとのっぽの名コンビ

「てなもんや三度笠」への愛着を、私はこれまでに「ARE」という雑誌で誌面が燃え出しそうなほど熱く語っている。これからも何度も書くつもり。昭和三十七年五月から、大阪朝日放送制作で、TBS系で全国に放送されたこの上方コメディーは、「四十三年三月末まで三百九回続いた。視聴率は、ニールセン調べで、関西地区が平均三七・五パーセント、関東地区二六・六パーセント。最高は関西で六四・八パーセントをとった」(朝日新聞学芸部編『戦後芸能史物語』朝日選書)。まさにお化け番組。

「『てなもんや三度笠』は、旅がらす「あんかけの時次郎」の東海道五十三次。／一種の珍道中もので、ドタバタ調のアチャラカ喜劇である。／大阪をふり出しに東海道を下って、花のお江戸にゴールインするまで、一年、五十二回の予定だったが、花のお江戸にゴールインしても、人気が出たためにやめるわけにはいかない。／中山道を通って大阪に帰ることにし、えんえんとつづくことになるのだが、最初は一年つづくかどうかもわからなかった」と、藤田は『必殺　男の切れ味』で書いている。

ちんぴらやくざの時次郎と、少年僧侶の珍念。この「ちびとのっぽの名コンビ」(オープニングの歌より)が、テレビ画面の右、すなわち舞台の上手から歌いながら現れるときの絵の良さったらなかった。しかも二人とも抜群に声が良くて歌がうまい。のちに参加する蛇口一角の財津一郎も声が良くて歌がうまかった。今考えると、私はこの番組を一種のミュージカルとして見ていた。

9 藤田まことの巻（下）

「てなもんや」は澤田さんとマコちゃんのもの

某雑誌で、芦屋小雁にインタビューしたときのこと。小雁のマニアックなホラーSF映画への造詣をまとめた『シネマで夢を見てたいねん』（晶文社）がちょうど出たばかりのころだ。香川登枝緒の評伝を書きたいと思っていた私は（いまでもあきらめてはいない）、「てなもんや三度笠」における、香川の存在について聞いてみた。小雁の答えは意外なものだった。

「香川さんは関係あらへんでしょ。あれは、マコちゃんと澤田さんが作ったものですよ」

もちろん、余談として聞いた話であり、小雁との会話をそのままこうして引用するのは、誤解を生じるかもしれないが、それでも、出演者だった小雁にとって、台本作家としての香川と、澤田隆治との比重がかなり違うものだったことはその言いぶりから明らかだ。

香川、澤田、藤田の黄金のトライアングルを頭に描いていた私としては、これはけっこうショックな証言だった。しかし、「てなもんや三度笠」よりずっと前から、藤田と澤田のつきあいは始まっている。それがなければ、藤田の「てなもんや」主役抜擢はなかったということだけは言えそうである。ここで、人と人が出会うべくして出会ったときにうまれる、爆発的なエネルギーのことを考えざるをえない。それはまさに爆発だったのだから。

澤田隆治『私説コメディアン史』（白水社）の第四章「藤田まことがやってきた」から、二人の出会いについて拾っていく。

「藤田まことと私との出会いは、二十年前の昭和三十年にはじまる」と澤田は書いている。「てなもんや三度笠」の放送開始は昭和三十七年。昭和三十年は民間放送がすさまじい発展をとげた年で、朝日放送「漫才学校」（ミヤコ蝶々・南都雄二）、「お笑い街頭録音」（中田ダイマル・ラケット）が人気をよび、ほかにワカサ・ひろし、いとし・こいし、Aスケ・Bスケ、光晴・夢若、西条凡児などが寄席をわかせていた。

その繁栄の外にいた一人が藤田まこと。当時、ドサ回りの司会者をしていた。そのころの印象を「ひょろりとやせて色の青黒い時代遅れの長い顔をした若いタレント」と澤田は表現している。このころ、澤田は自分が担当していた漫才の公開番組の司会（ただし、放送には流れない）に藤田を起用している。しかし「可能性を感じさせる目新しさも、才気もなかった。しかも喋り方に明るさがなくステージが陰気になるのが致命的であった」とすこぶる印象は悪い。

恐ろしいことだが、せっかく顔合わせした二人は、この時点で会う前より遠く離れてしまっている。

「てなもんや三度笠」の成功は、夢のまた夢だ。

藤田はこのあと、昭和三十二年に大阪テレビ（のちの朝日放送）「びっくり捕物帖」で森光子の兄、来島仙之助に抜擢されるが、およそ目立たない二枚目役だった。「この番組でつけられた二枚目のレッテルは、良きにつけ悪しきにつけ『てなもんや三度笠』の出現まで以後六年間の長きにわたって彼を支配したのである」（前掲書）。

満ち足りない二人に友情

今年、NHKライブラリーから出た澤田隆治『笑いをつくる　上方芸能笑いの放送史』は、『私説コメディアン史』、『上方芸能列伝』（文春文庫）と重なる部分もあるが、初耳の話もある。例えば……「びっくり捕物帖」のアシスタントディレクターについた澤田は、テレビ、それも生の撮りはなにかと慣れずとまどっていた。

〈当然役に立たないアシスタントディレクターの私は役割は少なく、天満与力の役宅のセットで事件を解決して報告にくるダイマル・ラケットと森光子を、座って待っているだけになってしまっていた藤田まこととは話をする機会がふえ、満ち足りない思いの二人に早くも友情が芽生えていた。〉

この回想部分は重要だ。私は、澤田がなぜそれほど藤田まことを買って、心中するような思いで「てなもんや三度笠」に賭けたかをずっと不思議に思っていた。断片的な証言はあるが、どれもこれも、決定打と思える根拠がなかった。人と人は互いに引かれあう何かを持ち、強く引き合い、そして機は熟すのだ。

しかし、その機はまだ訪れない。藤田はまだ芽がでかかった状態。実生活では褒め言葉である「二枚目」も、コメディアンにとっては邪魔となる。この悪しきレッテルをはがしたのは、CMだった。内服液をストローでのんで「あ、きいてきた」と藤田が言うのが大当たりした。また、それが藤山寛美をスターにした「天外の親バカ子バカ」という人気番組であったことも大きかった。次第に、「おもしろい男」としての藤田まことが認知されていったのである。

昭和三十六年、「スチャラカ社員」の「ハセクーン！」で藤田は全国的に名を馳せる（ここ洒落ね）。すでに、「仕事がおもろうて、おもろうて、寝るひまがないのも苦にならん」という神風タレントぶりであった、という。そして、翌三十七年、いよいよ「てなもんや三度笠」の年である。

白木みのる登場！

白木みのるは、それまでどうしていたか。ここで簡単なプロフィールを。本名・柏木彰。昭和九年島根県生まれ。歌手を志し、歌謡ショーで地方を回っているとき、ミヤコ蝶々の目にとまり、吉本興業入りする。

読売新聞大阪本社文化部編『上方放送お笑い史』（読売新聞社）の記述はこうだ。

〈中学卒業後、自慢の美声でのど自慢に出場しながら旅回りの劇団の座長を務めたり、大阪・千日前にあった大劇（大阪劇場）にも出演していた。この間、芸名は本名の柏木彰に始まり、「少年田端」「十勝一男」「十代一夫」「ミサイル小僧」「正司彰夫」と変わっていった。〉

ほとんど冗談のような芸名ばかりだが、同時に芸歴の長さも感じるのだ。あの背格好、童顔に惑わされるが、「てなもんや」出演の昭和三十七年には、白木は二十八歳になっていた。

『笑いをつくる』によれば、白木みのるは「『びっくり捕物帖』の大劇公演のときに、三橋美智也の歌をうまく歌うボーイソプラノの少年として大阪に登場し、こまっしゃくれた演技でみんなをびっくりさせていた」という姿で澤田の目に止まる。昭和三十四年には岡部冬彦のマンガ「ベビーギャング」のドラマ化に白木が主演。「白木みのるのおもしろさが出ていて、私はいつかこの子をつかってやろうと思いながら見ていたのだ」と澤田はいう。

その後のマスコミへの露出の差から、現在、藤田の陰に隠れて白木への言及が少ないのは仕方ないかもしれない。しかし、ビデオで見るかぎり、藤田と白木の力はイーブンであり、互いに拮抗していたからこそ、あれだけ質の高い舞台が続けられたのだと思う。その昔、「てなもんや」を家族で見ていたとき、白木の演技を見て父親が「達者なもんやなあ」と呟いたのを覚えている。子どもだった私はそのとき「達者」という言葉の使い方を知ったのだ。

あたらしいチャンバラコメディ

とにかく、声帯模写でさまざまな歌手を真似た藤田、ボーイソプラノの達者な歌手としていくつも舞台を踏んだ白木。地方回りの経験があり、舞台の場数を踏んでおり、歌がうまい。この共通点が、あとで「てなもんや三度笠」の成功にどれほど役立ったか測りしれない。

「スチャラカ社員」で藤田は大きく変わった、と澤田はいう。「現代劇にはとても向かないと思われていた長い顔が、突然おもしろくなったのだ」。関西には「びっくり捕物帖」「どろん秘帖」「アチャコのどっこい御用だ」「まげものコメディ・一心茶助」「とんま天狗」と、まげものコメディの系譜がある。澤田はここで、藤田まことによるあたらしいチャンバラコメディの企画をたてる。

澤田隆治、香川登枝緒、藤田まこと、白木みのるがここで惑星直列を果す。最高視聴率六四・八％のお化け番組の誕生である。

「てなもんや」について、当時、藤田が所属していた「中田プロ」社長・中田昌秀が『上方放送お笑い史』の中で注目すべき発言をしている。「てなもんや」ヒットの最大の要因は「澤田の編集能力にあった」というのだ。

「テレビでは笑いが続いているように見えますが、収録中は笑えないシーンも多かった。それを澤田さんが絶妙にカットして編集していました」

「てなもんや」が生の舞台を収録したものであることは知っていたが、編集されていたとは知らなかった。澤田もそんなことは書いていない。あのスピーディーでダレない舞台は、澤田がハサミを入れてつくったものだったのだ。冒頭の小雁の発言が、それを踏まえたものかどうかはわからない。わかるのは、澤田隆治という演出家のすごさである。

10 いとし・こいしの巻（上）

なんと、これが初めての本

昨年（二〇〇二年）出た『浮世はいとし人情こいし』（中央公論新社）が、漫才界の重鎮、夢路いとし・喜味こいしの最初の本だった。そのことにまず驚いた。

ひとりの男が歩いてくる。途中、見知った顔と出会う。挨拶が交わされ、会話が始まる。大阪ではそれが漫才になる、と言われている。これは「漫才的な会話」と言い直すべきで、客を前に舞台でプロとして語る漫才との間には、当然ながら天と地の開きがある。二者の言葉のやりとりからテーマがふくらみ、ときに言葉の意味がすれちがい、おどけ、おどされ、懐柔し、やがて会話のテンポがうねるようにシンクロしていく。

漫才の醍醐味を、そうした言葉のぶつけあいに見るなら、漫才とはいとし・こいしのことなのであ

夢路いとし・喜味こいし

る。今日、若手漫才師が漫才をしなくなり、テレビでコントやトークショーのにぎやかしに終始して、漫才の実態がどういうものか忘れられかけたとき、いとし・こいしの漫才を指し示せばいい。どつかない、下ネタはやらない、客いじりをしない、立ち位置からぶれない、それを六十年守ってきた。手ッ取り早く笑いの取れる多くの手を禁じ、大阪言葉の持つ含蓄を掘り起こしてきた六十年だった。

人間国宝が漫才に贈られるとしたら、まずは最右翼にいるのがこの二人で、たぶんそれは絶後となるはずだ。それほどの二人に関する本が、本書で初めて。世の出版社の迂闊さに歯がみしたくなる。しかも、読売新聞の大阪、神戸版に連載された聞書きをまとめたもので、これがなければ本はできなかった。しかも、しかも広い一般読者を想定したもので、私などがもっとくわしく聞きたい、二人の芸能史については全体の半分程度。とても十分なっとくできる内容ではない。

先行して刊行された、桂米朝・上岡龍太郎『米朝・上岡が語る昭和上方漫才』（朝日新聞社・二〇〇〇年）に、一章分、約百ページを費やして、米朝と上岡によるいとし・こいしへのインタビューがある。これは構成者に戸田学という絶好の上方笑芸研究者を得たこともあって、貴重な上方演芸への証言となっている。この調子で、もし一冊、いとし・こいしの本が作られたら、どんなにすごかったろうと悔やまれるが、もともと『浮世はいとし人情こいし』とは成立事情が違うから比較しても仕方がない。

それに、『米朝・上岡〜』（以下『米朝・上岡』）ではあまり触れられていなくて、『浮世は〜』（以下『浮世』）でくわしく知ることもある。こいしの広島での被爆体験がそうだし、戦前の大阪の町についての述懐も後者の方がくわしい。例えば、おそらく昭和十年代の「千日前」をめぐる述懐。

〈こいし　五座（朝日座、角座、中座、浪花座、弁天座）があって、その劇場の裏側、今でいうとちょうど、お不動さんがある細い通りがありますけど、それがお茶屋街でしたんや。（中略）優雅な町でしたんや、あそこはね。

いとし　通りに入って、ぴゃっと幟見ただけで、大阪やなって感じしましたね。〉

大正から昭和十年代ぐらいまでの大阪に関心のある私にとって、こういう目に浮かぶような話が一番うれしいし、ありがたい。

旅回り一座の子役でデビュー

ところで、いとし・こいしがどういう芸歴を持つのか、意外に知らない人が多いと思う。『浮世』と『米朝・上岡』二冊とりまぜて、いとし・こいしの六十年をざっとおさらいしておく。

〈こいし　漫才を本業にするようになって、六十一年たったんかいな。

いとし　でも、おやじが役者で、その一座で子供のうちから出てましたから。芸歴というと、生まれたときから今の年齢がそのまま芸歴。〉（『浮世』）

兄・いとしは本名を篠原博信、一九二五年三月二十七日生まれ（私の誕生日三月二十八日と一日違い！」。

弟・こいしは本名を勲、二七年十一月五日生まれ。

二人は旅回りの役者である父、三味線弾きだった母の間に生まれ、一座の子役として幼少のころから舞台に立つ。いとしが〈生まれたときから今の年齢がそのまま芸歴〉と言うゆえんである。三七年（昭和十二年）に上方漫才の荒川芳丸門下に兄弟で入門、荒川芳博・芳坊という芸名で子供漫才として舞台に立つ。いとしがやっと十二歳、こいしにいたっては十歳だった。

役者から漫才に転向した理由については『米朝・上岡』から。こいし曰く、声変わりをし、子役とも大人ともつかない中途半端な年齢になったこと、もともと芝居の間に漫才みたいなことをやっていて、それを他の芸人が認め、転向を勧めたという。

師匠の荒川芳丸は〈要するに紋付袴を着て、鼓をもってポンポンとやる方の万歳〉（『米朝・上岡』）だったが、弟子の二人が古い型の万歳を継ぐことはなかった。〈「エンタツ・アチャコとかそういうしゃべる漫才が流行ってるらしいから、若いからしゃべりを練習したらええがな」〉（前同）と芳丸は言ったというから、珍しく柔軟な頭を持ち、先を見越した師匠だった。

昭和八年一月に吉本興業が『吉本演芸通信』の中で、「万歳」を「漫才」と改め、翌九年六月に、大阪法善寺花月から初の寄席中継があり、エンタツ・アチャコがあの歴史的な「早慶戦」を演じている。漫才の近代化がじわじわと進む中、昭和十五年、芳博・芳坊は吉本興業入りする。この年、法善寺横丁にあった大阪花月が吉本での初舞台。

この戦前からの芸歴があったおかげで、『浮世』の中でも、今では貴重な古き演芸界の話を聞くことができる。例えば「ぞめき屋」なんていう商売があった。

〈こいし　昔、神戸の新開地のほうに、大正座ってのがおましてん。神戸花月とか、多聞座というのもありましたな。あの界隈に、「新開地の虎やん」ってのがいましてな。顔、フリーパスや。座長とかにね、「先生、先生、今日は見せてもらいます」って。「はあはあはあ。ほんなら、これ」って、（金を）ちょっと虎やんに渡して。

いとし　ぞめき屋。

こいし　そう、ぞめき屋。「よぉ、日本一！」「大統領！」って。渡さなんだら、「下手くそ！」って。〉

「ぞめき」という言葉は、落語ファンなら志ん生の「二階ぞめき」でおなじみ。元は「騒ぐ」の意で、転じて吉原を冷やかすという意味で使われていたようだ。ここでは前者の意味だろうが、古い時代を感じさせるなんともいい言葉だ。

こいし広島で被爆

吉本入りした昭和十五年の翌年が開戦。弟のこいしは徴兵検査に合格したが、兄のいとしは病弱で不合格。旧陸軍第一教育隊にいたこいしは、昭和二十年の八月六日、広島にいた。そして被爆。十七歳だった。『浮世』に、その被爆体験がくわしく、生々しく語られている。
その朝、将校を馬で送り迎えする当番で、外へ出ているはずが前夜の空襲で予定より一時間遅れた。これでこいしは命を拾った。兵舎で朝飯を食べているときに、窓の外が光った。光だけを見た。以下、こいしの語り。

〈人間の本能やね。茶碗と箸をぱーっとほうり出して、銃座の下に逃げたのは覚えてんねん。昔の被服工の大きな梁の兵舎が、音があがった瞬間、つぶされた。〉

終戦は広島の病院で迎え、兵役を解除され大阪へ戻ることになる。帰郷途中の、汽車の中でのいい話があるがそれは割愛。実家では、こいしは被爆で死亡したと誤報があり、位牌まで作っていた。そこへこいしが現れた。〈三角巾はめて、わら草履履いて、ぱっと出てきて。幽霊やと思いましたわ〉といとしが回想する。漫才師数あれど、原爆体験を持ち、七十歳を過ぎて現役というのは珍しい。

戦後の混乱期、二人はどうしていたか。

〈いとし　戦争が終わって、古い芸人さん方がみな、大阪へ帰ってきて。一つの座をこしらえて、何組か寄って、巡業に行くわけですわ。家では食えんから。巡業に行けば、お米や食べもんが手に入るから。〉

〈食うもんにつられて、戦後また、漫才とか、元に戻ったという人が多いんじゃないですかな〉とこいし。〈考えたら、終戦が、我々の漫才の始まりみたいなもんですわ。一から全部始めないかんわけやから。戦争前の古いことはいうてられんし。というて、あんまり新しいのもあれやし。どういうふうに自分の形を作っていくというのが〉といとし。

新しい漫才を模索して、二人は英語の漫才を試みたり、こいしがギターを持ったこともある。巻末年譜の昭和二十二年、〈「青春ブラザーズ」を結成。旅巡業を始める〉がそれにあたるのだろうか。

しかし、なんといってもいとし・こいし漫才誕生には、秋田実との出会いを待たなければならない。巻末年譜によれば〈5月、NHKラジオ放送に初出演する。この時、恩師秋田實先生に出会い、若手漫才集団「MZ研進会」に参加。これを機に、芸名を夢路いとし・喜味こいしに改名する〉。いとし・こいしの誕生である。

11 いとし・こいしの巻（下）

この連載の前回分「いとし・こいしの巻（上）」が十一号に掲載されたのが、二〇〇三年一月。「後編」を書くのに一年以上が空いてしまった。その間に、まさか夢路いとしが冥界に入るとは。まいったなあ。

二〇〇三年九月二十五日、午前〇時三十五分。自然気胸及び肺炎併発のため死去。享年は七十九だった。およそ一ヵ月前より体調を崩して入院。亡くなる前夜にこいしが見舞い、それが兄弟最後の顔合わせとなる。数日後の記者会見で、こいしは「いとし・こいしは一代限り。一人では何もできんし、漫才はもうしないでしょう」と、漫才引退を宣言。

同席した桂米朝はこの漫才界の至宝と五十年来のつきあいがある。「最高のコンビだと思うし、本当に惜しい。温厚で、紳士的で芸人の見本みたいなもん」と語った。関西では各局が追悼番組を組んだという。そのいずれもわたしは見ることがなかった。東京在住がハンデとなるのはこういうときだ。

正直言って、晩年の二人の漫才はかなり苦しかったと思う。いとしは舞台袖からの出も足元が危なっかしく、見た目にはっきり老いを感じた。次のことばが容易に出てこず、不要な間があいてしまう場面も見た。それでも二人が舞台に立つだけで、独特の風格が……などというのは感傷に過ぎない。それは誰よりも当の二人がいちばんわかっていたはずだ。

おっと、いま気がついたが、この原稿を書き始めたのがやっと三月二十七日。締めきり間際だ。考えてみれば、この日は夢路いとしの誕生日ではないか。ちなみに明日はわたしの誕生日。原稿を書きはじめるのが遅いわたしを、あの世からいとしがけしかけたのか。

秋田実との出会い

一九四九年五月、NHKラジオに出演した際、秋田実と出会い、若手漫才集団「MZ研進会」に参加。これを機に芸名を夢路いとし、喜味こいしに改名した。そこまで書いたところで前回は枚数が尽きた。今回はその続きから。

秋田実については稿を改め、じっくり書かねばならない。ちょっと紹介して事が足りる存在ではない。「エンタツ・アチャコの登場によって代表される近代漫才の誕生に、漫才作家として尽力した秋田実の存在も大阪の笑芸を語る時、決して落せないだろう」とする、香川登志緒（のちに登枝緒と改名）の文章「笑芸作家の草分け　秋田実」（『大阪の笑芸人』晶文社所収）が代表的な評価だろう。

秋田との出会いを『浮世はいとし人情こいし』（中央公論新社）では次のように語っている（しかし、

いま考えると、この本が出たのが二〇〇二年。危ないところだ。間に合ってよかったよ）。

〈いとし　僕らが、秋田先生と初めてお目にかかったのは終戦後ですわね。先生がちょうど、満州から帰ってこられたときだったんです。若手だけで会をやろうやいうことになって、（秋田）Aスケ・Bスケ君が戦前、「漫才道場」で教えを受けていたから、先生を担ぎ出して。頭文字とってMZという会を作ったんですわ。（中略）「なんや、漫才か」って、ばかにされててね。一応、ある程度の水準まで漫才を持ち上げたのは、秋田先生ですわ」。

こいし　上方の漫才を大きいしてくれた。漫才作家のお父さんですわな。〉

それまでの漫才はエロが多かった。子どもには聞かせられないネタがまかりとおっていた。「それを家族でも聞けるような漫才をこしらえないかんなって言いはったんが、秋田先生ですわ」とこいしがいう。

「週刊文春」連載対談「阿川佐和子のこの人に会いたい」（二〇〇三年三月十三日号）に二人が登場。そこでは、秋田と出会う少し前のことも語られている。

〈いとし　それで戦後はね、劇場がないですから、みんな方々へ余興会、慰安で回ってましてね。そこで若いもんが集まって、学校を借りて演芸会をやろうやないかということになったんです。

こいし　だけど我々ばかりでやるのはなんや心許ない。で、秋田Aスケ・Bスケっていまして、

そのAスケさんが秋田実という先生がおるから言うて、京都のお家に頼みに行ったんです。〉

ところが、富岡多恵子『漫才作家　秋田實』（筑摩書房）によれば、「秋田は昭和二十一年の暮れから、京都の妻の実家にいて、『学校の先生になって過したいと、方針を定め、着々とその準備を進めていた。』のであるが、二十二年の二月、『その京都の家へ、突然Aスケ・Bスケ君が訪ねてきた』。かれらは当時は貴重品であった食用油のカンをさげていたという。この時、秋田實は四十二歳、Aスケらは二十歳前後であった。このAスケらの訪問が、ふたたび秋田を漫才の世界へつれ戻すことになった」という背景があった。

もしAスケらの訪問がなかったら、秋田は教師の口におさまっていたかもしれない。各分野で大きな流れが生まれるとき、必ずといっていいほど、運命的な偶然のいくつかの出会いがある。Aスケ・Bスケといとし・こいしの出会い、そして秋田との出会い。もし、それがなかったらという想像を許さない。戦後の漫才史は、最初、小さな橋を渡って現在に至ったことがわかる。

秋田流漫才創作術

秋田Aスケ・Bスケとの出会いについて、こいしが楽しいエピソードを『米朝・上岡が語る　昭和上方漫才』（朝日新聞社）で披瀝しているので紹介しておこう。

〈こいし　だから、Bスケ君に一番初めに会うたンは、旅に出る時にA旦那（秋田Aスケ）が、「うちの相方が来てるはずやけどな」と楽屋へ入って来たら、そこの押入れから、〽晴れた空……、と歌が聞こえて来た。「おい、誰か押入れで歌をうたっとンで」というたら、「ハイヨッ」て、Bスケ君がフスマを開けて出てきた。皆がワァ――ッというと思うたンやろうな。素人さんはそれで受けてたンやろう。芸人がいちいちそんなことで笑うかいな。皆、知らん顔してるがな。「フ――ン」いうて、がっかりして、フスマをまた閉めたがな（笑）〉

同書に秋田実との出会いも語られている。これはいとし。Aスケと一緒に京都の秋田邸を訪問する。それまで、秋田の印象は「エンタツ・アチャコの作者という名前ぐらいしか知らなくて、ものすごくえらい先生であって、もう足元にも寄れない」ものだったという。怖いという印象が会うと変わる。「何となくお父さんという感じ」。「それと先生の場合は、『Aスケ君』とか『いとし君』という感じで、誰にでも友達みたいに接するンですわ。絶対に人を呼び捨てにはしませんでした」。こいしも「私らは私生活というか、そういったことまでも秋田先生に指導していただいた」と、秋田から受けた薫陶の大きさが言葉の端々から伝わってくるのだ。

戦後、妻の実家に引っ込み、教師にでもなろうと考えていた秋田だったが、大阪の笑芸界で教師のような役目を果していたことがわかる（富岡多恵子が同じことを言っている。「敗戦後は学校の先生になろうとした秋田が、若い漫才師にかつぎ出されて、『学校の先生』にはならなかったが、集ってきた若い漫才師たちにしていたこと、していこうとしたことは、『良き教師』のしわざに他ならい」)。

そもそも、秋田はエンタツとの出会いを機運に、昭和十年ころから漫才台本を他の芸人にも提供するようになる。

〈私を中心に、どこの楽屋でも全漫才の間に、新しいネタへの活気が漲って行った。こんなに大勢の人達に親しまれるのは、私には生れてはじめての経験であった。その信頼にこたえるために、私は嬉しく、夢中になった。私は一日中いつも漫才さんと舞台の話をし、楽屋でも喫茶店でもネタの話をした。〉(『私は漫才作者』/富岡多恵子『漫才作者　秋田實』から孫引き)

秋田の漫才台本は、一から十までセリフを書いたわけではなかったようだ。『浮世はいとし人情こいし』から。

〈こいし　先生は台本が遅いんですよ。全部、ストーリーは書かないんです。たとえば「コーヒーの話で延ばせ。ほんで、コーヒーをかき混ぜる話なんかを」。そういうふうに要点だけをいうてくれるわけです。それをこの人(いとし)が尾ひれをつけて、書いたりしたりが多かったです。まるまる一本のネタってのはまあ、十本あるかどうか。

いとし　先生は、「いとし君、まずね、お菓子の話しよう。で、お酒の話。それから後、お祭りにせい」とか、筋書きをだいたい考えてくれる。それからあとのオチはこっちが考える。つなが

りの材料は先生が。材料屋さんみたいですわ。〉

その材料も、旧弊な漫才世界のなかにおいては、モダンで新鮮だったに違いない。昭和十年前後の漫才作品を収録した『秋田實名作漫才全集1』（日本実業出版社）を見ると、「頓珍漢結婚記」「僕は探偵」（エンタツ・エノスケ）、「野球のコーチ」「混線スキー」（雁玉・十郎）、「笑う門には服着たる」（ワカナ・一郎）と、扱われた話題はモダニズムそのまま。裃をつけた音曲漫才ではありえない。

いとし・こいしも、一度は「六法全書」で漫才を作らされたことがある。「一番ウケたのは、『枕にして寝てた』っていうのでしたな」といとしがいうから、これはどうも失敗だったらしい。

世間話をするように

しかし、材料だけあれば、あとは二人でどうとでも料理できて、間がつなげる訓練ができたことは大きい。『昭和上方漫才』で米朝がいうには、ラジオ大阪の「いとしこいしの新聞展望」（一九五九〜六二年）は朝の生放送で、その日の朝刊を五分で原稿にして二人に手渡す。それをちゃんと二人はネタにして毎朝の放送を務めた。材料さえ渡せばいい、あとはおまかせで掛け合いができた。ちなみにこの放送原稿を書いたのは作家の小松左京。

この番組がはんじ・けんじに引き継がれる（『はんじけんじのニュース法廷』一九六二〜六七年）。「そうしたら倍の原稿を書かんとイカンようになった。（中略）間がもたんしね、アドリブをよう入れん。いとこいさんの時には三枚なら三枚でちゃんと出来たやつが、倍の六枚分を書かんことには同じ時間がうずまれヘンねん」と、米朝はいとし・こいしの当意即妙、創作力、間の技術を賞讃する。

そんなことができたのも、二人が芝居小屋の子役時代からの長いつきあいのなかに、あらゆる芸の見本を身体に通して、つねに呼吸を合わせていたからだろう。漫才のけいこも移動中のタクシーで十分だった。「新ネタなら二時間と決めてます。車の中で二人でやってると、時に運転手が『そら、そうでっせ』と割り込んでくる」と、吉田留三郎『対談集 人生万ざい』（朝日新聞社）でこいしが語っている。つまり、二人の掛け合いが、まるで本当に世間話をしているように運転手には感じられたということだ。

何気なく語られているが、このことは、いとし・こいしの漫才の特色を説明するのに格好のエピソードとなっているはずだ。秋田実に師事した漫才作家の足立克己『じすいず漫才　愛すべき芸人たち』（弘文出版）に、足立が書いたいとし・こいしの漫才が収録されている。「ボクの研究」（昭和四十六年）はこんなふうに始まる。

いとし　最近は、皆本をあんまり読まんようになってね。
こいし　そんなことないよ、日本人ほど電車の中でよう本を読んでる国民はないよ。
いとし　軽い本は読みよる、重い本は読みよらん。
こいし　本に重いとか軽いとかあるんか？
いとし　ありますよ。

こいし　じゃ重い本てどんな本やねん。
いとし　哲学……これは重い。何しろ、テツやから。
こいし　アホらしなってきた。

三十年前にすでにこういうネタが行われていたことにも驚くが、いかにも日常会話にありそうな導入になっていることにも注目だ。「哲学やから重い、テツ（鉄）いうぐらいやから」ぐらいのことは、大阪の人間なら酒屋の大将でも日常会話に使う。それをそのまま持ち込んで、一つのテーマのもと、会話の芸に高めていく。運転手が聞いていれば、座席で世間話をしているようなレベルで。

香川登志緒『大阪の笑芸人』所収の「漫才は共同作業」に、香川が絶頂期のやすし・きよしにインタビューした貴重な談話記録が掲載されているが、そこで香川が「君たちが今現在の時点でお手本にする漫才さんはだれ？」の質問に、きよしが「僕はいとし・こいし師匠が調子を張り上げはった時」と答えている。この「調子を張り上げはった時」という表現は絶妙だ。単に声のボリュームを上げるだけの意味ではないだろう。芸人にもその日の体調、ネタの中身、客席の質や温度を計って、ときにギアをセカンドからトップへ持っていくことがある。逆に調子を張り上げなければ、まるで世間話のように聞こえる。これがいとし・こいしの漫才ではなかったか。

二人の人間が道端でばったり会って、挨拶から世間話にし始めると、それがそのまま漫才みたいに聞こえる。実際は違うということを前回説明したが、少なくとも一般的にそう思われていることを重視すれば、いとし・こいしの漫才が、大阪弁を使った大阪人の会話の特質を、ありうべきかたちで極限まで洗練させた見本だと考えていいだろう。たぶん、今後、いとし・こいしが築き上げたスタイルは継承されることはないはずだ。

夢路いとしが亡くなったことで、いとし・こいしの漫才もなくなった。惜しむより、むしろ彼らの遺した漫才を、そのテクニックや構成力を研究することが大切だ。「声に出して読む」などと寝ぼけたことを言っていないで、声に出されたテキストを、黙って学ぶことがいま必要なのだ。

いとし・こいしの十八番に「鍋」があるが、そのなかに「生きてる間の名前がニワトリ。死んだら戒名がカシワ」（こいし）という名フレーズがあるが、生きている間の名前が「いとし」なら、死んでもやっぱり「夢路いとし」は「夢路いとし」なのである。

かなり気張ったあとがき

〈『ワンダー植草・甚一ランド』や『東京のロビンソン・クルーソー』のようなバラエティブック、つまり、一段二段三段四段入り混ざった組み方の中に、コラムやエッセイ、評論などが渾然一体となって収められている雑文集を作ることは、今、四十歳ぐらいの物書きなら誰もが一度はあこがれたはずだ。その夢がまさに同じ版元である晶文社から、かなおうとしている。〉

そう書いたのは坪内祐三さん。ひと足早い二〇〇〇年に晶文社から『古くさいぞ私は』というタイトルで、素敵なバラエティブックを出している。当時、どんなにそれがうらやましかったことか。だから、右に引いた坪内さんの「あとがき」の文章に溢れる高揚感は、そのまま、まさにいま私の気分でもあるわけだ。ただし、すでに私は五十代に入り、「椿五十郎」になってしまったが……。

京都の貧乏学生だった時代、古本屋と定食屋とジャズ喫茶をほっつき歩いていた。古本屋の棚で、つねに見上げるように憧れの目で見つめていたのが、サイのマークがついた晶文社の本で、とくに一連のバラエティブックの存在は強力だった。『ワンダー植草・甚一ランド』を買ったのは大阪・千林「山口書店」の帳場横の棚で……と、どこの古本屋のどの棚で買ったかまで覚えている。

一九七〇年代後半といえば、まだ文学という大通りが元気な頃で、文学でもミステリ、それに音楽や映画、演劇、またはマンガなどはサブカルチャーと呼ばれ、裏通りに店を構えている扱いだった。そんなジャンル分けをあっさり打ち破り、おもちゃ箱へ散らかったおもちゃを片付けるみたいに、次々といろんな文章をぶちこんだのが晶文社のバラエティブックで、これはなにしろ見た目からしてかっこよかった。

植草さんの文章は、のちに「スクラップ・ブック」という全集に、テーマ別で網羅されていくが、それでも『ワンダー植草・甚一ランド』の魅力が減ずることはなかった。ビートルズのLP「アビーロード」みたいに、その一点が一つのジャンルといっていいほど、革新的で、ポップで、屹立していた。自分の下宿の本棚に、サイの背表紙が増えていくたびに、まだ塗られていない白地図の上に、領土が増えていくような気がしたものだ。

だから今回、晶文社本の「あとがき」で、その名前をよく目にしていた編集者の島崎勉さんに、本書の企画をお聞きした時、大げさでなく、「ああ、もうこれでいつ死んでもいいや」と思ったものだ。

しかし、同時に欲も出て来た。できうる限り、これまでの本に収まらなかったような文章をちりばめたい。そう思って、自分の原稿を整理保存した、古いスクラップブックを引っ張り出して、かたっぱしからコピーを取った。あとは島崎さんにそれを預け、一冊の本になるよう編集してもらった。一番古い原稿は、「海浪」(一九八七年)掲載のディック・フランシス論「カンフル剤としてのプライド」で、これが初めて活字となった私の原稿だ。大学の卒論以外で、これだけ長い文章を書いたのもおそらく初めてだった。

「海浪」は、関西学院大学の職員である花田知三冬さんが、身銭を切って出し続けているリトルマガジン。ふつう、こういう体裁の雑誌は、同人制を敷いて、製作費を執筆者で折半するものだが、花田さんは逆に原稿料を支払ってくれた。私が関西で関わっていた同人誌「ブラケット」で、花田さんと知り合い、酒に誘われ、まだ原稿を見ないうちに「岡崎くん、今度うちの雑誌に、原稿を書いてください」とおっしゃった。その度量の深さに驚いた。その後も、「海浪」には、節目節目で勝手きままに原稿を書かせてもらい、ここにこうして無事収まった。映画論や、少し長目の文芸評論など、吹けば飛ぶようなライター稼業にあくせくしていた私に書かせてくれる媒体はほかになかったのである。

いま、これらの文章を読み返すと、日頃は細切れの文章をルーティンで送り出しているなか、好きなことを自由に書けるよろこびに溢れていてまぶしいくらいだ。私の初めての著作『文庫本雑学ノート』がダイヤモンド社から出るのが、一九九七年。これをきっかけに、雑ライターから書評や古本関係の文章の注文が増えていくのだが、本書に収められた長目の評論は、だいたいがそれ以前に書かれたものだ。

「小津『麦秋』デッサン」も、「ブラケット」同人のNさんの個人誌「トプカピ宮殿」に掲載された。この原稿は、詩人で映画評論家の杉山平一さんの目に止まり、新聞の雑誌評で過ぎたるお褒めの言葉をいただいた。うれしかった。書くことの勇気を、杉山さんからもらった気がした。

それから、一九九〇年春に私は何もかもを振り捨てて、東京へやって来る。編集者とライターを兼業しながら、関西の仲間と「ARE」「SUMUS」と、同人誌を作り続けた。つまり、商業誌以外のところで、ずいぶん多くの原稿を書いて、それは日の目をみないまま終わることを半ば覚悟していた。できればまとめたい、という気持はあっても、いまの出版状況ではかなわぬこととあきらめていたのである。だから最新刊の『昭和三十年代の匂い』(学研新書)まで、編著、文庫、新書を含めて十八冊の著作が出たが、いずれにもそれらは入り込むことなく、スクラップブックに貼り付けたままになっていた。

最後の章にまとめた「私設おおさかお笑い図書館」は、子どものころからお笑い好きだった私の、重要な部位を占めている分野について「SUMUS」に連載した。この原稿だけは、珍しく数社から本にしませんか、と声がかかったが、その後書き継ぐこともなく、とりあえず本書に収録させてもらうことになった。

ゲラで読み返すと、また「上方笑芸」の火がつき、こちらはライフワークとして、書き継いでいこうという気になっている。一冊本をまとめることは、じつは著者への一番の刺激となるのだ。

また、今回は文中のイラストも自分で描いた。絵なんてものは、毎日手を動かしていないと、うまく描けるものではなくて、その点では、惨憺たる思いで何枚も紙を破った。ようやく調子をつかみかけたのは、採用されなかった分も含めて五十点以上描いた、最後の方だった。

イラストもうまく描けると楽しいし、やり甲斐もあるが、まあいまのところ、見てもらった通りの出来である。

タイトルは、最初「ブラケット」で連載していたコラム「放課後の雑談」を採用することにこだわったが、結局、「雑談」を生かしてこのようになった。つまり、映画についても、落語についても、絵についても、専門ではなく、高校生や大学生が放課後の教室に残って、雑談しているような気持でこれらの文章を書いたのだ。

これまでもっぱら書評や古本についての文章で、私とつきあってきてくれていた読者にとっては、かなり毛色の違った文章が収められていて、楽しんでいただけると思う。何度も自宅に招きながら、見せなかった秘密の部屋のドアを開けてみせたようなものである。

カバーデザインは、もうすっかり私とのコンビが定着した石丸澄子さんにお願いした。拙文のかたまりを、今度は、どんな斬新な装いで、飾ってもらえるだろうか、とわくわくしながら出来上がりをいつも待っている。また、それにいつも応えてくれるのが、この小柄なシルクスクリーンの名手だ。

何度も自宅へ足を運んでいただいた担当の島崎勉さんを始め、晶文社のほかの方々にもお世話をかけた。とくに営業部の高橋千代さんとは、この企画が持ち上がる以前からのつきあい（ともに虎ファン）。高橋さん手書きによる「晶文社ＳＣＲＡＰ通信」で、じわじわと本書の完成を後押ししてくれた。ほか、これらの文章を載せ、励ましてくれた同人誌仲間にもお礼を言いたい。
ようやく晶文社からバラエティブックが出ました。いまは、まず自分に乾杯したい気分であります。

二〇〇八年盛夏

岡崎武志

初出一覧

高円寺日記　『彷書月刊』２００６・３に加筆
小津『麦秋』デッサン　『トプカピ宮殿』２　掲載年月不明
トウキョウ天使の詩　『海浪』35　１９９４・３
酒は涙かためいきか　『海浪』51　２０００・２
一万冊蔵書移動大作戦　『ジェイ・ノベル』２００３・３
京都に三月書房あり　『ＳＵＭＵＳ』１９９９・９
第１３２回芥川・直木賞発表記者会見潜入ルポ　『月刊生徒指導』２００５・３
絶望したときはキャプラを　『月刊生徒指導』２００５・２
青空の下、古本を売る　『月刊生徒指導』２００５・７
昭和44〜45年落語関係スクラップ　『ＳＵＭＵＳ』10　２００２・９
名古屋モダニズムを捜せ　『月刊生徒指導』２００５・９
のたれ死んだ一人の詩人　『月刊生徒指導』２００７・７
人が人に手渡すもの　『海浪』26　１９９０・９
獅子文六『自由学校』を読む　『海浪』40　１９９６・７
カンフル剤としてのプライド　『海浪』１９８７・８
描写のうしろに見えるもの　『早稲田文学』１９９５・２
村上春樹の生原稿流出を考える『西日本新聞』２００６・３・16
小津映画を訪ねて鎌倉散歩　『月刊生徒指導』２００４・９
読むよりも買うのが楽しい古本道　『大阪古書月報』２００３・１・１
平凡社ライブラリー　『週刊読書人』２００５・８・５

ようこそ！「ちくま文庫村」へ　『ちくま』２００５・12
追憶の一冊　不明
藤沢桓夫「花粉」に見る関西モダニズム　『ＳＵＭＵＳ』２０００・５
その絵を私の人生の一瞬と見立てて　『ＳＵＭＵＳ』２００１・１
洲之内徹という男　『ＡＲＥ』１９９６・８・20
拓郎に向かって走れ　『ｅｎ－ｔａｘｉ』spring.２００８
団塊燃ゆ　『サンデー毎日』２００６・10・15
人生いたるところ古本屋あり　『彷書月刊』２００６・５
「新しい」古本の楽しみ方、買い方　『Ｉ　ｆｅｅｌ』２００４・１・10
新書を語る　『週刊読書人』２００６・１・６
チャンバラトリオの巻　『ＳＵＭＵＳ』１９９９・９・１
笑福亭仁鶴の巻　『ＳＵＭＵＳ』２０００・１・20
桂枝雀の巻　『ＳＵＭＵＳ』２０００・５・20
西川のりおの巻　『ＳＵＭＵＳ』２００１・１・20
花登筐の巻　『ＳＵＭＵＳ』２００１・５・31
レツゴー三匹の巻　『ＳＵＭＵＳ』２００１・９・30
上岡龍太郎の巻　『ＳＵＭＵＳ』２００２・１・30
藤田まことの巻（上）『ＳＵＭＵＳ』２００２・５・31
藤田まことの巻（下）『ＳＵＭＵＳ』２００２・９・30
いとし・こいしの巻（上）『ＳＵＭＵＳ』２００３・１・31
いとし・こいしの巻（下）『ＳＵＭＵＳ』２００４・５・20

著者について
岡崎武志（おかざき・たけし）
一九五七年大阪府枚方市生まれ。古本をめぐるエッセイや書評を中心に執筆。「均一小僧」の異名をもつ。ブログ「ｏｋａｔａｋｅの日記」http://d.hatena.ne.jp/okatake をほぼ毎日更新中。
著書
『昭和三十年代の匂い』（学研新書）
『気まぐれ古書店紀行』（工作舎）
『新・文學入門』（共著、工作舎）
『女子の古本屋』（筑摩書房）
『ベストセラーだって面白い』（中央公論新社）
『読書の腕前』（光文社新書）
ほか多数。

雑談王《ざつだんおう》
岡崎武志バラエティ・ブック

二〇〇八年九月二〇日初版

著者　岡崎武志

発行者　株式会社晶文社
東京都千代田区外神田二－一－一二
電話（〇三）三二五五－四五〇一（代表）・四五〇三（編集）
URL http://www.shobunsha.co.jp

堀内印刷・三高堂製本

ISBN978-4-7949-6726-8　Printed in Japan